JN058591

マリエル・クララックの聖冠
Marielle Clarac VII
holy crown

マリエル・クララックの聖冠

桃 春花

illustration まろ

ICHIJINSHA IRIS NEO

CONTENTS

シメオン・フロベール
28歳。マリエルの夫。
名門フロベール伯爵家の嫡男で、近衛騎士団副団長。
有能だが生真面目すぎて融通が利かない面も。
部下からは尊敬されつつも恐れられているが、
マリエルには振り回され気味。
淡い金髪に水色の瞳の、貴公子然とした美貌の青年。
セヴラン・ユーグ・ド・ラグランジュ
28歳。ラグランジュ王国の王太子。
黒髪に黒い瞳の精悍な美青年。
王子らしい威厳の持ち主だが、マリエルを前にすると
ツッコミ役になってしまう。シメオンとは幼馴染にして親友。
Marriel Clarac VII holy crown
character

マリエル・フロベール

19歳。クララック子爵家の長女。シメオンと結婚しフロベール伯爵家の若夫人となった。

茶色い髪と瞳の、これといった特徴のない地味な眼鏡女性。存在感を限りなく薄め周囲に埋没するという特技を活かし、人間観察や情報収集をしている。

流行小説家アニエス・ヴィヴィエという裏の顔を持つ。

ジュリエンヌ・シルヴェストル（旧姓ソレル）

18歳。マリエルの友人で本好き。

少々特殊な傾向をたしなむ。

シルヴェストル公爵家の養女になり、セヴラン王太子と婚約した。

アドリアン・フロベール

24歳。フロベール家次男。

海軍所属でガンディア王国に赴任していた。

ノエル・フロベール

15歳。フロベール家の三男。

一見すると、天使のような愛らしい美少年。

アラン・リスナール

シメオンの副官で中尉。庶民階級出身だが、士官学校を上位の成績で卒業した有能な騎士。

ラファール侯爵

議会の有力者で、改革派の筆頭。

政治活動に熱心で独身。純粋な正義漢の持ち主。

リュタン

諸国に名を知られた怪盗。

貴族や富豪ばかりを狙うので庶民からは英雄的にもてはやされている。

マリエルのことを気に入っている。

グラシウス公

オルタ共和国（元オルタ王国）の王族で王位継承権を持つ人物。

生まれてすぐにリンデン王国へ亡命した。

エクトル・メロー

オルタの工作員。『銀狐』と呼ばれる、狡猾かつ冷酷な人物。

マリエルたちとは因縁がある。

この作品はフィクションです。
実際の人物・団体・事件などには関係ありません。

マリエル・クララックの聖冠

1

はじめて社交界へ踏み出したのは、十五歳になった年の春だった。

上流家庭の娘たちは年頃《としごろ》になると美しく着飾り、大勢の人前へ姿を現すようになる。もちろん主たる目的は結婚相手をさがすことだ。結婚は基本的に親が決めるものだけれど、どこの家にどんな娘がいるか見せる必要がある。美しさや愛らしさ、気品に教養、話術のセンス――それぞれが身につけた素養を披露する場が社交界だ。

人々はさまざまな集まりで交流を重ね、新しい人脈を開発し、情報を交換する。そこで未婚の娘の話も交わされて縁談へと発展する。当事者同士が直接知り合っていなくても、共通の知人から紹介されることも多々ある。だからできるだけ大勢の人に存在を知らしめ、関心を引かなければならなかった。

そんなわけでみんなおしゃれには気合が入っていた。最初の印象が肝心と、デビューの時はことさら念入りによそおうものだ。どこを見てもキラキラとまばゆいかぎり。絢爛《けんらん》豪華な会場の片隅で、わたしは目眩《めまい》がしそうな光景にひとときも落ち着いてはいられなかった。

「ああ……おひさしぶりのオレリア様がいらっしゃる。ますますお美しくなられて、すでに女王の貫緑が。お召し物もなんて素敵なの。どんな派手な色でもお似合いになるのにあえて深い青とはさすがの枠！　オレリア様の美貌《びぼう》と金髪が最高に映えている！　周りの殿方のうっとりしたお顔といったらどうかしら。わかるわその気持ち！」

「……おい」

「あっ、あちらにはデルヴァンクール家のマルグリット様が。お母様譲りの豊満な肢体が相変わらずお色気満点で。以前お見かけした時よりさらに胸が育ったような……秘訣《ひけつ》はなんなのかしら。やっぱり遺伝かなあ。うちのお母様も細いものね……お父様はおなかばっかり出てくるし」

「おい、マリエル」

「あら、あちらのお二人はどうなさったのかしら。なんだか雰囲気があやしげな……あっあっ、こっそり会場を抜け出していく！　もしや秘密の逢引《あいび》き？　ちょっと追いかけてはいけないかしら!?」

「やめろ、はしたない」

ふらりと身を乗り出したら腰のリボンを引っ張られた。振り返ればモサモサの前髪に隠れがちな黒縁眼鏡《めがね》が見下ろしてくる。同じく眼鏡の妹を引っ張って、ジェラールお兄様は呆《あき》れた息をついた。

「なにをやっているんだお前は」

「だってお兄様、大人《おとな》の恋愛ですよ！　隣の男の子にトカゲをもらうようなほのかな甘酸っぱさではなく、濃密な甘さ漂う大人の恋！　これこそを見たかったのです。読者をときめかせるためには本当の恋を知らなければ」

「それのどこが甘酸っぱいんだよ。あいつはお前をいじめるためにトカゲを投げつけたんだ。それを喜ぶような子供に逢引きの盗み見なんて早すぎる。そもそもここへなにをしに来たか忘れたのか」

「ちゃんと覚えていますよ。ほら、手帳とペンもぬかりなく」

「忘れたんじゃなくて根本的に勘違いしていたか！　他人の恋愛なんか気にしてないで自分の相手をさがせよ。せっかくめかし込んできたのに誰《だれ》とも踊らないまま帰るつもりか？　さみしすぎると思わないのか」

「お兄様が踊ってくださいましたから、もうよいです」

わたしは手帳を戻して言った。初参加の娘らしく、兄にエスコートされてやってきた。最初のダンスを型どおりに踊り、それでおしまい。誰かが誘いにくることもない。多分そうなるだろうと思っていたとおりに、わたしはきれいさっぱり無視されていた。

無視というか、そもそも視界にも入らないのでしょうね。お父様とお母様が用意してくれたタフタのドレスは可愛《かわい》らしく、わたしなりにうんとおしゃれしてきたつもりだった。でも会場に着いてわかった。もっとずっと美しく存在感にあふれた令嬢たちの中では、わたしの精いっぱいのおしゃれなんてオタマジャクシに脚が生えた程度のものだ。着ている人間が存在感のない地味娘ではドレスの御利益にも限度があった。

ほんのちょっぴり持っていた期待も会場に入って五分で霧散した。やはりわたしは萌《も》えに身を捧げて生きるしかない。このきらびやかな世界をじっくりしっかり観察して創作に活《い》かすのよ。紳士淑女の集まりは人間模様の見本市。華々しく浮名を流す人もいれば、ひそかな恋に身を焦がす人もいる。右で新しい恋が生まれ、左では破局の時を迎えている。小説もびっくりの人生劇場が演じられていてどこもかしこも目が離せない。

「お前というやつは……まあいい、それで楽しいなら好きにしろ」

呆れきった調子でお兄様は早々にさじを投げた。

「並の男ではその性格と趣味を受け入れられないだろうからな。あのけばけばしい集団に無理に入っていっていやな思いをするより、そうして好きなことをしている方がいいだろうさ」

わたしはちらりとお兄様を見上げた。誰も来ない会場の隅で壁にもたれたまま動こうとしないのは、不慣れな妹につき添っているだけではないと知っていた。

「わたしより、お兄様こそお相手をさがされるべきでは？　お母様からも言われていらっしゃるでしょう」

わが兄は二十三歳になる。デビューしたばかりのわたしよりよほど気合を入れて令嬢たちと交流するべきだ。黙って待っていても縁談はやってこない。こうして二人だけでぽつんとはずれているのがよい証拠だ。さすが兄妹《きょうだい》だけあって、お兄様ももてない地味な男性だった。

わたしと同じ茶色い髪はもっさりしたくせっ毛だ。もっとすっきりさせて整髪料で整えればよいのに、適当にしているからどうにも垢抜《あかぬ》けない。黒縁の眼鏡もおしゃれとは縁遠いもの。そう悪くない顔立ちをしているのにわざと隠すように野暮ったい格好をしているから、令嬢たちの視線も関心もまったく向けられなかった。

なのに本人は意に介さない。今夜もわたしのエスコートという役目でなければ、そもそも参加もしていなかっただろう。

「あんな厚化粧で香水くさい女たちはごめんだ。花や緑の自然な香りとくらべたらドブだろう」

「控えめな方もいらっしゃいますが」

「気位の高い女も好きじゃない。なにも持たずただ生まれたままで完成されている花を見て恥ずかしくならないのかな」

「優しい方もいらっしゃいますよきっと」

「贅沢《ぜいたく》好きな女は論外だな。うちに無駄遣いできる金はない」

「……次々珍しい苗を取り寄せていらっしゃるくせに」

「それのどこが無駄なんだ。大いに有意義な使い道だろう」

「お兄様にわたしをとやかく言う資格はないと思います。すべてにおいて園芸第一なご自分もたいがいおかしいと自覚なさいませ」

「『も』って言ったな？　自分がおかしい自覚はあったのか。園芸のなにが悪い、高貴の趣味だぞ」

「猫の可愛さには負けますけどね！」

「今猫の話してたか!?」

つい場所を忘れていつもの調子で言い合っていたら、近くで小さく噴き出す音が聞こえた。わたしたちは口を閉じ、同時に顔を向ける。大きな花瓶やカーテンでちょっとした物陰ができている場所に背の高い姿があった。若い金髪の男性が拳《こぶし》で口元を押さえていた。

「失礼、仲がよくていらっしゃるので」

人目を避けて休憩していたらしい。飲み物のグラスを置くとわたしたちに会釈して歩いていく。彼が姿を現すや、たちまち周囲から視線が集まった。

わたしも姿勢がよくて広い背中から目を離せなかった。

「お、お兄様……」

呼べばなぜか隣で「ああー……」と声を上げている。

「今の方は？　どなたですか？」

「待てマリエル。気持ちはわかるが落ち着け。あれはだめだ、どう頑張っても手が届くような相手じゃない。無理だから、な？」

「どなたかとお聞きししているのです！」

わたしは男性の姿を必死に目で追いながらお兄様の腕を引っ張った。ああ、もう見えなくなってしまった。次々人が彼に寄っていく。美貌自慢の令嬢もお色気自慢の令嬢も、みんな彼に引き寄せられていた。

「教えてくださいな」

ブンブンと腕を振ってねだれば、深いため息とともに答えが返された。

「フロベール家のシメオン殿だよ」

「フロベール……伯爵家の」

「そう、あの超名門フロベール伯爵家の跡取り息子だ。ついでに言うと王太子殿下の腹心であり、先日近衛《このえ》騎士団の副団長に就任したばかり。俺より一つ上だったはずだから今年二十四歳かな。それでもう少佐殿だよ。この勢いだと三十代で元帥になるかもな。……さすがにそれはないか」

「シメオン様……」

お兄様の言葉は途中から耳に入らなくなり、わたしは彼の名前を宝物のように胸にしまった。ほんの束《つか》の間のすれ違い、こちらからなにか言う暇もなかった。きっと次に会っても忘れられている。彼にとってはどこかの兄妹がしょうもない言い合いをしていたというだけのできごとで、ものの五分もたてば頭から消え去っているだろう。

それでもわたしには、あまりに衝撃的な邂逅《かいこう》だった。

「聞いているか、マリエル？　天下のフロベール家がちっぽけなわが家なんか相手にするものか。そもそも名前も知られちゃいないだろう。おまけに本人はあのとおりの色男で当代随一の出世株だ。見ろ、池にエサを投げ込んだみたいに女が群がってる。あの中に飛び込んで勝ち抜ける自信があるとでも？　お前には無理だよ、かなわない夢は見るんじゃない」

「そんなことはどうでもよいのです！」

「そんなことって、お前」

わたしはお兄様から手を放し、うっとりと胸の前で組んだ。

「シメオン様……なんて素敵な方……まるで物語の王子様のように美しくて、すらりと立つお姿は白《しら》百合《ゆり》のようで。さりとて儚《はかな》げな弱さはなく、上品なたたずまいの中にも力強さが感じられて」

「まあ軍人だからな。あれでかなりの武闘派らしいとか」

「近衛騎士団副団長……陸軍の中でもえりすぐりの精鋭揃《ぞろ》いで騎士の称号を与えられる近衛ですか。その副団長……団長ではなく副！　そこがいい！」

「え、なんで？　いちばん上がよくないか？」

「様式美です。そしてなにより素晴らしいのはあの眼鏡！　理知的で冷たく硬質な印象を与える眼鏡が最高です！」

「俺《おれ》もお前も眼鏡だが」

「まさかあんな人がこの世に実在するなんて。ああ、生きていてよかった……今日《きょう》ここへ来てよかった……神様ありがとう、わたしを理想の腹黒と出会わせてくださってありがとう！」

「腹黒どこから出た⁉」

　わたしの目の前を通りすぎていった人は、優雅な姿に不穏な気配をまとう曲者《くせもの》感満載な美青年だった。わたしたちに向けた微笑《ほほえ》みの静かな迫力といったら！　穏やかなふるまいに隠しおなかの中では策略をめぐらせている。ありとあらゆる物語の中でわたしがもっとも心惹《こころひ》かれる大好物の、鬼畜腹黒参謀が実在した――!!

「待て。勝手に決めつけるな。いやたしかに腕っぷしだけでなく頭脳の方もそうとうらしいがな。けど鬼畜はないだろう。俺が耳にしたところでは、わりと堅物とか……」

　ああ、楽しみが増えた。これからも集まりへでかければ、あの方のお姿を見られるのだろうか。さまざまな人間模様を観察し情報を集めて取材しつつ、萌えの権化を眺められる。社交界とはなんて素敵なところだろう。世界は輝きに満ちている。このキラキラを集めてときめきたっぷりの物語を書くのよ！

「だから聞いているかって……もういいけど、それを他《ほか》で口に出すなよ。取材でもなんでも好きにしたらいいが、人前では常識的なふるまいを忘れるなよ」

「もちろんです、悪目立ちをするような真似《まね》はいたしません。黙って静かに風景と同化します。誰の目にも留まらず意識もされない、影のように動くことを心がけます」

「本気で縁談見つけるつもりないなお前……」

——これがわたしの、社交界デビューの思い出だった。はじめて踏み込んだ大人の世界は期待以上に輝かしく、ときめきと萌えにあふれていた。ダンスに誘われなくたって、誰からも声をかけられなくたって、わたしは心底楽しく幸せだった。そんなことより夢中になれるものが山ほどあって、身体《からだ》が一つでは足りないほどだった。

それからずっと、あちこちへでかけては人々のようすを観察するなか、時折あの人を見かけるのがいちばんの楽しみで。もちろん言葉を交わすことはない。向こうはわたしの存在になど気づかない。いつも遠くからこっそり眺めるばかりだったけれど、彼のすべてにわたしが喜び萌えていたのは言うまでもない。


「……と、いうことがありまして」

ちょっとなつかしい思い出を語ったわたしに、旦那《だんな》様は額を押さえて息を吐いた。

「まったく覚えていませんが……あなたがどんなようすだったかは察しがつきますよ」

ふふふとわたしは笑う。あの衝撃の出会いから三年後、とうてい届かないと思っていた雲の上の人と思いもかけないご縁で婚約することになり、それからさらに一年、十九歳になったわたしは妻として彼のそばに寄り添っていた。

誰がこんな展開を予想できたかしらね。神様にだってわからなかったに違いない。どれほど奇想天外な物語も現実の驚きにはかなわない。小説家としてはくやしくもあり、さらなる創作意欲を燃やされもする。

今宵《こよい》もシャンデリアの下で大勢の紳士淑女が踊っていた。あちこちに招かれては忙しくすごした社交の季節も終盤、ついにフロベール家が舞踏会を主催する日がやってきたのだ。

裕福な名門伯爵家が開く舞踏会だから、その規模は大変なものである。招待客の数は軽く三桁《けた》に上り、そうそうたる顔ぶれが次々やってくる。わたしももう壁際でひっそりしていることは許されない。若夫人としてお客様にご挨拶《あいさつ》し、会場のようすに目を配って随時使用人に指示を出さなければならなかった。

正直死にそうだ。実家では親しい人を招いてささやかな宴《うたげ》を開くのがせいぜいだったのに。その十倍二十倍の人であふれかえる会場を、ただ眺めるのではなく切り盛りする側に回るとなるともう……本気で倒れそうになって少しだけ休憩することを許してもらい、フラフラとバルコニーへ逃げ出したら旦那様が追いかけてきたのである。

涼しい夜風が心地よかった。もう夏も終わりだ。あと一月もしないうちに昼間でも長袖《ながそで》が必要になるだろう。大陸北部に位置する国々は秋の訪れが早い。ラグランジュよりもっと北のスラヴィアやテーメーあたりでは、十月には氷が張るらしい。

わたしはバルコニーから庭へ下りる階段へ向かった。長い裾《すそ》を踏まないよう気をつけて足をかければ、すかさずシメオン様が手を出してくださる。大きな手に支えられながらゆっくりと階段を下り、庭師たちによって完璧《かんぺき》に整えられた庭園へ下り立った。

フロベール邸の裏手に広がる庭は公園と呼べるほどにも広く、工夫を凝らした花壇や小径《こみち》が巧みな計算によって配置されている。上から見ればカンバスに描かれた絵画のような眺めだ。ラグランジュ式庭園は歩く楽しみより眺める楽しみの方に重点が置かれているので、日が暮れると同時に店じまい、普段は夜の散歩なんてできない。

でも今夜はあちこちのランプに明かりが灯《とも》されて足元に不自由しなかった。明るい昼間とは趣を異にする幻想的な風景の中、わたしは旦那様と二人で抜け出した状況にちょっぴりワクワクしていた。まるでいつぞやの恋人たちみたいだ。

「まさか最初の日に出会っていたとはね。私があなたに気づいたのは夏の舞踏会でしたから、ほとんど同時期だったわけですね」

わたしの隣をゆっくり歩くシメオン様も、過去となった時間をなつかしんでいらした。

「こちらも遠くからこっそり観察しているつもりでした。互いに相手は知らないと思いながら見ていたとは、今になって振り返ればおかしな話ですね」

「そこで気づいて見つめ合えば、物語みたいな展開でしたのにね」

「たとえそうなっても、物語のように順調にはいかなかった気がしますが」

笑い含みにシメオン様はおっしゃる。わたしも笑ってしまった。恋愛感情などは意識せず、ただの好奇心で互いを見ていた。わたしは萌えを楽しみ、シメオン様は珍しい虫を見つけたような気分で。そんな二人がよくぞ結婚までこぎつけたものだ。

今はこの腕が、大きく頼もしい身体が、あたたかな体温が、優しい声がいとおしくてならない。曲者感たっぷりの腹黒美形と思わせてじつは生真面目《きまじめ》な朴念仁だったことや、欠点などない完璧人間みたいな顔をして、時々ずれていたり頑固すぎて融通が利かなかったり。そんなところも全部全部、愛してる。

もう一人でいいなんて思わなかった。誰もわたしに気づかず目の前を通りすぎていっても、シメオン様にだけは立ち止まってほしい。涼やかな水色の瞳《ひとみ》にわたしを映し、わたしの名前を呼んでほしい。今となっては彼とともに生きる以外の人生なんて考えられなかった。

楽団の奏でる音楽が夜風に乗って聞こえてくる。足元の葉陰でも虫たちが負けじと演奏会を開いていた。

「あの頃は女性の相手をするのがわずらわしくて、それに下手《へた》に私が声をかけたりすれば周りの反感を買ってかわいそうなことになる。そう思って誰からも距離を置くようにしていましたが、立ち去らずダンスに誘うべきでしたね。多分誰にも誘われないまま終わったのでしょう？」

小径が十字に交差している場所に、小さな噴水を眺める空間があった。少しだけ広くなった場所でわたしたちは足を止める。シメオン様は覚えてもいない四年前のできごとを今さら反省していらした。

「せっかくのデビューがそれではさみしかったでしょう」

「うーん、誘われていたら、おっしゃるとおり皆様の嫉妬《しっと》を一身に受けてさぞいじめられたでしょうね。たしかにちょっと惜しかったかも」

「いやそういう意味ではなく」

「でもそれは婚約の時に十分経験させていただきましたから！　書ききれないほどネタをいただいたので大丈夫です。とっても満足しています！」

「……それはなにより」

脱力したお顔で笑ったシメオン様は、なぜかわたしの正面に回り込んできた。口づけでもいただけるのかしらと期待すれば、胸に片手を当ててきれいにおじぎする。反対の手をわたしへさし出し、茶目っ気を覗《のぞ》かせて彼は言った。

「では、あらためてお願いいたしましょう。私と踊っていただけますか、可愛い人」

――夜の庭園ときらめく噴水を背景に、その姿はあまりに美しく。

とても現実の風景とは思えない。妖精《ようせい》に惑わされて彼らの世界へ引き込まれてしまった気分だ。わたしを誘惑する悪い妖精は、にくらしいほどかっこいい。こんなふうに誘われては彼の手を取らずにいられない。

「喜んで、素敵なお方」

わたしを待つ手に胸を高鳴らせながら、レースの手袋に包まれた指先をそっと重ねる。引き寄せられ、背中に腕が回されて。揺るぎない支えに守られて、静かに二人だけのダンスがはじまった。

ゆっくりと呼吸を合わせて動きだす。身をまかせるのは遠くから聞こえるワルツと、虫たちの音楽。ひそやかに、夢見心地に、月と星々に見守られて二人は踊る。

見つめる先で彼の瞳もわたしだけを映していた。片時も互いから目をそらさず、夜の香りとぬくもりだけを感じている。優雅なリードに導かれ、ドレスの裾がひるがえり足元の花も踊らせる。どこまでが現実でどこからが夢なのか……幸せすぎる時間に陶然と酔いしれて、わたしはただシメオン様だけを見つめていた。

いつ足を止めたのかわからなかった。さらに身を寄せて吐息が近づいてくる。互いの眼鏡がふれ合って小さく音を立てた。

いったん離れて笑い合う。ここでちょっと現実に戻ってしまうのよね。妖精も物語の主人公も眼鏡なんてかけていないから。でもシメオン様が眼鏡をはずすしぐさは大好き。なににも遮られない美しいお顔を見るのも大好き。わたしからも眼鏡を抜き取る手に逆らわず、じっとされるがままでもう一度与えられるときめきを待った。

夏の終わりの華やかな夜、人々は笑いさざめき手を取り合い、グラスを合わせて享楽の時を楽しむ。夜が更けてなおにぎわう宴を見上げる場所で、わたしたちは静かに寄り添っていた。

2

物語を綴《つづ》るのは旅をすることに似ている。

その世界にはどんな景色が広がっているのか、どんな人々が暮らしているのか。旅立つ前から知っていたつもりでも、いざ歩きはじめると次々新しい驚きに出会う。

物語世界の住人たちに寄り添い、ともに長い長い旅をして、ついに迎えた最後の一行。締めくくりの言葉を記して旅が終わる。その瞬間の気持ちはどう言い表せばよいだろう。やっと目的地にたどり着いた喜びと満足感、疲れきってもうクタクタで、だけどこれで旅が終わってしまうのはさみしいとも感じている。

その瞬間はいつもさまざまな思いが一度にわき上がり、わたしの胸を震わせる。

「……終わった」

原稿用紙からペンを離し、わたしはそっと息を吐いた。まだ心の半分くらいは物語の中に残していて、その余韻を壊さないよう静かにペンを置く。書き上げた原稿をしばらく眺め、インクが乾いたのをたしかめてから取り上げる。すべての用紙をまとめ、机にトンと軽く打ちつけて。端を揃《そろ》えた紙の束に、どうしようもなく顔がにやけてくる。

「終わった――っ！」

跳ねるように椅子《いす》から立ち上がり、わたしは原稿の束を持ったままその場でクルクル回った。窓辺で寝ていた猫が頭を起こしてこちらを見る。透き通った青い目にひややかな呆《あき》れが浮かんでいるように感じるのは気のせいかしら。

「うふふん、お仕事終了よ。あなたそんな顔しているけど、そのクッションは原稿料で買ってあげたのですからね。毎日フカフカ最高の寝心地を堪能できるのは、お母様の原稿のおかげなのよ」

なんて言っても猫にわかるわけがない。彼女が理解したのは、わたしが机から離れて自分に注目したという点だけだ。かまってもらえると解釈したのか、立ち上がって伸びをすると出窓から飛び下りこちらへやってきた。

「って、もう日が暮れていたのね」

夢中で執筆している間に誰《だれ》かが火を入れてくれたようで、机のランプをはじめいくつもの明かりが灯《とも》っていた。室内が明るい分、窓の外は真っ暗に見える。

多分外へ出れば、まだうっすらと太陽の名残はあるのだろう。時計を見てそういう頃合《ころあ》いだとわかる。少し前までは同じ時間でも青空が見えていたのに、近頃《ちかごろ》すっかり日が短くなった。窓の下ではとうに虫たちが盛り上がっていた。

「ごはんの時間よね。おなかが空いたのね、はいはい」

わたしは机に原稿を置いて、スカートの裾《すそ》にすり寄ってきた猫をなでた。猫も人も夕飯の時間だ、そろそろ外へ出なければ――と思っていたら、ちょうどわたしの侍女が書斎に入ってきた。

「ジョアンナ、いいところへ来たわ。シュシュのごはんを頼んできてくれない？」

婚家が用意してくれたわたし専属の侍女は、ショコラ色の髪をした若い美人だ。わたしより少し年上のジョアンナは、お姉さんの顔でうなずいた。

「ええ、きっともう用意していますよ。若奥様もそろそろ終わりになさってくださいませ。シメオン様がお帰りになりましたよ」

「えっ⁉」

今終わったところよ、と言い返そうとしていたわたしは、最後の言葉にあわてて身を起こした。愛する旦那《だんな》様の帰宅！　こうしてはいられない、お出迎えをしなくては！

わたしは猫を抱き上げて書斎を飛び出した。大急ぎで廊下を走り、階段を下りる。転げ落ちそうな勢いで一階へ下りれば近衛《このえ》の白い制服が視線を吸い寄せた。まだ中へ入ったばかりといったようすのシメオン様が、使用人に鞄《かばん》を渡しているところだった。

結婚して早数ヶ月、毎朝毎晩見ているというのに、彼の姿が目に入るたびはじめて会った瞬間のようなときめきに包まれる。わたしの旦那様は本当になんて美しいのだろう。どうしてあんなに腹黒っぽいのだろう。別になにも企《たくら》んでいないのに、普通にしていてもかっこいい。そんな彼を見るたび恋に落ちてしまう。

「お帰りなさいませ、シメオン様」

わたしは息を切らせてシメオン様のもとへ走った。間近で見ると怖いほどの美貌《びぼう》が、不意にふわりとやわらいでわたしを受け止める。氷の刃を思わせた瞳《ひとみ》は一瞬で穏やかな春の空に変化した。

「ただ今帰りました」

とろける微笑《ほほえ》みとともに返された声は、蜂蜜《はちみつ》か砂糖菓子かというほど甘やかで。心地よく胸を温めていたときめきがたちまち沸騰した。ヤカンの口から蒸気が噴き出して大変よ、頬《ほお》が熱くて火傷《やけど》しそう。

なななにかしら、いつにも増して色男ぶりに磨きがかかっているような。見た目に反して中身は生真面目《きまじめ》な純情さんのくせに、このお色気はなにごとですか!?

思わず言葉を失うわたしに身をかがめ、シメオン様は軽い口づけを落としてくださる。いつもの挨《あい》拶《さつ》がなぜだか無性に恥ずかしく、とっさにわたしは抱いていた猫を突き出した。

「おっ、お疲れ様ですっ。ほらシュシュも！　お父様にお帰りなさいっていってしまいましょう！」

白いフワフワで目の前をふさがれてもシメオン様はきげんを悪くなさらず、くすりと笑いをこぼした。猫の頭にも同じように口づけようと顔を寄せ――たら、無言で持ち上げられた前脚が阻止した。

「………………」

肉球がぷにりと旦那様の顔を押しとどめ、静かながら明確に拒んでいる。いったん身を引いたシメオン様がもう一度顔を寄せようとしたら、反対の脚も使ってふたたび拒んだ。

猫が身を反らせて床を見る。下ろせという合図を受けて、わたしはそっと猫を床に放した。その場で少し毛繕いしてから猫は悠々と歩み去る。多分厨房《ちゅうぼう》へ向かって。どこでごはんが用意されているか、賢いあの子はわかっている。

「………………」

見送る旦那様の背中に哀愁が漂っていた。

「お、おなかが空いて先にごはんがほしかったのですわ。それに猫は顔を寄せられるのが苦手ですから、人のようにご挨拶するのは無理でしたね」

あああ、わたしのせいで旦那様を傷つけてしまった。わたしにはどこをさわられてもいやがらないしみずから鼻を近づけてくるけれど、旦那様は腹毛は許されても顔寄せは不可だった。それはしかたがないの。片手に乗るほど小さかった時から育てたわたしと成猫になってから出会った人とでは対応が違って当然なのよ。けしてシメオン様を嫌っているわけではなく！

焦ってとりなすわたしをシメオン様が振り返った。

「そうですね、猫はああいうものでしょう」

苦笑しておっしゃり、わたしの背に腕を回して抱き寄せる。あらためて額に、頬にとぬくもりが降り注いだ。

多分猫にふられた分もあるのだろうけど、それだけではないふれ合いに収まりかけていた熱がまた上昇する。

「ええと……少しお酒を召されました？」

「いいえ。飲みませんよ、私は」

そうでしたね。では素面《しらふ》でこの甘さですか。うれしくもびっくりだわ。

周りで使用人たちも目のやり場に困っていた。執事はさすがの貫禄《かんろく》で平然としているけれど、若い女中などは見ていられないとばかりに顔をそむけている。あまり人前でベタベタする人ではないのに自宅だから気がゆるんでいるようだ。使用人たちは家族みたいな存在ですものね。

「今日《きょう》はずいぶんとごきげんなのですね。なにかよいことでもありました？」

「外では特に。ただ、こうして帰った時、あなたが出迎えてくれるのが幸せで」

言いながらシメオン様は目を細める。

「私の帰宅がうれしくてたまらないという顔をして、全身で喜びを表しながらまっすぐ駆け寄ってくる。そんなあなたを見るたびに幸せを実感するのです。こちらこそがうれしくてならない」

「シメオン様……」

なんて優しい言葉だろうか。ただのお色気ではなかった。もっと素朴な、深い愛情から発せられる純粋な想《おも》いだった。

執事と女中たちが苦笑しながら仕事を片づける。わたしはシメオン様と寄り添って二階へ上がった。

まず着替えのためにシメオン様は寝室へ入られる。そこは夫婦といえど席をはずすもの。お手伝いしたい気持ちは抑え、わたしは居間で着替えが済むのを待った。

行動の早い人なので、シメオン様はあっという間に戻っていらした。部屋着の上に毛糸のカーディガンを羽織っている。朽葉色に深い赤色で模様を編み込んだカーディガンは暖かく、秋の夜をすごすのにぴったりだ。じつはこれ、わたしのお祖母様《ばあさま》からの贈り物。わたしと違って手芸上手なお祖母様が、涼しくなる前に編んでくれたものだった。

赤系統はあまり着ないシメオン様も、心尽くしの贈り物だからと着てくださっている。そしてなんの問題もなく似合っていた。ちょっと落ち着きすぎてお年寄りが着てもいいくらいの色だから、今度もっと明るい色を試していただこうか。シメオン様ならたとえピンクでも着こなしてしまいそうな気がするわ。きっとみんな仰天するでしょう。

「どうしました？」

椅子にかけていたわたしの隣にシメオン様も腰を下ろされる。ちょっとぼんやり見とれてしまっていた。

「シメオン様はなにを着てもお似合いになると思って。赤系統もいけるではありませんか。これからは明るい色も取り入れていきましょうね」

「あまり派手にはしたくないのですが」

「はっきり言ってシメオン様の選ばれる服は地味すぎます。多少華やかにしても周りから見れば十分普通の範囲ですよ」

「それをあなたに言われる筋合いはありません」

お互い拗《す》ねた顔で一瞬にらみ合い、すぐまた笑う。こんなやりとりが毎日楽しく幸せでたまらない。この先何年もたてばときめきは薄れてしまうのかしら。今はとてもそんな気がしない。

「わたしが着飾るよりシメオン様を飾る方がうんと有意義ですわ」

わたしはシメオン様にもたれ、頬にやわらかな毛糸の感触を楽しんだ。しっかり受け止め、小揺るぎもしない大きな身体《からだ》が頼もしい。

「男には不要ですよ。場にふさわしいよそおいでさえあればよい」

「せっかくそんなにおきれいなのに、もったいない。シメオン様なら羽飾りの帽子でもスパンコールのジャケットでも似合いそうですわ」

「似合うかどうか以前に、それは舞台衣装でしょう。私になにをさせる気ですか」

「では黒い軍服と鞭《むち》装備で！」

「あいにくラグランジュ軍の制服は白と緑と青のみです」

「鞭は否定しませんでしたね」

「……持ちません！」

笑いながら身を離そうとしたわたしをつかまえて、シメオン様はお膝《ひざ》に抱き上げる。

「今日はどうしていたのです？　新作は完成しましたか」

「ええ、ついさきほど。素敵な書斎を用意してくださったおかげでとってもはかどりました」

「それはよかった。アニエス・ヴィヴィエの新作を読者は待ちわびているでしょうからね」

「結婚前に頑張って書きだめしておきましたが、さすがにもう次を出しませんとね。明日《あす》にでも出版社へ届けてきます」

外出するなら事前に旦那様に許可をいただかなければならない。ついでにひさしぶりの街歩きを楽しんできたいと言うと、シメオン様は少し考えるようすを見せた。

「それは、明日でなければいけませんか？　三日後なら非番なので時間を取れるのですが」

「あら、そんなお願いをしたつもりではありませんわ」

わたしは急いで首を振った。

「シメオン様を引っ張り回すつもりはありません。一人で行ってきます」

「一人歩きは許可できません」

ちょっと目線で叱《しか》られて首をすくめる。

「いえ、もちろんジョアンナを連れて行きます。さすがにもう以前のような真似《まね》はできないとわかっていますよ」

独身時代は気軽にふらりとでかけては、町娘のような姿であちこちを歩いていた。良家の娘にあるまじき行動なのに、わたしの両親は許してくれていた。小間使いも連れず自分の足で歩き回っても叱られることはなかった。

わたしがあまりに地味で人目を引くことなどないから、一人歩きをさせても心配ないと考えていたわけで、とはいえ寛大な両親だ。おかげでわたしはじつにのびのびと自由な娘時代をすごせ、市井の営みを学ぶこともできた。

結婚すれば嫁ぎ先のしきたりに従わなくてはならない。ましてフロベール家は名門中の名門だ、わたしのふるまいは常に注目される。どこへ行くにも最低限侍女を伴わなければならなかった。

「ちゃんと家の馬車を使いますし、おかしな場所へも行きません。シャルダン広場とかラトゥール河沿いの散歩道とか、あとできればトゥラントゥールに寄って女神様たちにご挨拶したいなってくらいですのでご心配なく。お忙しいシメオン様にわがままを言ったりしませんわ」

「夫を置いてあなた一人で遊びに行くつもりですか？　ひどい奥方だ」

わたしの髪に指をくぐらせ、くすぐるようにもてあそびながらシメオン様は顔を寄せてきた。ひどいとなじりつつ甘く響いたささやきに、腰から崩れそうだった。

「でででですから明日の話で！　シメオン様がお休みの日は家でゆっくりご一緒しようと思って」

「私とてあなたとでかけたいのですよ。銀杏《いちょう》並木の見頃はもう少し先ですが、雰囲気は楽しめるでしょう。去年も二人で歩いたことを思い出しますね。あの頃はまだ完全に想いが通じ合っていなくて、すれ違ってばかりでした」

「……そうですね」

去年の秋かあ。そういえばあの頃はまだ政略結婚だと思っていて、シメオン様はわたしではなく別の人を愛していらっしゃるのだと誤解していた。うん、いろいろ間違えていたわね。あのお方への気持ちは純粋なる友情と忠誠であって、一部読者を悶《もだ》えさせる禁断の恋ではなかった。

「でも本当によろしいのですか？　お買い物もしますよ。女の買い物につき合うほど疲れるものはないと殿方はおっしゃいますが」

わたしだって、シメオン様と一緒におでかけできるならうれしい。だからと言って、やりたいことも我慢したくない。彼を振り回して疲れさせないかと心配で、積極的にお願いすることはできなかった。なんとなく上目使いになって見上げてしまい、これでは逆におねだりしているように取られるかも――と思ったけれど、旦那様の表情は変わらなかった。優しく微笑みながらも特に反応するようすはない。石頭の朴念仁に上目使いなんて通用しませんでしたね。美人でもないわたしがやっても効果ありませんよね。ええ知っていましたよ、ふんだ。

「なんでもほしいものを買ってあげますよ。小物でも宝石でも。最近はシュルク織の手鞄が流行《はや》りだとか？　ああそれに冬物を注文しなければ。マダム・ペラジーの店へ行きましょうか。それともカトル・セゾンで既製品を見ますか？　格は下がりますがたくさんの商品から選ぶのも楽しいでしょう」

――効いていました！　全力でわたしを甘やかそうとなさる旦那様にあわてて首を振る。違います違います、そういうつもりではありません！

「ええと、そうではなく、蚤《のみ》の市を見に行きたいな、とか思っておりまして。特にこれが買いたいという目的はなく、ただぶらぶらと見て回って気に入ったものがあれば買おうかなと……そういうのって、疲れるでしょう？」

シメオン様はおかしそうに笑いをこぼした。

「私を疲れさせるほどあなたが頑張れるのですか？　先に倒れるとしか思えませんが」

……ごもっとも。

わたしを抱く腕は力強く、もたれる胸はたくましい。鍛えられた軍人には不要な心配だった。近衛は要人警護の専門家なのだから、街歩きに同行するくらいわけもないだろう。

「私が一緒に行っては迷惑なのですか？　夫がいると気が抜けないというのでしょうか。結婚して半年もたっていないのに早くも妻から邪険にされるとは、切なくて泣けてきます」

「もう、そんなのではないとご承知のくせに。鬼の目に涙とか見てみたいですけどね！　わかりました、三日後ご一緒しましょう。お約束してくださったからには、どれだけうろついても文句なしですよ。買わずに見るだけでも無意味だとはおっしゃらないでね」

「好きなだけ買えばよいのに」

笑う唇が首筋に寄せられる。吐息にくすぐられて身をよじれば、さらに大きな身体がのしかかってきてなにやら押し倒されそうな雰囲気だ。いえ待って、まだそんな時間では。ごはんも食べていないのに。

「も、もう夕食の時間ですわ、そろそろ行きませんと」

わたしはシメオン様の頭を押し返して甘い檻《おり》から脱出した。お膝から転げ落ちそうになってテーブルに手をついたら、置いてあった封筒が目に入り思い出す。シメオン様に支えられながらわたしは封筒を取り上げた。

「これを忘れていましたわ。今日アンシェル島から届きました」

船で運ばれてきた手紙を渡す。封蝋《ふうろう》と差出人の名前を確認し、シメオン様はその場で封を切った。

彼が手紙を読み終えて封筒に戻すまで、わたしは横に座り直して黙って待った。

「……お祖父様《じいさま》はなんと？」

手紙の差出人は先代フロベール伯爵であるドナシアンお祖父様だ。遠い島で隠居生活を送られている方に、結婚式のあと二人でご挨拶しに伺った。その後も折にふれ近況をしらせ合っている。今回の手紙には大事なことが書かれているはずだった。

「アドリアンは無事到着して基地司令の副官に着任したそうですよ。特に問題なく新しい仕事になじんでいるようです」

シメオン様は穏やかに答えてくださった。

「性格は単純ですが、無能なわけではありませんからね。それにあいつは誰とでもすぐにうちとけて身分にかかわらず親しくなれる。そういう点では私よりずっと優れています。パスマール司令は経験豊富でアドリアンと相性がよさそうな人物ですから、上手《うま》く指導してくれるでしょう」

三兄弟の真ん中、上の弟君のアドリアン様は海軍に所属している。先日アンシェル島への異動命令が下り、不平たらたら旅立っていった。異国から帰ってきたばかりなのにまた遠くへ赴任することになって、大好きなお兄様と一緒にいられないと嘆いていた。

「わたしはお仕事のことをよく存じませんが、自分の家の領地にある基地に赴任するというのは問題ないのでしょうか？　なんだかそういうのって、癒着とかを防ぐため避けられる印象なのですが」

「一般的にはそうですね。あなたの言うとおりです。平時なら今回の異動はなかった。しかし今はオルタを警戒しなければならない。昔のように領主が司令官で領民が兵士という単純な構造ならよかったのですが、もう軍は領主の管轄ではなく、住民はほとんどが非戦闘員です。一つの島に二つの組織という構造になっていて、これは緊急時に混乱を生むもとです。そこで双方とつながりを持つ人物を入れて、連携を強めておこうという話ですよ」

平和になったらまたどこかへ飛ばされるだろうと、シメオン様は冗談めかしておっしゃる。お話は理解できても、かえって不安が増えてしまった。

「それだけ状況が悪いということですよね……大丈夫なのかしら」

東の隣国オルタ共和国と、さらにその東のシュメルダ王国が開戦したというしらせは、この秋近隣諸国を騒がせていた。アドリアン様の異動はその影響を受けてのことだ。

よその国同士の紛争とはいえ、すぐ隣でやられてはのんびりかまえていられない。特にオルタは二十年前のクーデターで軍部が政権を取って以来おかしな方向へ突き進んでいて、シュメルダ以外の国からも危険視されていた。

アンシェル島は昔オルタが領有していた島で、現在もオルタとの境界に接している。万一の時には前線基地となる場所だ。シメオン様のお話はその可能性があるというもので、あの島の人々やお祖父様、そしてアドリアン様を案じずにはいられなかった。

「警戒は必要ですが、オルタがラグランジュに全面戦争をしかけてくることはありませんよ。したくてもできないでしょう。ラグランジュに続いてイーズデイルも援軍を出して、もうオルタの敗戦は決まったも同然です。戦争はそう長く続きませんよ」

わたしを安心させようと、シメオン様は軽い口調で断言された。もちろん単なる楽観的予想ではなく、軍で耳にした情報……というより、王太子殿下から直接聞いていらっしゃるのだろう。

シメオン様は立ち上がってわたしに手をさし出す。その手を取ってわたしも腰を上げ、二人で正餐《せいさん》室へ向かった。

「シュメルダの味方をするのは、オルタの暴走を止めるため？」

「それもありますが、最大の理由はスラヴィアです。オルタやシュメルダは北の帝国との間にある、いわば緩衝地帯です。ここがスラヴィアに取り込まれてしまうとわれわれは脅威に直接さらされることになる。それを防ぐためです」

「……自分たちのために、よその国を盾にしているわけですか」

つっこめば困ったように笑われた。

「そういう見方もできますが、こちらと同盟を組んで援護されることでシュメルダも帝国の侵攻を受けずにいられるのですよ。持ちつ持たれつです。オルタの軍事政権は完全にスラヴィア寄りになってしまったので現状手を組むことはできませんが、いずれこちらの陣営に引き込めるよういろいろ考えられていますよ」

だから大丈夫とシメオン様はわたしをなだめた。戦争しているくらい関係の悪い国をどうやって味方にするのだろうと疑問に思っても、それ以上は聞かせていただけない。家族であっても機密は漏らせない。また聞いてもどこまでわたしに理解できるかという話なので、旦那様が大丈夫とおっしゃるならそれを信じることにした。

「アドリアン様にもお手紙を書きましょうか。シメオン様からいただけば、きっと大喜びなさいますよ」

「いや、この機会にいいかげん兄離れさせないと。二十四歳ですよ……このままだと三十になっても四十になっても兄上兄上と追いかけてくる。犬や猫ではないのですから、もう甘やかせません」

「可愛《かわい》いですものね、お気持ちはわかります。大きな身体をしているのに甘えん坊でちょっとお馬鹿《ばか》なところが実家のお隣のマックスにそっくりで」

「ああ、あの犬はたしかによく似ている……いやだから、甘やかさないと言って」

「なんだかんだ言って面倒見がよい自覚がおありでない？」

「……………」

黙り込んでしまった旦那様にわたしはこらえきれず笑い声を上げた。兄弟仲よしでよいではないの。アドリアン様が甘えるのはシメオン様にだけで、お仕事に対して甘えたりしないのだから問題ない。

「兄様姉様、イチャイチャしてないで早く来てよ。先に食べちゃうよ」

正餐室から天使のような美少年が頭だけ出してわたしたちを呼んだ。末っ子は無邪気なふりをよそおってひやかしてくる。わたしは旦那様に尋ねた。

「ノエル様に対しては？」

シメオン様は肩をすくめた。

「あれは計算して甘えている知能犯です。放っておいても一人で勝手に上手くやる。まったく心配いりませんね」

突き放すように言ってわたしの背に手を回し、正餐室へ向かう足を速める。でも食事のあと、デザートをノエル様に譲ってあげている姿に、わたしは噴き出さないよう全力でこらえなければならなかった。

3

わたしがお世話になっているサティ出版は、まだ設立から五年とたっていない新しい会社である。恋愛中心の気軽に読める女性向け小説、という新しい分野を作ることに成功し話題になっているが、まだまだ経営には苦労している。商業街の大通りに面した立派なビルを通りすぎ、もっと下町寄りの一本裏に入った通りに立つ、雑居ビルの一角に小さな事務所をかまえていた。

「おひさしぶりですね。妻がいつもお世話になっています」

ひさしぶりに訪れたわたしを笑顔で迎えてくれたサティ出版の人たちは、あとに続いて入ってきたシメオン様の姿に固まった。

社員数六名という弱小出版社の人々にとって、名門伯爵家の嫡男がいきなり現れるのは借金取りに遭遇するより怖いらしい。シメオン様は愛想よく挨拶《あいさつ》をしているだけなのに、あからさまに怯《おび》えてあとずさっていた。……まあ、笑えば笑うほど曲者《くせもの》感が増す人だものね。

「こ、こりゃどうもおひさしぶりで……あ、相変わらず……っていうか、ますますキラキラしてらして。新婚さんの幸せオーラってやつですかね、ははははうらやましい」

わたしの担当にして社長たるポール・サティさんが押し出され、混乱気味に答える。シメオン様より一つ年下という若き経営者だ。そして実家の小間使いナタリーの恋人でもあった。

「おそれいります。そちらもご結婚が決まられたそうで、おめでとうございます」

「や、ありがとうございます。貧乏な庶民同士の結婚ですから、そちらとは世界が違いますけどね」

「奥方となられる女性はマリエルが幼い頃《ころ》から世話になっていた人です。私もクララック家を訪れるたびに顔を合わせた知人ですから、ぜひお祝いをさせていただきたい。しかし私は気が利かない人間なので、勝手に用意するよりそちらのご希望を伺った方がよいと思いましてね。ご新居にほしいものなどを教えていただけるとうれしいのですが」

「ははは……いやそんな、おそれおおい」

なごやかな会話に見えるけれど、サティさんの顔色はどんどん悪くなっていく。笑顔もはっきり引きつっていた。冷や汗を流しながら合図を寄越してくるので、わたしはシメオン様に来客用の椅子《いす》をすすめ（わたしも客なんですけどね！）原稿を渡す名目でサティさんのそばへ行った。

「おい！　なんであの人まで来るんだよ⁉　なんかまずいことがあったか⁉　一応健全な経営だぞ、弱小だけど！」

できるだけシメオン様から離れてサティさんは小声で言う。シメオン様にはお茶をお出しするよう社員に指示していた。

「そんなに怖がらないであげてくださいな。シメオン様は猛獣ではありませんのよ」

わたしは原稿の封筒をサティさんに押しつけた。

「今日《きょう》はわたしにつき合ってくださっているだけです。珍しくもご自分から言い出されましたの」

「ふーん……まあなにかと物騒なご時世だから心配なんだろうな。あんたは放っとくとなにやらかすかわからんからな」

失礼なことを言ってサティさんは封筒から原稿を出す。わたしはむくれながら手近の椅子に座った。

「普通にお買い物と散策を楽しみたいだけです。物騒って、なにか事件でも起きていますの？」

「事件なら毎日腐るほど起きてるよ。王都サン＝テールだぜ。それに戦争まではじまってる」

「あれは外国の話でしょう」

「ラグランジュからも援軍が出てる。で、それに抗議して騒ぐやつらもいる。戦争反対を叫んで街頭集会をして、解散させに来た警官ともみ合って怪我《けが》人が出るとかしょっちゅうだ。見かけても近寄るなよ、危ないからな」

わたしを一人前の作家に育ててくれた人は、今でも取り引き相手というより先生みたいに言う。なるほど、そんなことが起きているから同行されたのだろうかと、わたしはシメオン様を振り返った。

彼はお茶を出した社員と話していた。以前知り合った、モンタニエ侯爵家の庶子であるミシェル様だ。今はこうして街で働いて暮らしている。彼もシメオン様には気後れするようだけれど、さすがに他《ほか》の社員よりは落ち着いて向き合っていた。

「よし、じゃあ一度読むから、次の打ち合わせは……そうだな、ちょっと待たせるが来月の十日でいいか？　今経理事務が忙しくてな」

「わかりました。このくらいの時間にお邪魔しても？」

「いや、俺《おれ》がそっちへ行くよ。もう街へ出てくるのは難しいんだろ」

さきほどのわたしのように、サティさんもちらりとシメオン様を見る。行動を制限されていると思われたようだ。

「別にそのようなことは。家の方ではずせない用事がないかぎりなにも言われませんわ」

「そうかぁ？　あんな、後ろにぴったり張り付いてにらみを利かせてくるくらいだ、今日だってもめたんじゃないのか」

「そう見えるだけで、シメオン様に他意はありません。軍人ですから目つきや雰囲気がちょっと鋭くて迫力があるだけです。本当は猫ともっと仲よくなりたい優しい人ですよ」

「猫ちゃんな。癒しだよな」

気を遣ってもらう必要はないと説明して、次の打ち合わせもわたしが出向くことになった。忙しいサティさんに郊外までわざわざ足を運ばせるのは申し訳ないものね。実家と違ってナタリーとも会えないし。

ミシェル様や他の社員たちとも挨拶をして、わたしとシメオン様は外へ出た。雑居ビルの前の道は狭い。表通りで待たせている馬車へ戻りながら、わたしはシメオン様に提案した。

「先に帰らせてしまいません？　ここからは自分の足で歩きたいですわ。帰りは辻馬車《つじばしゃ》を拾えばよいでしょう？」

ちょっぴりなつかしい街並みを窓から見るだけなのはつまらない。ここまでの道のりで、通りすぎていく景色にそう思った。ほんの数ヶ月来なかっただけなのに、新しいお店ができていたり看板が変わっていたりする。季節とともに移り変わる景色の中を歩きたかった。

「ラトゥール河畔やプティボンにも行きたいのでしょう？　あなたにそれだけ歩けますか？」

「疲れた時も辻馬車です。そのための市民の足ですよ」

安い運賃で乗れる辻馬車は街中を走っている。どこででも拾えるから移動に困ることはない。いちいち待たせる場所をさがす必要もないし、便利さではいちばんだ。乗り心地だけは我慢するとして。

わたしの力説に負けて、シメオン様は苦笑しながらうなずいてくださった。いったん馬車へ戻り、先に帰るよう伝える。走り去るのを二人で見送り、では、と踵《きびす》を返した。

「まずはシャルダン広場でクレープです！」

わたしはシメオン様の腕に抱きつき、街の中心地を目指して踏み出した。

観光都市としても名高いサン＝テール市で一、二を争う有名な場所がシャルダン広場だ。ここから放射状にいくつも道が延びて、街のいたる場所へつながっている。すべての起点、もしくは終着点。百年くらい前までは処刑も行われていたそうで、ここで斬首《ざんしゅ》された人の中には王族もいたりする。華やかな風景の裏にけっこう血なまぐさい歴史もある名所だ。

今はそんな陰の部分はまったく見せず、にぎやかで楽しい観光地になっている。到着し、クレープの屋台をさがして見回したわたしは、広場の一角で人が集まっているのに気づいた。

大道芸人がいるのかと思ったが、違うようだ。風に乗って流れてくるのは楽しげな歓声ではなかった。

「あれがサティさんの言っていた街頭集会でしょうか」

わたしが言うより早く、シメオン様も気づいていらっしゃる。きれいなお顔をしかめて見ていた。

「……ちょっとだけ、見に行ってもかまいません？」

「マリエル」

お伺いを立てるや水色の瞳《ひとみ》がわたしに戻り、厳しくにらみつけてくる。わたしはあわてて言い足した。

「そばまでは行きません。話が聞き取れるくらいまで――なにも好奇心だけではなくてですね、国民として関心を持つべきではないかと」

「あなたが関心を持つ必要はありません」

シメオン様はぴしゃりと切り捨てる。ちょっと不愉快になってわたしは口をとがらせた。

「シメオン様も、女は家の中のことだけ考えていればよいとおっしゃるのですか」

「……そうではありません。ですがあの手の集会は過激な人間が集まって極端な主張をしているだけです。まともな演説ではない」

「それは聞いてみないとわからないと思いますが」

シメオン様は黙って首を振る。やっぱりだめかあ。

別に反戦集会を応援したいわけではない。どうして援軍が出されたのか理由も教えられたし。でもああいう、活動家と言うのかしら？　貴族社会では見ない人たちに興味がある。シメオン様が一緒なのだし、あまり近くまで行かなければ大丈夫かなと思ったんだけどなあ。

未練がましくふたたび人だかりへ目を向ければ、少し手前からこちらを見ている人に気づいた。目が合って思わず声が出る。豊かなあご鬚《ひげ》をたくわえた端正な顔には見覚えがあった。

シメオン様もその人に気づく。わたしたちの反応を見て、向こうから近づいてきた。

「思いがけないところでお会いするな」

男性的な魅力に満ちた、低い声がかけられる。足取りにもしっかりとした力強さがあり、わたしは喜びに顔がゆるむのを感じた。もうすっかりお元気になられたのね。

思いがけないのはこちらも同じだった。基本的にこういう場所で行き会うはずのない相手だ。向こうも貴族、それも侯爵の位を持つ人だった。

落ち着いた色の瞳がわたしを見下ろし、優しくやわらぐ。以前は危険な野心家という印象を抱いていたせいで、あまり好意的には見ていなかった。本当はとても純粋な正義漢だと知ってからは尊敬している。ラファール侯爵はわたしへ向かって手をさし出した。彼の意図を悟ってわたしも手を出す。とても丁重にすくい取られ、挨拶の口づけが落とされた。

「ごきげんよう、フロベール夫人」

「ごきげんよう――あ、わたしのことをご存じで」

つい普通にご挨拶しかけて、ものすごく今さら気づく。考えてみればわたしが侯爵とまともに顔を合わせたのはこれがはじめてだった。以前まみえた時の彼は大怪我で死にかけていて、たまたま居合わせたわたしがどこの誰《だれ》かなんて気にする余裕もなかっただろう。ただでさえ人の記憶に残らないわたしなのに、あの状況で覚えられたとは思わなかった。

こちらはお顔もお名前もよく知っていたけれど、向こうからも認識されていたとは驚きだ。シメオン様と一緒にいるから妻だろうと考えたのかしら？　それにしては親しげな挨拶だったような。

わたしの疑問に答えるように、ラファール侯爵は微笑《ほほえ》んで言った。

「あなたにはきちんと礼を申し上げたかった。命の恩人だというのに今日まで不義理をして申し訳ない。その節はありがとう、感謝している」

「まあ、そんな。恩人なんて、なにもしておりませんが」

「あなたが助けを呼びに行ってくれたおかげで命拾いした。あの時はなにも考える余裕がなくて頼んでしまったが、私を刺した犯人が出て行ったばかりでまだ近くにいたというのに、危険なことをさせてしまった。申し訳ない」

「いえ……よく覚えていらっしゃいましたね」

驚くより感心してしまった。想像を絶する苦痛だったろうに、わたしのことまでちゃんと覚えていたなんて。さすが議会の有力者、並の精神力でも記憶力でもないわけですか。ますます尊敬する。

「聞けばあなたも襲われて怪我をされたとか。私のせいで本当に申し訳ない」

「侯爵様がお気になさることではございません。あれは犯人たちが悪いのです。それにわたしの怪我は大したものではございませんでしたので、とうに治りました。おかまいなく」

軽く笑って引こうとした手を、侯爵はしっかり握って放さなかった。知性と情熱をそなえた瞳が変わらずひたと見つめてくる。なにかしら、やけに熱烈なものを感じるような。この人からこんな態度を向けられる理由がわからなくて、笑顔の下で困惑してしまう。

あの事件が起きるまでは、すぐそばをすれ違っても意識されなかったのに。死にかけた時の記憶は脚色されてしまうのだろうか。わたしがしたことなんて助けを呼びに行っただけで、じっさいに侯爵を救助したのは近衛《このえ》だし、懸命に治療したのはもちろん医師だ。恩人と言うならそちらである。いったい侯爵の中で、あの時のできごとはどう記憶されているのだろう。

笑顔のまま固まっていると、頭の上でややわざとらしい咳払《せきばら》いが聞こえた。侯爵の視線がわたしから上へ移動する。優しい微笑みがするりと抜け落ちて、ひややかなとげを含んだ表情になった。

「ごきげんよう、閣下。このような場所で行き会うとは意外ですね。あの集会に参加されているのですか？」

シメオン様の声も負けずにひややかだ。見なくてもどんな顔をされているのかわかった。うっすら微笑みながらも鬼副長の鋭いまなざしになっているのだろう。ああ、想像だけで身震いがする。わたしのすぐ上に鬼畜参謀の黒い笑顔が。

「国王陛下を批判するものならなににでも乗っていくというわけですか。さすが『新しい政治』とやらを掲げるだけあって固定観念に縛られない大胆な行動をなさる。侯爵位を持つ方があのようないかがわしい集団と結託されるとは、われわれには想像もつかない話ですよ」

――うわぁお、露骨な敵意をビシバシぶつけまくっている。余波でわたしまで凍りつきそうだ。

シメオン様の腕がわたしの腰に回された。抱き寄せられて侯爵の手が離れる。侯爵は姿勢を戻し、鬼副長の冷たい嫌味に動じることなく言い返した。

「実情を知ろうともせず『いかがわしい』と決めつける気はないが、あいにく私もただの通りすがりだ。と、言いきるわけにはいかないかな。たしかにあれを見たくて出てきた。どういうものかと思ってな」

こちらもなかなかの嫌味っぷりである。

「じっさい批判が出るのは当然だろう。陛下や上層部の考えは防衛の域を超えている。援軍の派遣だけならば私も批判する気はないが、それ以上のものとなるとな」

「閣下」

いっそう低く鋭くなったシメオン様の声が、ラファール侯爵の言葉を遮った。それ以上のものってなんだろうと気になったが、とても割り込める雰囲気ではない。ラファール侯爵もこの場で口にすべき話ではないと考え直したようで、口調をあらためた。

「せっかく通りかかったのだから、君も固定観念を捨てて聞いてきたらどうかな。あの者たちは表面的なことしか知らずに騒いでいるだけだが、そういった国民の反応も軽視すべきではないだろう。遠くの利益ばかりを見ていないで足元をたしかめることも必要だと思うがな」

「あいにくですが、妻と街歩きを楽しんでいるところですので。おっしゃったように怪我などもあってしばらく家にこもりがちでしたのでね、今日は存分に遊ばせてやりたいのですよ。不粋な話で水を差したくありません」

これ見よがしにわたしの髪に顔を寄せ、シメオン様はしれっと言い返す。わたしは集会を見に行きたいとお願いしていたんですけどー？　反論の口実に使ってくれちゃって。

旦那《だんな》様の面目をつぶすわけにはいかないので、わたしは我慢して笑顔を保った。あとで甘味の刑よ、覚えてらっしゃい。

鼻で笑い飛ばすと思ったら、なぜか侯爵はむっとした表情になって黙った。難しい話には即座に言い返していたのに、こんなしょうもない当てつけが効いたの？　そういえば彼はまだ独身だと聞くから、ひがんだのかしら。そんな、どこかの殿下みたいな。

束《つか》の間、二人は無言でにらみ合う。間に挟まれたわたしは居心地が悪いことこの上なかった。

言ってみれば政敵だものね……王家に忠誠を誓うシメオン様と、王制を排したい改革派の筆頭。仲が悪くて当然だ。でもシメオン様は嫌いな相手であってもむやみとけんかなさらない。普段はもっとそっけなくあしらうのに、こうも真っ向から嫌味合戦するなんて珍しい。

わたしの知るかぎり、シメオン様が積極的にけんかしていた相手といったら某怪盗くらいだ。ラファール侯爵と彼に共通する特徴なんてあったかしら。かなりタイプが違うわよね……？

強引にシメオン様を引っ張って離れようか、それともしゃしゃり出ずに見守っているべきか。迷いに答えを出す必要はなかった。聞こえてくる声が急に殺気立ち、シメオン様とラファール侯爵がにらみ合いをやめて振り返った。

広場に警官隊が踏み込んできたところだった。サティさんから聞いたとおりの状況だ。たちまち警官と活動家との小競り合いがはじまった。

巻き添えをおそれて周りの人が逃げてくる。かと思えば面白そうに見物しに行く野次馬もいる。シメオン様がわたしを抱く腕に力を増した。

「行きましょう」

ラファール侯爵にそっけない会釈だけして広場の外へ向かう。強引に歩かされ、わたしも急いで会釈した。侯爵はわたしにだけ会釈を返してきた。

「あ、クレープ……シメオン様ぁ」

「他でも売っているでしょう。早くここを離れましょう」

せっかく屋台を見つけたのにシメオン様は足を止めてくださらない。

「名物の生クリームとカスタードクリームとショコラクリームの三色クレープが食べたかったのに」

「聞いているだけで胸が悪くなるのですが。クリームの塊ではありませんか。よくそんなものが食べられますね」

「クリームが食べられないのは年を取った証拠だとか」

「うっ……いや子供の頃からそんなには……」

シメオン様と言い合いしながらちょっとだけ振り返れば、ラファール侯爵はまだこちらを見ていた。さきほどの妙に親しげな態度を思い出し、忘れかけていた疑問が再浮上する。

「どうしました？」

しかたなく屋台へ向かいながらシメオン様が聞いてくる。

「いえ、侯爵様はずいぶん雰囲気が変わられたな、と。お怪我をなさってから、なにか思うところがおありだったのでしょうか」

「……さあ」

「親しげなご挨拶をいただきましたけど、ほとんど今日が初対面みたいなものでしたのにね。あの方はとにかく政治活動に熱心でご結婚もなさらず、女性との噂《うわさ》が立ったこともありません。もしや女嫌いなのかもって思っていたのに……そうでもなさそうですね？」

今日は逮捕者が出るほどの乱闘にはならなかったようだ。反戦集会はすぐに解散していった。ラファール侯爵もわたしたちとは別の方向へ歩きだす。歩きながら何度も振り返っているとなにやら手が痛かった。視線を前に戻せば、さきほど口づけを受けたところをハンカチでごしごし拭《ふ》かれていた。

「シメオン様、痛いです」

「マリエル、彼に思わせぶりな態度を見せないよう気をつけてください。その気がなくとも誤解されるおそれがある。相手をする気はないと、はっきり示すのですよ」

「はい？」

なにを言い出すのかと顔を上げれば、いたって真面目《まじめ》な視線にぶつかった。

「またそういう……普通の殿方はわたしなんて女のうちに数えませんてば。それに侯爵様はわたしよりお父様と年が近いくらいですよ。お呼びでないのはあちらの方でしょう」

「そ……っ、いや、そう、彼はまごうことなきおじさんです。あなたの相手ではない」

なにか言い返しかけたシメオン様は急いで言い直した。「おじさん」の部分に力がこもっていたような。だからわたしではなく、向こうにその気がないと言っているのですが。

うちの旦那様はずいぶん嫉妬《しっと》深いらしい。困っちゃうわと口元がにやけてしまった。やだもう、可愛《かわい》いんだから。てんで見当違いなのに本気で心配して。いけないと思いつつ喜んでしまう。

シメオン様こそわたしの相手になるとは思えない人だったのにね。遠くから眺めるのが関の山、というてい手が届かないはるか高嶺《たかね》の花のはずが、まさかの婚約者、からの夫。本当に奇跡と言うしかない。

ご自分のきらびやかさを棚に上げて地味な妻の方を心配するなんて、まったくあべこべだろう。可愛いやら笑っちゃうやらで、さきほどのやり取りで気になった部分も追及できなくなってしまった。まあいいわ、きっとわたしにも詳しく話せないことでしょうから。

「さあ、ほら。三色クレープでしたか？」

白と赤に塗られた屋台の前に着いた。あたりに甘い匂いが漂っている。屋台の前の看板にはクレープの絵が描かれていた。この可愛らしい風景にシメオン様がおそろしく似合わないこと！　全身からにじみ出す気品というか迫力というか、玄人《くろうと》感満載の美形とクレープの屋台があまりにちぐはぐで萌《も》えてしまう。周りの観光客や恋人たちも、あれはなんだと注目していた。

「あ、三色はやめます。マロンクリームも追加で」

「やめるって増やす方ですか！　味がとんでもないことになりませんか⁉」

「二つくださいね。わたしと、この人の分」

「無理です、食べられません！」

「あら、やはりお年が」

「くっ……ふ、二つで……」

敵陣に斬《き》り込むかのごとき形相のシメオン様に、わたしは笑いを隠した。さっきダシにしてくださったお返しですよーだ。一度に全部食べるわけではなく、それぞれのクリームが順番に顔を出すようになっている。そして量も少ないから大丈夫――ということは黙っておいた。食べてからのお楽しみだ。

そのあとはなにも起こらず、予定どおりあちこちをめぐった。お買い物したりおひさしぶりの女神様たちにお会いしたりと、存分に一日を楽しんだ。わたしの隣には常にシメオン様がいて、見上げれば優しいまなざしが返ってくる。どこでなにをしても幸せだった。旦那様とのデートに心底満足して、すっかり日も暮れる頃わたしは帰路についた。

さんざん歩き回って疲れたせいで、馬車に揺られる間に眠り込んでしまったらしい。ふと目を覚ませばもう降車していた。わたしを揺らすのは車輪ではなく、大きく規則的な歩みだ。質の悪い座席のかわりに力強い腕が抱いてくれている。この世でいちばんのぬくもりに包まれて、わたしは大切に運ばれていた。

「起きましたか？　家に着きましたよ」

寝ぼけた頭でぼんやりしていると、すぐそばから声をかけられた。眠くてうにゃうにゃと不明瞭《ふめいりょう》な返事しかできない。ひそやかな笑いがこぼされ、額にやわらかいものがふれた。

「眠っていてよいですよ。あれだけ歩けば疲れたでしょう。きっと明日《あす》はあちこちが痛みますよ、日頃ろくに運動していませんからね」

「んん……ふぁっ!?」

何度もあくびをして、ようやく意識がはっきりする。あわてて周りを見回せばもう玄関先まで来ていた。出迎えの使用人たちが、手のふさがっているシメオン様のかわりに荷物を運んでくれていた。

「ああっ、ごめんなさい！　下ります下ります、下ろしてください」

あわてるわたしを、シメオン様は下ろすどころか逆にしっかりつかまえて放さない。

「つれないことを。このまま可愛らしい寝顔を堪能させてください」

「そんなの可愛いわけないでしょう。意地悪をおっしゃらないでくださいませ」

「本当に可愛いから言っているのに。シュシュが腹を丸出しにして寝ている時にそっくりでしたよ」

「ひっくり返ってました⁉」

ううう、これはクレープの意趣返しだろうか。うらめしくにらめば声を立てて笑われる。周りからもくすくす笑われて顔が熱かった。

「ああ、帰ってきたのね。お帰りなさい」

抱かれたまま玄関をくぐると、お義母様《かあさま》の声に出迎えられた。

「あっ、た、ただ今帰りました」

わたしはシメオン様の肩を叩《たた》いて下ろしてもらった。お義母様は別にわたしたちを出迎えるために一階へ下りていたわけではないようで、周りで使用人たちがなにやら忙しく動いていた。屋敷内の気配に耳を澄ませば、全体的にあわただしく感じる。

「なにかありましたか？」

シメオン様が気づかないはずもなく、二階へ戻ろうとするお義母様に問いかけた。

「さきほど急ぎのしらせが届いてね、レスピナスの大叔母様が亡くなったそうよ」

「ついにですか」

「ええ、ついに。百歳まで頑張るかしらと思ったけど、ちょっと届かなかったわね」

レスピナスというのはフロベール家の親族の一つだ。王都から少し離れたモーニュという地方に土地を持っている。レスピナス家の大奥様……たしか、シメオン様のひいお祖父様《じいさま》の妹君だったかしら。

「急げばお葬式に間に合うから明日朝早くに出発するわ。行けるならあなたも一緒に行ってほしいところだけど……」

先を濁したお義母様の言葉にシメオン様は首を振った。

「申し訳ありませんが、行けませんね。今は仕事を抜けられなくて」

「でしょうね。いいわ、かわりにお悔やみのカードを書きなさいね」

まったく期待していなかったようで、お義母様はあっさりうなずいた。それからわたしに顔を向けてくる。

「マリエルさんはどう？　レスピナスからはあなたたちの結婚にもお祝いをいただいたから、顔を出しておくべきだと思うのだけど」

「ええ、お供します」

わたしに不都合はない。シメオン様が行けないならなおさら、妻のわたしが行かなくては。わたしは荷造りをすべく、眠気を振り払って二階へ急いだ。心得たジョアンナと女中たちが手伝ってくれた。

「喪服と小物類一揃《ひとそろ》い、持ってきているの。結婚前に実家で用意してくれたから足りないものはないはずだけど」

「大丈夫ですよ、すぐに出せるよう全部一緒にしてありますから」

衣装部屋にはドレスや小物があふれかえっている。おしゃれが生き甲斐《がい》のお義母様が次々作らせるものだから、もうわたしにはどこになにがあるか把握しきれない。でも女中たちはちゃんとわかっていて、すぐに必要なものを出してくれた。

何日かは向こうに滞在するという話だったので、着替えを詰めた鞄《かばん》がいくつもできあがった。それらが運び出されてからようやくお風呂を使い、寝支度を済ませる。一日歩いた疲れもあって寝室に入った時にはフラフラだった。

うう、眠い……シメオン様はまだお風呂かな。待っていたいけど限界だわ。

わたしはお先に寝台にもぐり込んだ。明日にはあちこち痛くなるだろうと言われたが、現時点ですでに脚が痛みはじめている。モーニュへの旅は厳しいものになりそうだ。

「はふ……」

広い寝台を這《は》ってようやく枕《まくら》にたどり着く。定位置に寝転がると即座に意識が落ちかけた。

そこへ旦那様も入ってきた。知らん顔したまま眠ってしまいたくはない。わたしは必死で眠気に抗《あらが》いまぶたをこじ開けた。

「おやすみなさい……」

「待って、マリエル。少しだけ聞いてください」

「うえ……？」

一言伝えるだけで精いっぱい、もう吐き気がしそうなほど眠いのにシメオン様はわたしを呼び止める。つい顔をしかめてしまった。今お話しても頭に入らないわよう。

「モーニュはサン＝テールと違って田舎《いなか》です。レスピナスの屋敷もすぐ近くが山ですし、川や池もたくさんあります。絶対にちゃんとした道以外には踏み込まないこと。よいですね？」

「……ぁい」

ああ、やっぱりいつものお小言だった。そう思ったとたんまぶたが落ちる。半分眠りながら返事すれば、肩を揺すられた。

「聞いていますか？　そもそもあまり出歩かずおとなしくしているのですよ。外へ出る時は男手を連れていくように。護衛という意味ですよ？　ノエルや父上ではだめです、もっと頼れる男を――アドリアンの出発がもう少し遅ければ……」

アドリアン様がどうしたですって……？　さんざん文句を言っていたけど、今頃虹《にじ》の島を満喫しているのではないかしら……そういえばあの島の海賊たちとは会ったかな。アドリアン様とサシャって、雰囲気がちょっと似ているわよね……猫の目の海賊と大型犬……ではなくて……いえワンちゃんだったかしら……？

思考がどんどん溶けていく。シメオン様の声も遠ざかった。わたしはあたたかな眠りの海に身を投げて、そのまま深く沈んでいった。

4

今にも泣きだしそうな鈍色の空の下で、葬儀はしめやかにとり行われた。

このところモーニュ地方は天候不順で、頻繁に大雨に見舞われているらしい。たしかにわたしたちが到着した時も雨が降っていた。葡萄《ぶどう》の収穫が終わったあとでよかったけれど、これ以上降り続かないでほしいと揃《そろ》って人々は口にする。ワインの生産がこの地方の主力産業なので、病気のもととなる長雨はことさらにおそれられていた。

他《ほか》にも川が危険な水域まで増水したり、小規模な土砂崩れが発生したりと、楽観視できない影響が出ている。大きな災害が発生すれば人命にも関わるので、人々は毎日不安そうに空を見上げていた。

「ノエル、来いよ。タンタ川がすごいことになってるんだ。あんなのお前絶対見たことないぞ、行こうぜ」

そんな状況とは裏腹に響く声は明るい。葬儀が終わるやレスピナス家の男の子がノエル様を誘っていた。

「着替えてから行かない？　この靴じゃ泥道は歩きにくいよ」

ノエル様は都会の貴公子らしく汚れを気にする。でも行くこと自体には乗り気だ。珍しい田舎《いなか》の風景に興味があるだろうし、親戚《しんせき》の子と遊べるのも楽しいのだろう。暮れには十六歳、もう大人《おとな》の仲間入りだと主張しても、あの年頃《としごろ》の男の子はまだまだやんちゃなものだった。

「レオン！　川には近寄るなと言ったでしょう！」

「ノエル、勝手に出歩くのではありません。大人だと言うから連れてきたのに、まだ子守が必要だったかしら？」

少年たちの好奇心はたちまち母親に見とがめられる。まっすぐ帰るよう厳命されて、二人はふくれっ面で歩いていった。大丈夫かな、途中でこっそり抜け出さないでしょうね。

気になるのはわかる。わたしもじつは見たくてしかたない。おそろしい勢いで流れる濁流――って、じっさいどんなものか見たことはない。物語で読むばかりだ。サン＝テールで大雨が降った時には外出を禁じられて、川もなにも見られなかった。実物を目にする機会があるなら見ておきたい。より迫力ある描写のために！

でも危ないものね……シメオン様にも注意されたし。川や池がたくさんあるから気をつけなさいって言っていらしたわよね。

他にもなにか言っていたような気がするけれど、なんだったかな。まあつまり、危険なことをするなというようなものお小言だろう。相変わらず過保護な旦那《だんな》様だ。

わたしはもう十九歳の大人なので、ちゃんと分別をわきまえている。ええ、結婚もした大人の女ですからね、坊やたちのような真似《まね》はしませんよ。離れた安全な場所から見るだけで我慢するわ。あとでお願いしよう。

「身体《からだ》ばっかり大きくなって、中身はいつまでたっても子供なんだから。この間も水車小屋の屋根に登ってまんまと転げ落ちたんですよ。幸い大怪我《おおけが》はせずに済んだけど、懲りないんだから」

「男の子は無謀なことをしたがるから大変よね。うちもアドリアンがよく馬鹿《ばか》な真似をして怪我をしたものだわ。シメオンがいなかったらあの子も今頃お墓の中よ」

息子たちを叱《しか》りつけたあと、母親同士もおしゃべりしながら帰路につく。色とりどりの花束に埋もれた新しいお墓に別れを告げて、人々は三々五々墓地から出ていった。

若い人の突然の不幸とは違い、百歳近いお年寄りだったから周りに動揺はない。少しばかりのさみしさと、大きな仕事を終えたお疲れ様感に満たされている。故人の思い出を語り合ったり互いの近況を尋ねたり、人々の顔はけっこう明るかった。

わたしは最後尾を一人で歩いていた。まだ嫁いだばかりで親戚の人とは一、二度顔を合わせたことがあるくらいだ。親しい人なんていなくて内輪の会話にはまざりにくい。あまりしゃしゃり出るべきでないと思って後ろでおとなしくしていたら、案の定存在を忘れられた。みんな同じような黒いドレスを着ているからあっさり埋没してしまう。婚約前に戻った気分で集団から少し離れ、風景と人々のようすを眺めていた。

教会の裏手に広がる墓地は手入れが行き届いていて、陰鬱《いんうつ》な雰囲気はまったくない。お墓の形もさまざまで見ていて飽きない。ゆっくり歩いていると、他にも花が手向《たむ》けられているお墓があった。白い花ばかりだから子供かな。幼い子供が亡くなったのでは、さぞ悲しまれたことだろう。

小さなお墓の前で足を止めて、安らかにと祈りを捧げる。墓碑を覆い隠してしまいそうなほどの花束にまじってぬいぐるみなども供えられていて、遺《のこ》された人々の愛情と嘆きが感じられた。

風に吹かれたか倒れている花束があったので拾って立て直す。ぬいぐるみもきちんと置き直し全体を整えて顔を上げると、正面の建物の窓辺に人影が見えた。

あれは司祭様の住居部分だろう。大人の男性、よね。窓から外を見ていて……なんとなく、こちらを見ているように思えた。

司祭様は結婚なさらないから、ご家族ではないわよね。お手伝いの人かな？

ぼんやり見ているとカーテンが引かれ、窓辺の人影は見えなくなった。こんなお天気なのにカーテンを引く必要がある？　なんだか見ないでくれと拒絶された気分だ。不躾《ぶしつけ》だったかしら。でも向こうが先に見ていたのにね。……そう感じたのは勘違いだったのかしら。

釈然とせず立ち尽くすわたしに、足音が近づいてきた。

「どうなさいましたかな」

祭服を着た、五十すぎの穏やかそうな人物が声をかけてくれる。さきほどの葬儀でもお世話になった司祭様だ。

「いえ……」

わたしは軽く頭を振って気を取り直した。

「こちらは小さい子供さんの？」

足元のお墓について尋ねると、司祭様は見下ろしてうなずいた。

「ええ、まだ八歳でした。雨に降られて風邪をひいたと思ったら、そのまま容体を悪くしまして。つい先日のことですよ」

「そうですか……親御さんもお気の毒ですね」

百年近い人生をまっとうしひ孫に見送られる人がいる一方で、十年と生きられず親の涙に送られる子供もいる。運命は時にひどく残酷だ。

ぽつりと帽子の縁《ブリム》になにかが当たった。見上げれば冷たいものが頬《ほお》に落ちてくる。空がとうとうこらえきれなくなり、周囲に音が響きはじめた。

「降りだしましたね。あなたも風邪をひかないよう早くお帰りなさい」

「はい、失礼いたします」

わたしは司祭様におじぎをし、急いで墓地を出た。

屋敷まで十分とかからない道を戻る間にも雨は強くなっていく。町の人たちがあわてて軒下へ走っていて、わたしも途中から走った。屋敷へ帰り着く頃には本降りになっていた。

それからずっと雨はやまず、かなり勢いを増して降り続いた。ノエル様たちも遊びに行きようがなく、屋敷の中でゲームをして時間をつぶしていた。

夕刻の、本来なら空が染まりはじめる頃にもう夜みたいに暗くなっている。一向にやむ気配のない雨の向こうで闇《やみ》に溶け込んでいく山を窓から眺めていると、なにやら階下が騒がしくなった。

「なにかありました？」

部屋を出て階段へ向かう。この家の人がいたので尋ねると、面倒そうな顔で答えてくれた。

「お客様がいらしたんです」

「お客様ですか、この雨の中を。なにか緊急事態が？」

「さあ。よく知りませんけど」

わたしとさほど年の違わない若いお嫁さんは愛想のない反応だ。せっかく同年代の嫁同士なのに、仲よくおしゃべりしようとは思ってもらえないらしい。まあしかたないか、こんなわたしだもの。でも親戚だからちょっとくらいは交流しておかないと……と思い、わたしは頑張って話を続けた。

「ええと、町の人がいらしたのかしら。もしや雨のせいで災害が」

「そういうんじゃなくて、フロベールのご長男がお仲間を連れていらしたようで」

「まあ、フロベールの……って」

社交気分で話を合わせかけて、はたと気づく。え、フロベールの長男って。

「シメオン様が？」

わたしはお嫁さんと別れ、急いで階段を下りた。玄関ホールにずぶ濡《ぬ》れの集団がいる。普段の凛々《りり》しい姿とはずいぶん印象が違って見えるが、間違いなく近衛《このえ》の制服だった。そしてその中にはたしかにシメオン様の姿があった。

「シメオン様！」

彼らに拭《ふ》くものをと使用人たちが走り回っている。邪魔をしないよう間をすり抜けて、わたしはずぶ濡れ集団へ駆け寄った。制服を拭いていたシメオン様が顔を上げた。

「マリエル」

「どうなさったのですか。お仕事で来られないということでは――って、お仕事中ですよね……」

制服のままで、しかも部下たちを連れてきたのだ。仕事中に決まっていた。

「いったいなにがありましたの」

濡れて使いものにならない眼鏡《めがね》をシメオン様は胸ポケットに入れていた。わたしはそれを取り出してハンカチで拭いてあげた。

「ありがとう。移動中にこの雨に遭いましてね。レスピナス家の近くだと思い出して避難させてもらうことにしたのです」

わたしから受け取った眼鏡をシメオン様はかけ直す。淡い金の髪もすっかり濡れそぼってうなじに張り付いていた。まだ水滴がついているので背伸びしてそれも拭く。

「冷えてしまわれたでしょう。早く暖かい部屋へ……お風呂に入っていただいた方がよいかしら。着替えも用意しないと――お義父様《とうさま》の服をお借りしましょうか」

「父上の服では細すぎて着られません。大丈夫ですよ、このくらい平気です」

「だめです、もう夜は寒いのに。油断していたら風邪をこじらせて大変なことになります」

「私はそんなに弱くありませんよ」

「そう思って甘く見るのが危ないのです」

困ったように笑ってシメオン様はわたしの手を下ろさせた。背伸びしなくていいよう、身をかがめて視線を寄せてくださる。

「濡れているのは私だけではありませんよ。皆疲れているので、温かいものを食べさせていただくのがいちばんありがたい」

「もちろん皆様にも暖炉のある部屋で休んでいただきましょう。お食事も。多分もう用意をはじめてくださっていると思いますが」

「ええ。それと……」

「いつまでいちゃついているか、そこの新婚夫婦！　見せつけるなうっとうしい！」

シメオン様が言いかけるのを制して苛立《いらだ》った声が響く。顔を向けたわたしは、一拍置いて目をそらした。

「……いやだわ、わたしが風邪をひいてしまったのかしら。変なものが見える」

「変とはなんだ、無礼な！　生まれてこのかた一度も風邪をひいたことはないと言っていたであろうが」

「幻聴も聞こえる……」

「そんなに私の存在を否定したいか。なにかと面倒見てやったのに恩知らずめ」

「あら恩と言うならそちらこそ。長年の失恋生活に終止符を打ち、晴れて婚約できたのは誰《だれ》のおかげです？」

「あっ、あれは私が頑張ってジュリエンヌに求婚して」

「王妃様に交渉してさしあげたのはわたしです」

「それは感謝しているが……って私だとわかっているのではないか！」

近衛たちにまじってやはりずぶ濡れになっているのは、ありえないことにわが国の王太子殿下だった。軍服に似た服をお召しになり足には編み上げブーツと勇ましいお姿だが、王家の血を表す黒髪とシメオン様に張り合うほどの美貌《びぼう》は見紛《みまが》いようもない。遠いサン＝テールのヴァンヴェール宮殿にいらっしゃるはずのお方が、なぜか田舎町の地主館を訪れていた。

「なにが幻覚に幻聴だ、最初からわかっていたのであろうが」

濡れた頭にタオルを乗せてセヴラン殿下はぷりぷり文句をおっしゃる。わたしはしかたなくおじぎした。

「それはまあ、近衛騎士だけで地方へ出動するはずありませんから王族の方がいらっしゃるのだろうとは思いましたけど。どなたが出ていらしたのかしらって多分この辺だろうなって思いましたけど」

「王子をつかまえてこの辺とか」

「わかっていても否定したいことがあるのです。ここは一つ、そっくりさんということにいたしませんか」

「なぜそうも否定されねばならぬ⁉　私がかわいそうだろうが！」

「だって……」

わたしはそっと別の方向を振り返った。この屋敷のご主人や奥様が、ほとんど恐慌状態で立ち尽くしていた。一行に王子様がいると知った使用人たちもご同様だ。みんなして青ざめ固まっていた。

くり返すがここは田舎である。ラグランジュ北東部に位置する畑と畑と畑、あと山ばかりな土地である。地主は名門伯爵家の親戚とはいえ、王族と直接交流したことなどない人たちだ。そこへなんの前ぶれもなく突然王太子殿下がやってきて、落ち着いて迎えられるだろうか。高貴のお方をどう扱えばよいのか、満足いただける接待ができるのか、怯《おび》えて混乱するのが当然だった。

せめてそっくりさんということにすれば、彼らの心的負担を減らせるかしらと思ったのだけど……まあ無理ですよね。

「雨とともにやってくるなんて天災みたいな」

「マリエル」

ため息をついたところでシメオン様の指導が入り、頭を軽くはたかれる。彼はレスピナス夫妻のもとへ行って状況の説明をはじめた。わたしはおろおろしている女中から新しいタオルを受け取り、殿下の背中を拭いてさしあげた。

「こんなになるということは、馬車ではなく馬を使われていたのですか？」

「ああ、急ぎだったのでな」

「いったいどうなさいましたの。殿下が飛び出してこられるなんてただごとではありませんね」

「……すまぬが、詳しいことは話せぬ。聞かないでくれ」

厳しさを含んだ声に、わたしは一瞬手を止めた。周りの騎士たちを見ても誰とも目が合わない。意識してそらされている。そういうことかと、わたしはうなずいた。

「わかりました、殿下の秘密は誰にも漏らしません。見なかったことにいたします」

「どうしてそうややこしい言い回しをする⁉　後ろめたい秘密なぞないわ！　――こらその手帳どこから出した、なにを書いている⁉」

話している間にお義父様たちもやってきて、レスピナス家の人々をなだめてくださった。どうにか受け入れ準備が済んで一行は二階へ案内される。急遽《きゅうきょ》用意された客間は一つ。そこへ殿下とシメオン様、他に騎士十二名がぎゅうぎゅうに押し込まれた。

　元々そんなに大きくない屋敷な上にわたしたちが泊まっているので、他に空きがないのだ。当主夫妻も、もう少しどうにかできないかと困っていた。

「殿下の分だけ確保できればかまいません。われわれは毛布の一枚も借りられれば十分です」

　濡れた上着を脱いでシメオン様は平然とおっしゃる。後ろで騎士たちが微妙な顔をしていた。野宿の訓練もしている軍人とはいえ、床でごろ寝はやっぱりかわいそうだ。屋敷中の長椅子《ながいす》を集めればなんとか人数分足りないだろうか。応接間なども借りるとか。

「シメオン様はわたしのところでお休みになれば？　それで一人分減らせますね」

「……仕事中ですから」

「お仕事中だからといって眠らないわけにはいかないでしょう。別にどこで寝ても同じでは」

「いや……寝るだけですか」

「え？」

　束《つか》の間シメオン様と見つめ合い、意味を理解して頬が熱くなる。

「まっ……あ、当たり前ではありませんか」

「だから見せつけるなと言うのにお前たちは！」

　暖炉の前で殿下が青筋を立てている。部屋の中にロープを張って、濡れた衣服が吊《つ》るされていた。

　騎士たちも苦笑気味にこちらのやり取りを聞き流していた。

「まったく、私は五日に一度もジュリエンヌに会えぬというのに……下も脱いで乾かしたい。遠慮してくれぬか、マリエル」

「かしこまりました」

ぶちぶち言う王子様に頭を下げて、わたしはいったん退出した。

屋敷内はまだあたふたと騒がしい。そろそろ夕食の時間でもあり、急に人数が増えて厨房《ちゅうぼう》はさぞ大変なことになっているだろう。

「マリエル姉様、兄様たちなんて言っていた？」

ひとまず自分の部屋へ戻ろうと歩いていると、ノエル様がやってきた。

「なにって？」

「だから、どうして殿下が近衛を連れてこんなところに現れたのかってことだよ」

青い瞳が好奇心に輝いている。それはわたしも聞きたいことだと首を振った。

「教えてはいただけませんでした。内密の事情があるようなので、あまりあちらへ近づいてはいけませんよ」

「ふーん、つまんない」

いたずらっ子の小悪魔だけど、ノエル様も名門の息子だ。踏み込んでいいところとだめなところはわきまえている。口をとがらせながらもうるさく食い下がりはしなかった。

「一室にあの人数はきついでしょ。僕の部屋を使うといいよ。僕はレオンと一緒に寝るから」

「よろしいのですか？　助かります」

「兄様に貸し一つって言っておいてね。あとで返してもらうから！」

にこやかに言ってノエル様は戻っていく。ちゃっかりさんめと笑いながら、本当になにが起きているのだろうとわたしも首をひねる気分だった。まさか戦局が変わってオルタ軍がラグランジュに攻め込んできたとか……は、ないか。そんな事態ならもっと本格的に軍隊が編成されて出動するだろう。それに王太子殿下が前線へ向かうなど周囲が全力で止めるはず。

他になにがあるのかなあ。考えながら見た窓がカタカタ揺れていた。風も強くなってきたようだ。このようすだと夜通し降るだろう。今度こそ川が氾濫《はんらん》しないかみんな不安を抱えている。いざという時は教会が避難場所になるそうで、そのための支援準備もしておかなければいけないとレスピナス家はじつに忙しかった。

この状況で長居しては迷惑だから、天候が回復すれば明日《あす》にでも帰ろうとお義父様たちが相談している。簡素な夕食を終えて食堂を出れば、ここの奥様とお嫁さんが廊下で立ち話をしていた。

「あっ、ええと……マリーさん！」

先に奥様がわたしに気づいて呼んできた。マリーではなくマリエルですが……まあいいや。

「なんでしょうか」

わたしが行けば、奥様は手にしたお盆を突き出してきた。

「あなた殿下とお親しいのよね。これ、持って行ってくださらない？」

お盆にはお茶のポットとカップが載っていた。すがるような目を向けられる。殿下は優しくて寛大な方だから、そんなに怖がる必要ないんだけどな。

「わかりまし……」

「だからぁ、わたしが行くって言ってるじゃないですか」

受け取ろうと手を出したらお嫁さんが割り込んだ。お盆を取り上げようとして、それに奥様も抵抗するから引っ張り合いになる。ああ落ちる落ちる、危ない危ない。

「あなたはいいから向こうを手伝ってきなさい」

「だって、こんなのお客さんに頼むことじゃないでしょう」

「相手は王太子殿下なのよ、粗相があってはいけないの！」

「大丈夫ですってば。こんなボーッとした人よりわたしの方がちゃんとできます」

ハラハラ見守るわたしの前で二人は言い争う。

「でしゃばるんじゃありません！　マリーさん持って行って！」

一喝してお嫁さんを黙らせると、奥様は問答無用でわたしにお盆を押しつけた。お嫁さんからものすごい視線が突き刺さる。わたしはお盆を持ってそそくさとその場をあとにした。

王子様に萎縮《いしゅく》する家族の中で、彼女は唯一積極的に近づきたがっているようだ。なかなかの度胸である。でも年齢的にあちらも結婚したばかりではないのかしら。いいのかしら。それとこれとは別ですか。

殿下とシメオン様はノエル様が使っていた部屋に移動されたとのことなので、そちらへ向かった。

二人で別室に、か……当然、黙って休んでいるだけではないわよね。

誰も見ていないのをいいことに、わたしは閉じられた扉に足音をしのばせて近づき、気配を押し殺して身を寄せた。わたしは空気、わたしは背景。存在感を消して中の気配に耳を澄ませる。ちょっとだけ、ちょーっとだけね。もちろんシメオン様たちの邪魔をする気はないし、知り得た情報を漏らしもしない。殿下みずからがお出ましになるほどの事態となれば、重要案件なのは聞くまでもない。部外者が安易に関わってよいことではないだろう。でも好奇心は抑えられない。すべてわたしの胸一つに収めるからと内心で言い訳し、全力で聞き耳を立てた。

「……――も、この雨では思うように動けぬだろう」

壁と扉の隙間《すきま》に耳を近づければ、話し声がかすかに聞き取れる。

「なんとか連中より先に見つけたいものだが」

「ええ。ただ、安全な場所に避難できているとよいのですが。この状況で不用意に移動するのは危険きわまりない」

「そちらの心配もあるな……まったく、なぜ一人で……」

ため息まじりの殿下の声が、不自然に止まった。あ、まずい――わたしは姿勢を戻し、表情を整える。直後に扉が開かれた。

扉を開いたのは案の定シメオン様だ。わたしが全力で気配を消せば目の前にいても気づかれないのに、どうしてこの人は扉越しにわかってしまうのかしら。さすがの鬼副長にしびれます。

「あら、助かりました。お茶をお持ちしましたよ」

さも今来ましたといった態度でわたしは言った。ここでうろたえてはいけない。両手がふさがっているので開けてもらって助かったと、笑顔で見上げる。ほーら、奥さんの笑顔ですよー。いつものように甘やかしてくださいな。

「…………」

シメオン様は冷たいお顔で、黙って見下ろしてきた。くっ、負けない。

「どうかなさいまして？」

少し困惑した顔を作って聞けば、しばしの沈黙のあと、彼は黙って身をずらした。ごまかせたのかな……そそっと前を通りすぎ、わたしは室内へ入った。

借り物らしい服に着替えた殿下は椅子に座り、テーブルに地図を広げていらした。モーニュ地方とその周辺の地図だろう。

「……なんだ」

見下ろしていると、殿下が地図をたたまれた。

「いえ、殿下はお召しになれるのですね」

「は？」

わたしは空いたテーブルにお盆を下ろしてお茶を注いだ。ちょっと失敗して茶葉がカップに入ってしまった。まあ大丈夫、飲める飲める。

「……あ！　そういうことか――私は軍人ではないのだ、細くても別によかろうが」

「悪いとは申しておりませんよ。義父《ちち》と似た体型でいらっしゃるのですねと思っただけです」

「ふん、筋肉だけではないかもしれぬぞ。結婚すれば幸せ太りとやらをするらしいからな。そういえば、最近シメオンの顔が丸くなったように思わぬか？」

戻ってきたシメオン様へ殿下は意地悪な笑いを向けられる。シメオン様は肩をすくめるだけで受け流した。

「では殿下もいずれ丸くなられるのですね。あまり幸せにしないようジュリエンヌに言っておいた方がよろしいでしょうか」

「やめてくれ。切実にやめてくれ。ただでさえつれなくされているのに」

かわりにわたしが言い返して勝利をおさめた。シメオン様に無駄なお肉なんてついていませんよ。わたしよーく知っていますもの。うふん。

「喜ぶだろうと思ってお忍びの本屋めぐりを計画したのに、断られたんだ……」

「慣れないお妃《きさき》教育で余裕がないんですよ。殿下のために頑張っているのですからわかってやってくださいませ」

肩を落とす殿下にお茶をさし出す。もうちょっと優しくしてあげなさいって、サン＝テールに帰ったら親友に手紙を書こうかな。

「シメオン様もどうぞ」

旦那様にもお茶をすすめる。素直に座ってカップに手を伸ばされるのを見て、内心胸をなで下ろした。

「雨がやんだらまたお出に？　どちらへ向かわれるのか……も、お聞きしてはいけません？」

「いけないというより、答えようがないな。はっきり決まってはおらぬ」

「はあ……ええと、すぐにサン＝テールへ帰られます？」

「マリエル」

殿下がお顔をしかめられたので、わたしは急いで言い足した。

「ジュリエンヌに手紙を書こうと思っておりますので。殿下のご帰還の予定がわかっていた方がよいですもの」

殿下は首を振られた。

「あいにく、すべてが未定だ。もちろん何ヶ月も不在にするわけにはいかぬが、数日で帰れるような話でもないだろうな」

「さようですか……」

シメオン様の視線が怖い。情報を聞き出すのは諦《あきら》めて、わたしは早々にお暇《いとま》した。やっぱり簡単に教えてはくださらないわよね。

廊下を戻りながら、さきほどほんの少しだけ聞こえた話を振り返る。殿下たちは誰かをさがしていらっしゃるようだった。一人で、と言いかけていたから、集団ではなく個人。身の安全を心配していたから逮捕とかいう話ではないわよね、多分。

で、それを他にもさがす人たちがいる、と。先に見つけられては困るみたいな雰囲気だったわね。どういう状況なのかしら……わざわざ殿下がさがしに来られるほどとは……。

「マリエル」

速い足音が追いかけてきて呼び止められた。肩が跳ねそうになるのをこらえ、わたしはひそかに深呼吸して振り返る。明かりの少ない薄暗い廊下に、旦那様の厳しいお顔があった。

「……なにか」

とぼけても無駄であることを悟りつつ、わたしは往生際悪く聞き返す。シメオン様は一気に距離を詰めてきてわたしを壁際へ押しやった。

「どこから聞いていました？」

顔の両横に手をついて壁と腕の中に閉じ込められる。シメオン様は身をかがめてささやいた。

「どこって……」

「殿下から聞くなと言われたでしょう。もう忘れたと？」

「………………」

やっぱりばれている。鬼の副長が見逃すはずなかった。そうよね、そうでしょうとも。うう、怖いくらいにかっこいい。鬼畜腹黒参謀の迫力にドキドキする。

叱られているのだけれど、本気で怒ってはいらっしゃらないとわかるので萌《も》える余裕があった。シメオン様の方もわたしのしおらしげな態度は表面上だけだと察したようで、ちょっと息をついたあと壁から手を離し、わたしの眼鏡を取り上げた。頤《おとがい》が強引にとらわれる。

「困った人ですね。この口はちゃんと閉じていられますか？　無理やりふさがないといけないのでしょうか」

答えも待たずに唇が重ねられた。わたしを壁に押しつけて吐息を奪いにくる。何度も何度も、息がはずむほど深く侵入された。

「ん、ふ……んん……」

言葉どおりわたしの口をふさいで、腰が抜けそうなほどお仕置きしてから旦那様は言う。

「ことが片づいたらちゃんと説明してあげます。現段階では情報を漏らせないのです。好奇心は我慢して、おとなしく父上たちと帰ってください。よいですね？」

「ふ……やんっ」

唇が解放されても今度は耳に熱い息を吹き込まれる。くすぐったさに首をすくめて逃れようとしたら、くすりと笑って耳の下にだめ押しの熱を当てられた。だからだめだって——腰が抜けるぅ。

「あなたはなにも聞いていない。よいですね？　父上や母上にも言ってはいけませんよ」

「わ、わかりましたから！　お約束しますからもうやめてください！」

猛攻に耐えかねてとうとうわたしは降参してしまった。力の入らない手を上げて旦那様を押し返す。

「一人で眠れなくなってしまいます……困ります……」

恥ずかしさに耐えて白状すると、離れるどころか逆に強く抱きしめられてしまった。

「そういうことを言われると私の方が眠れなくなりますよ。本当に困った奥方だ」

「ん……」

もう一度深く口づけて、ようやくシメオン様はわたしを放してくださった。眼鏡を返し、最後に指の甲で頬をくすぐって踵《きびす》を返す。

「温かくして早く寝なさい。それと、雨がやんでも川を見に行こうなどと考えないように。言うことを聞かないと部屋に鍵《かぎ》をかけて閉じ込めますよ」

いつものお小言で締めくくり、殿下のもとへ戻っていく。わたしはたまらずにへたり込んで、残された熱を持て余しながら見送った。

んもう――もうもうもう！　あんな色仕掛け、どこで覚えたんですか！

じつに由々しき問題である。のちほど忘れずに問いたださねばと思いつつ、きっとまた勝てないことはわかっていた。

5

翌日には雨も落ち着いたものの、あちこちに被害が出て町は夜明け前から大騒ぎだった。シメオン様たちは雨がやみ次第出発しようとされていたし、わたしたちもサン＝テール市に帰る予定だった。ところが屋敷のご主人に、危険だと止められてしまった。

「タンタ川が氾濫《はんらん》して橋に近づけない状態です。街道沿いの山も何ヶ所か崩れているようで、これからさらに大きな被害が出る可能性もございます。どうかおやめくださいませ」

「まだ崩れそうなのか？」

殿下に聞かれて、ご主人は苦い顔でうなずく。

「明け方に雨がやんだばかりですから、判断するには早すぎます。今通行するのはあまりに危険です」

「うむ……」

殿下の隣で地図をにらんでいたシメオン様が、お義父様《とうさま》に尋ねた。

「このあたりは崩れやすいのですか？」

「そうだねえ、花崗岩の多い土地だから大雨には弱いだろうね」

応接間の前の廊下を使用人が忙しく行き来している。町の人々が教会に避難してきているそうで、食料を届けるよう奥様が手配していた。あのお嫁さんもこちらを気にしつつ手伝いに駆り出されていた。

「花崗岩は組成に複数の鉱物が混在している集合体でね、長い年月の間に風化すると分解してもろい砂状の土になる。つまり雨で流されやすい土壌になるんだ。流されたものが最終的に海岸までたどり着いて砂浜を作る。という仕組みからわかるように、ごくありふれた地質でかならずしも危険というわけではないんだが、モーニュ地方は採石場があるくらい花崗岩の含有量が多いからね。たしか、三十年くらい前に大規模な災害が起きていなかったかな」

おお、お義父様が輝いている。さすが大学教授。「石狂いの変わり者」と日頃《ひごろ》は容赦ないお義母様《かあさま》も、少女のような瞳《ひとみ》でお義父様を見ていらした。

これもなにかのネタにならないかとポケットの手帳に手が伸びかけたが、場の空気を考えて我慢する。それにちょっと話が難しかった。また今度ゆっくり教えていただこう。とにかく、この地方は土砂崩れが起きやすいということね。

「ええ、ありましたね。小規模なものならもっと頻繁に起きています。今年は数十年に一度というくらいの雨が降っておりますので、下手《へた》をするとまた大きな被害が出るかもしれません」

なので今は山のそばには近寄るべきでないとご主人は言う。殿下とシメオン様は困った顔を見合わせていた。

「まいったな、ここまで来て足止めか」

「この先のアンゴスやシャメリーは平地ですから移動に支障はないでしょう。すでに山沿いの道を抜けてこちら側へ入っている可能性もあります。行き違いを防ぐためにも、まず周辺を調べましょう」

「そうだな……それしかないか」

解散したあと二人で窓際に寄ってコソコソ話している。硝子《ガラス》の向こうからはようやく薄日が差していた。

なにごともなければさらに街道を北上するつもりだったのね。さがす相手はその方向からこちらへ向かっているというわけか。街道の先……なにがあるかな。ずっと進めばリンデンとの国境に出る。あとオルタとの国境にも近づく。途中で道が分かれてオルタ側へ向かうことができるのだ。

やはりオルタがなにかしたのだろうか。聞くなと言われたので口をつぐんで知らん顔しているしかないが、気になってしかたなかった。でもそのあとお義母様から教会へお手伝いに行こうと言われ、考えている暇がなくなった。

「帰れないならできることをしましょう。この大変な時にお客様気分でのんびりしているわけにはいかないわ。人手はいくらでも必要でしょうから、わたくしたちも行きますよ」

日頃は趣味とおしゃれの世界に生きているお義母様が、別人のようにきりりとわたしをうながす。こういうところ、さすがシメオン様の母親でいらっしゃる。大家の女主人を務めるだけあって、優雅なだけの人ではないのよね。わたしも見習わなければ。

「なら私も行こうかな」

話を聞いたお義父様が、おっとりと参加してきた。

「あなたがいらしたらかえって邪魔になってしまいますわ」

「……あのね、奥さん。私は資料採集で山や谷を歩いているから、あなたよりよく動けるよ」

「お年寄りや子供の世話を石拾いと同じに考えないでくださいな。その知識を活用する方向で働いてくださいませ」

「と言っても、私の専門は鉱物学であって地質学ではないから」

「その二つはどう違いますの」

「わりと違うよ……」

仲のよい言い合いから離れ、わたしは着替えに戻った。どうしようかなと少し悩み、もう一度喪服を着ることにする。持ってきた中ではこれがいちばん動きやすい。それに黒いから多少汚れても目立たないしね。

同じように身支度を整えたお義母様と一緒に外へ出る。ぬかるんだ地面のあちこちに水たまりができていて、石畳のないところは大変だった。空の色は重く、また降り出さないか不安を抱かされる。

教会へ着いてみれば思った以上にたくさんの人がいた。避難を想定して早めに準備していた人たちはよいけれど、自分の家にまで水が来ると思っていなかった人たちは着の身着のままだ。濡《ぬ》れた服で震えているので、近所にも声をかけて毛布がかき集められた。でも礼拝堂に暖炉はないし、天気が悪いのでなおさら寒い。せめてストーブがあればと司祭様に聞いてみた。

「一つだけですが、ありますよ。フランツ、物置からストーブを出してきてください」

司祭様はお手伝いさんを呼ぶ。振り向いたのは若い男性だった。

——あ、もしかして昨日《きのう》の人かな。

二十歳くらいの若者だった。薄い茶色の髪に青色の瞳をしている。額がちょっと高いせいか、目元が落ちくぼんで見えた。顔色が悪くて少しやつれているせいかもしれない。表情も暗く、大勢集まった住人たちと話すでもなく一人ぽつんと離れていた。

近くでたしかめた顔立ちに、どこかで見たようなとわたしは内心首をひねった。本人をというより、誰《だれ》かに似ている気がする。

「なんデスか？」

フランツさんというらしい男性はぎこちない言葉で聞き返した。おや、と思った。どうやら外国人らしい。司祭様はゆっくりと言い直した。

「ストーブを、持ってきてください。裏の物置にあります。わかりますか？」

「ストーブ？」

「そうです。物置からストーブを持ってきてください」

半分くらいしか通じていないようだ。フランツさんは困った顔で立ち尽くしている。わたしは司祭様の後ろから出てリンデン語で話しかけた。

「申し訳ありませんがお手伝いをお願いします」

フランツさんがぎょっとしたように目を瞠《みは》る。今のは言葉がわからなかったという反応ではない。明らかに通じていた。名前からリンデン人ではないかと予想したのが当たったようだ。

「皆さん寒そうにしていらっしゃるでしょう？　ストーブを持ってきて少しでも温めてさしあげたい

のです。裏の物置にあるそうですから、運ぶのを手伝っていただけませんか？」

「…………」

フランツさんは複雑そうな顔でじっとわたしを見つめている。なんだろうと見返しているとむっつりしたままうなずき、奥の扉へ向かった。わたしは司祭様に会釈して彼のあとを追った。

「物置……あ、あれですね」

墓地に面した裏庭に出れば、小さな家庭菜園と物置小屋があった。鍵《かぎ》もかかっていない、簡素な木造の小屋だ。わたしたちは物置小屋へ入ってストーブをさがした。

熊手《くまで》や鍬《くわ》が整然と壁に吊《つ》るされている中、スコップだけは床の端に転がされていた。乾ききらない土がついているから使ったばかりのようだ。大小の籠《かご》がいくつも積み重ねられ、その奥にストーブはあった。横に薪《まき》も積み上げられている。フランツさんにストーブをおまかせして、わたしは薪を運ぶことにした。籠を借りて放り込み、よいしょと持ち上げる。振り返ればフランツさんが苦戦していた。

「……誰か男の人を呼んできましょうか」

鉄製だからたしかに重いだろうけど、持ち上げるどころかろくに動かすこともできずにいる。どうやら力仕事とは無縁の人らしい。これは無理だと悟って声をかけると、フランツさんは不機嫌そうな顔になってストーブから手を放した。

「最初から他《ほか》の者に頼めばよいものを。さっさと呼んでこい」

流暢《りゅうちょう》なリンデン語が返ってくる。やはりリンデン人で間違いないようだ。

「薪くらいなら運んでやる。これは他の者に運ばせろ」

あら、まあ、ずいぶんご立派な態度ですこと。

「わかりました。ではこの籠と、もう一つ同じ籠に薪を入れて持って行ってくださいませ」

「なっ……そんなに持てるか！」

かわりのお願いにも文句を言われ、わたしもむっと口をとがらせた。一つならわたしでも持てるのだから、二つになったくらい殿方には問題ないでしょうに。それとも女並みに非力ですと？

「薪すらろくに運んでくださらないなんて、ではなにをしに出てこられたおつもりですか」

「お前たちが行けと言ったのだろうが！」

「状況はおわかりでしょう？　動ける人には動いていただきませんと」

言い返しながら、わたしはあらためてフランツさんを観察した。着古した丈夫な綿の服という町の人と変わりない格好でも、中身はどうやら違うようだ。日頃あまりへりくだる必要のない立場であることが窺《うかが》える。日焼けもしていないし、細い指に労働で荒れた痕跡《こんせき》はなかった。

リンデンの貴族なのかしら。それがどうしてラグランジュの教会でお手伝いさんをしているのやら。複雑な事情がありそうだ。

「わかりました。二人で一つずつ持ちましょう」

言いながらわたしはいったん籠を下ろし、同じものをもう一つ作った。籠に薪を放り込むという簡単な作業すら手伝わず、フランツさんはふんぞりかえったまま見ている。まあ貴族ならこんなものだけど、これでよくお手伝いさんが務まるものだ。会話にも不自由するくらいだし、司祭様たち苦労していらっしゃるのではないかしら。

できあがった籠をフランツさんは渋々持ち上げた。ひとまず二人で籠を抱えて物置を出る。

「――あ、いいところに。アランさん！」

敷地の外の道に近衛《このえ》の白い制服を見つけた。わたしが呼ぶと、こちらに気づいて駆け寄ってくる。シメオン様の副官は人好きのする笑顔を見せてくれた。

「大荷物ですね、お手伝いします」

なにも頼まないうちからわたしの籠に手を伸ばす。ああ、この爽《さわ》やかな好青年ぶり。隣の誰かさんとは大違い。

「ありがとうございます。これではなく、ストーブを運んでいただけませんか？　そこの物置にあるのですが、わたしたちにはちょっと重くて」

アランさんの後ろからも近衛騎士が数人やってきた。話を聞いてすぐに物置へ入ってくれる。アランさんはわたしから籠を受け取った。

「申し訳ありません、お仕事中に」

「いえ、上からこちらの手伝いに行くよう指示を受けたんですよ。半数が回されています」

町の人に王太子殿下がいらしているとはしらせないよう、アランさんはごまかした呼び方をした。

「まあ。ありがたいことですが、お仕事は大丈夫ですの？」

物置でガタゴトやっていた騎士たちがすぐに出てきた。力を合わせて運ぶのではなく、一人がストーブを軽々肩にかついでいる。あれはあれで馬鹿力《ばかぢから》というか……日々鬼副長のしごきに耐えているだけある。

乙女《おとめ》な腕力のフランツさんはとこっそり横へ視線を向ければ、籠に隠れるようにしてそっぽを向いていた。えらそうにふんぞりかえっていても、やはり男性としての自尊心はあるらしい。

「そちらは副長が。まあわれわれも半分は任務のためですよ。支援がてら町の中を調べようということになりまして」

話をしながら並んで礼拝堂へ向かう。フランツさんはわたしたちを置いてさっさと先へ進んでしまった。まるで逃げるみたいな足取りだ。誰も馬鹿にしていないのにね。

「そうですか。あまりお聞きしてはいけないのでしょうけど、なにかお役に立てることは?」

「うーん、住民への聞き込みですので。最近外部の人間を見かけなかったかというものでね」

「ああ、それはわたしではわかりませんね……と言いますか、わたしが外部の人間だわ」

気がついて笑う。アランさんも明るく笑った。

「そうだ、マリエル夫人は語学に堪能でいらっしゃいましたよね? リンデン語か、もしくはオルタ語を使う人間を見かけられませんでしたか」

「リンデン語……と、オルタ語?」

思わずわたしは足を止める。アランさんはなにも気づいていない顔で一緒に立ち止まった。

「ええ。多分リンデン語の方を使っていると思うんですが。ラグランジュ語もできるのかな? でもなまりが出ますよね。そういうの、おわかりになりませんか」

「……それは、一人の人物ですか。複数ではなく?」

「はい。若い男性です。二十歳くらいの」

わたしはフランツさんの姿をさがした。

彼はもう見当たらなかった。こちらがのんびり歩いている間にさっさと礼拝堂へ入ったらしい。今思えば不自然な態度だったかも。単にふてくされて離れていっただけかと思ったが、あれは本当に逃げていた？　近衛騎士たちが現れたから？

「どうされました？」

「あの……一応、心当たりが」

言ったとたん、アランさんだけでなく他の騎士たちも顔色を変えて詰め寄ってきた。大きな身体《からだ》が一斉にわたしを取り囲み、見下ろしてくる。穴の中に落ちてしまった気分だ。

「本当ですか⁉　どこに？」

「さっきわたしと一緒にいた人ですよ。隣にいたでしょう？　フランツさんという人なんですが」

ちょっとたじろぎながらわたしは答える。

「フランツ……」

「まあ、名前からしてリンデン風ですよね」

騎士たちはまた一斉にフランツさんの去った方向へ頭を向けた。

「いたのはもちろん覚えていますが、顔は籠に隠れていたのでよく見てなくて。てっきり町の住民だとばかり」

「この教会のお手伝いさんですよ。詳しいことは存じませんが、ラグランジュ語は片言くらいしかできなくて、わたしとはリンデン語で会話していました」

元は身分の高い人らしいということも伝えるべきか、少し迷う。

「特徴は？」

「ええと、明るい茶色の髪と、瞳は濃いめの青で、あとおでこがちょっと特徴的な――あっ！」

「えっ⁉」

いきなり大きな声を出したのでアランさんたちがビクリとする。それにかまう余裕もなくわたしは浮かび上がった記憶をたぐり寄せた。

あの特徴的な額、誰かに似ていると思った顔立ち。そういえばリンデンの王妃様とよく似ている！去年ラグランジュを公式訪問された時にお姿を拝見した。そうだ思い出した、間違いない。

「え、まさかフランツさんってリンデンの王ぞ……」

「シッ！」

鋭くアランさんに制止され、あわててわたしは口を押さえた。周囲を見回し誰も聞いていなかったかたしかめる。近くの道に人の姿がある。向こうも立ち止まってなにか話をしていたが、こちらへはちらりと目を向けた程度ですぐに歩いていった。

ほっとするわたしの前で、アランさんは素早く騎士たちに指示を出す。

「ミルボー少尉はそのストーブを持って一緒に礼拝堂へ。他は教会の周囲に展開して監視を」

「はっ」

「そのフランツ氏を一緒にさがしていただけますか」

わたしにも頼まれて、もちろんとうなずいた。フランツさんの顔がわかるのはわたしだけだ。監視組の騎士たちと別れ、急いで礼拝堂へ戻った。

さっきよりも人が増えた礼拝堂に入り、フランツさんをさがす。彼が持っていた薪の籠はすぐに見つかったが、当人の姿はどこにも見当たらなかった。

「あのう、この籠を持ってきた人はどこへ行かれました？」

わたしは籠のそばにいた男性に尋ねた。ストーブが床に下ろされ、待ちかねた人々がさっそく寄ってくる。

「さあ、知りませんね」

疲れた顔をしながら男性はストーブに薪を入れはじめた。

「どなたかフランツさんをご存じありません？」

周りの人を見回して尋ねても、首をひねったり顔を見合わせたりと困惑の反応があるばかりだ。

「籠を持ってきた人かい？　たしか若い男の子だったね」

赤ちゃんを抱いた女性と一緒にいたおばあさんが答えてくれた。

「ええ、この教会のお手伝いさんで」

「ふん？　違うよ、ここで手伝いをしてるのはオジェさんのご夫婦だよ」

あれだよと節くれ立った指で教えてくれた相手は、おばあさんとさほど年の変わらないお年寄りだった。

「他にもう一人、若い男性がいるはずですが」

「へえ？　知らないねえ。あんた聞いてる？」

聞かれた隣の女性も首を振る。ふえふえと力ない声でぐずる赤ちゃんを懸命にあやしていた。

「あの、温かいスープかなにかをいただけませんか。この子が冷えてしまって……」

「あ……ちょ、ちょっとお待ちくださいね」

まだ火がつかないのだろうか。ストーブの前にしゃがみ込む男性も苦労しているようだ。

「薪が湿っちまってる。それと焚《た》き付けの柴《しば》でもないと、いきなり薪だけじゃだめだよ」

「柴だって湿ってるだろうよ。紙かなんか使えないかね」

「ねえ！　そっちばっかりじゃなくて、こっちにもストーブ持ってきてよ！」

「お前たちだけで独占してんなよ」

「一つしかないんだよ、年寄りと子供が優先だ。元気なやつは我慢しろ」

避難者同士での口論がはじまる。寒さと疲労、それに不安が人々から余裕を奪っているようだ。アランさんとミルボー少尉が間に入ってなだめていた。

わたしは配給の用意をしているお義母様たちのもとへ駆け寄った。

「赤ちゃんや小さい子供がいるのですが、温かいスープは用意できます？」

「もうじきできるわ。それより配るための食器が足りなくて、これだと順番に食べてもらうことになるわね。またけんかになりそう」

言い合う人たちを見て、困ったわとお義母様は眉《まゆ》を寄せる。そこへ司祭様がやってきた。

「近所の家に頼んで提供してもらいましょう。寄り合いなどにそなえてみんな食器は多めに持ってますから、すぐに集まりますよ」

「あ、司祭様。フランツさんはどちらに?」

わたしが尋ねると、司祭様は眉を上げて礼拝堂内を見回した。

「さて……ストーブを取りに行かせたあとは見ておりませんが」

「一度戻ってきているはずですが」

わたしはアランさんたちに合図してこちらへ来てもらう。軍人、それも近衛の白い制服に司祭様は驚いていた。

「フランツという人物はいつからこちらに? どういういきさつで雇われたのですか」

「…………」

アランさんの問いに司祭様は困惑した顔で言いよどむ。状況が理解できないだけでなく、警戒する気配があった。アランさんも気づき、言葉を添える。

「ご心配なく、拘束などのためではありません。フランツ氏がわれわれのさがす相手であれば保護しなければなりませんので」

「保護?」

「そうです。詳しいことはお話しできませんが、至急発見して保護しなければ彼の身に危険がおよぶおそれがあるのです」

「…………」

「教えていただけませんか。いつからこの教会にいるのです?」

危険という言葉にわたしも驚いた。司祭様はアランさんから視線をはずして考えていたが、もう一度聞かれる前に自分から話し始めた。

「……三日前の夜、裏庭に泥だらけで倒れているところを見つけたのです。単に疲労と空腹のせいだったようですぐ元気になりましたが、なにがあったのかいっさい話しません。名前だけは答えてくれましたが、多分偽名でしょう。言葉に不自由するだけでなく、事情を隠そうとしているのは明らかでした」

「中尉、当たりでしょう。早く追いかけないと」

ミルボー少尉が興奮したようすで口を挟む。それをアランさんは冷静にいなした。

「あわてなくてもテリエたちが外を見張っている、逃げられないさ。――それだけ気づいておきながらなにも聞かずに受け入れたのですか？　犯罪者かもしれないとは思わなかったんですか」

「絶対の確信があったとは言えませんが、悪事を働いて逃げてきたようには思えなかったのです。彼はただ怯《おび》えていた。もし助けが必要なら役所にしらせるとも言ったのですが、誰にも言わないでほしいと必死に頼んできまして。あまり問い詰めるとここからも逃げ出しそうでしたので、落ち着くまで少し待とうと思ったのです」

「……そうですか」

ひとまずアランさんはうなずく。

「フランツ氏の部屋を見せていただけますか」

「……わかりました。どうぞ」

司祭様に案内されてわたしたちはふたたび礼拝堂を出る。住居部分へ行き、フランツさんが寝起きしている部屋へ通されたが、彼の姿は見つからなかった。

「荷物がありませんね。取りに戻ったのかしら」

ミルボー少尉を廊下に残して三人で入ると、それでいっぱいになってしまうような小さな部屋だ。簡素な寝台と木箱が一つあるきりで、布団が少し乱れている以外に人が使っている気配はなかった。

「いいえ、彼は元々なにも持っていませんでした。マチルドが洗濯した服がそこに入っているはずです」

示された木箱をアランさんが開ける。取り出されたのは上等な紳士服だった。シルクのシャツに、上着は表に刺繍《ししゅう》が入り裏生地はシルクサテン、袖口《そでぐち》のカフスは砂金石だ。細かなきらめきを内包する青い石が、装飾的な形に彫り込まれていた。

一般男性の着る服にしてはおしゃれすぎるが、王族ならこんなものだろう。こういう身なりだから司祭様も犯罪者と思わなかったのね。

「着替えてない、か。どこかで用事をしているのか、それともやっぱり逃げたのかな」

「アランさんたちは保護のためにさがしていらっしゃるのでしょう？　一人では危険なのですよね？なのにどうして逃げるのでしょう」

フランツさんが王族だと確信すると、一人で放置しているのが落ち着かなくなってきた。おまけに危険というのが気になる。アランさんは「さあ」とため息まじりに言って服を戻した。

「それはこっちも聞きたいですよ。なんで逃げる必要があるんだか……おかげで振り回されて大変です。とにかく尋ね人に間違いないようなのでさがします。申し訳ありませんが他の部屋にも入らせてもらいますね」

司祭様に言ってアランさんは部屋を出ていく。ミルボー少尉と手分けして、あちこちの部屋をあらためはじめた。

「いたか？」

「いえ、こっちにはいないようですね。やっぱり外なんじゃ」

「あやしい動きを見かければテリエたちがつかまえてるはずだが……笛の音は聞こえないよな？」

「町の人間が出入りしてますから、うっかりまぎれて見落としてませんかね」

「うーん……ありうるかな」

家の中をひととおり調べると、彼らは外へ向かった。気になってわたしもあとを追った。

いったいなにが起きているのだろう。リンデンの王族が逃げてきて、それを保護するために殿下とシメオン様がやってきた？　でも彼は殿下たちからも逃げている……ええと、つまり家出息子だったりして？　見つかって連れ戻されるのがいやで逃げたとか。

そんなことってあるのかしらと首をひねる。王族だって人間だから家出したくなることもあるでしょうけど、だからってなぜセヴラン殿下が捜索に乗り出すのだろう。そんなのリンデンの人たちがさがすべきでしょうに。

リンデンの国王にあの年頃の王子はいなかったはず。直系の王族ではないわけで、だったらなおさら殿下が血相を変えて飛び出す案件ではない。アランさんの言った「危険」という部分が関わっているのかもしれなかった。

アランさんは外の騎士たちと合流して付近の捜索を指示していた。フランツさんが外へ逃げたとして、でもどこへ逃げる気だろう。川が氾濫して土砂崩れの危険もあって、街道方面へ向かったとしたら別の理由で危険すぎる。

「軍人さん！　軍人さん手を貸してください！」

折しも騎士たちが動き出そうとした時、必死の形相で駆け寄ってくる人がいた。町の住人らしい男性だった。

「女房と子供が流されそうなんです！　逃げる最中に橋が壊れて、かろうじて残ってる杭《くい》にしがみついてるんです！　助けてください！」

男の人はアランさんにとりすがる。のっぴきならない状況に騎士たちはうろたえた。

「す、すまないが今は手が離せなくて……誰か他の人に」

「お願いします！　早くしないと女房たちが死んじまう！　助けてくださいお願いします！」

「…………」

何度も頼み込まれてアランさんは苦悩する。任務《フランツさん》を優先すべきではあるが、人命がかかっていると聞いては非情に徹しきれなかった。

「……全員救助へ向かってくれ。俺は捜索を継続する」

「中尉一人で手が足りますか？」

「手が必要なのは救助の方だ。対岸と縄を張って渡るか、可能なら命綱をつけて川へ下りろ。それで、一人は副長たちを呼び戻しに行ってくれ。マリエル夫人、申し訳ありませんが捜索を手伝っていただけませんか。あなたは対象の顔もご存じですし」

アランさんはわたしを振り返って頼んでくる。もちろんとうなずいた。

「ええ、お手伝いします」

「ありがとうございます。――――行け！　あわてて二次災害起こすなよ」

「はっ！　おい、その川はどこだ？　早く案内しろ」

「はいっ、こっちです！」

男の人に先導されて騎士たちが走りだす。見送るわたしたちの後ろから、声を聞きつけた町の人が顔を出してきた。

「橋が流されたって？　どの橋だよ。街道の前のか？」

「あそこは大丈夫だろう。石橋だから水をかぶってもそう簡単に流されないよ。多分用水路の方じゃないかね。とっくにあふれて畑に流れ込んでるから」

「さっきの誰だい？　まだ逃げてなかったのかよ」

「さあ、顔は見てないよ」

手伝うつもりなのか騎士たちのあとを追う人もいる。そこから視線を離し、アランさんは教会の周囲を見回した。

「自分はあっちをさがしてみます。夫人はそちらをお願いします。あっ、見つけたらこれでしらせてください」

制服から紐《ひも》をはずす。ただの飾りではなく、先に小さな笛がぶら下がっていた。普段の王宮警備ではめったに使われないが、緊急時にこれで応援を呼ぶのだ。

わたしは笛を受け取り、すぐに使えるよう首からぶら下げた。

「あの、司祭様たちにもお願いしては？」

「いや、中も大変ですから。まったく、こんな時に面倒かけてくれて人騒がせな」

いつもにこにこしているアランさんも、さすがに苛立《いらだ》ったようすで走りだす。わたしも反対側へさがしに向かった。

水溜《みずた》まりだらけの道を小走りで進む。なるべくよけても泥が裾《すそ》に跳ねてしまった。靴も泥だらけになりそうだ。

町といっても田舎《いなか》なので、家と家の間は離れている。自宅で使う野菜を作るだけのような小さな畑や、農機具を入れているらしい物置小屋が多かった。

背の高い塀と斜面に挟まれた道があった。斜面の上は栗林だ。毬《いが》がコロコロと道まで落ちている。逃げる者の心理としては、こういう見通しの悪いところに入らないだろうか。遠くへ行くより隠れるはずだ。わたしはさほど広くない道に踏み込んだ。

少し先で曲がり角になっている。進んでいると奥から悲鳴のような声が聞こえてきた。

驚いて一瞬足を止め、すぐにまた走る。わたしは曲がり角へ急いだ。今の、男の人の声だった。フランツさんの声に似ていたかも。

「フランツさん？」

角を曲がって奥の道へ飛び込む。民家の裏手らしく塀はすぐに終わっている。その向こうに空き地と、さらに奥の景色が見えていたけれど、道に広がる人影が行く手をふさいでいた。

男の人が四人、いや五人いる。一人はフランツさんだ。やはりここにいた。彼は両側から腕を取られて拘束されていた。一瞬、町の人が先に見つけてくれたのかと思い、それはおかしいとすぐに気づいた。

だって、町の人がどうして彼をつかまえるの。わたしもアランさんも応援を頼んだりしていない。誰も事情を知らないはず。そもそもフランツさんを知っている人じたいほとんどいなかった。なのになぜ？　目の前のこれは、そういう状況ではない？　関係のないことでもめているのだろうか。

わたしに気づいて振り返る人たちは、町の人と変わりない格好をしていた。この風景に違和感なく存在している。でもなにかが変だ。のどかな田舎町の住人たち。今は災害のせいで気が立っていたり不安になっていたりする。そんな人々とはまるで違う静かな無表情がこちらを見る。わけもわからないまま、いやな寒気が背筋を走った。

一人、少し離れて立つ姿があった。細い背中だった。手足が長くてひょろりとした印象だ。ごく普通の人に見える後ろ姿に気づいた瞬間、胸が大きな音を立てた。

その人がゆっくりと振り返る。三十代前半とおぼしき柔和な顔がわたしを見る。今日《きょう》の空のような灰銀の髪が風に吹かれ、左耳にあるピアスを覗《のぞ》かせた。黒い色……オニキスのお守りが、相変わらずそこにある。

元々細い目がさらに細められ、ごきげんな猫を思わせた。さながら獲物を見つけて舌なめずりするように笑う。

「やあ、奇遇ですね。ここでまたあなたにお会いできるとは」

口から出たのは流暢なラグランジュ語だ。どんなに注意して聞いてもなまりなんて聞き取れない、生粋のラグランジュ人だと思ってしまうきれいな発音だった。

――だけど。

「おひさしぶりです、フロベールの若奥様。お元気でいらっしゃいましたか」

親しげに挨拶《あいさつ》してくる人を、わたしは知っている。彼がラグランジュ人ではないことを知っていた。

「……メローさん……」

震える声が無意識に彼の名を呼ぶ。それが本当の名前ではないことも知っていた。

そんな――そんなことが。

呼吸すら上手《うま》くできず、わたしはあえいだ。震える手がドレスの胸元をつかむ。まぶしい季節の記憶がいくつも浮かんだ。

美しい虹《にじ》の島に、海賊の船。滝の裏に隠れた秘密の洞窟《どうくつ》。銃弾が放たれ、血に濡れた手がわたしをとらえようと迫ってくる。

波間へ消えた灰銀の髪は、それきり浮かんでこず……。

目の前の人物が胸に手を当てて慇懃《いんぎん》に礼をした。当たり前の顔をして、なにごともなかったかのように。わたしとの間に友好が続いていると言わんばかりに。

少しも変わらない姿で彼はわたしの前に立っている。やはり生きていた。海に沈んだと思わせて逃げきっていたのだ。

かつてエクトル・メローと名乗っていたオルタの工作員。シメオン様は「銀狐《ぎんぎつね》」と呼んでいた。人を殺すことをなんとも思わず、親しげに笑いながら手を下すおそろしい男——それがふたたびわたしの前に現れて、そしてフランツさんをとらえている。

ああ、だから。

だからなのだと、悟らされた。だから「危険」だったのだ。

——フランツさんは、彼らに狙《ねら》われていたのだ。

6

いったいなにが起きているのか、フランツさんは何者なのか、なぜオルタの工作員に狙《ねら》われているのか。

疑問ばかりの状況に悩むよりも、まずすることがあった。わたしは服と一緒につかんでいた笛を素早くくわえた。

息を吸い込み力いっぱい吹く。甲高い音が鈍《にび》色の空に鳴り響いた。

さすが緊急連絡用なだけあってよく響く。手の中に握り込めるほどの笛からこんな大きな音が出るのかと驚くくらいだ。息継ぎをくり返し、わたしは二度三度と笛を鳴らした。

これが人を呼ぶためのものだとわからないはずはない。すぐに襲われて止められると思った。じっさい手の空いている男がわたしへ向かおうと動きかけたのだが、メローさん――銀狐《ぎんぎつね》が片手を上げて制した。

「かれこれ四ケ月ぶりですね。ぜひもう一度お会いしたいと思っておりました。相変わらず既婚者とは思えないお可愛《かわい》らしさですね」

なにを考えてか、わたしの行動を無視して彼は愛想よく話しだす。この場を立ち去ろうとする気配もなく、のんびりかまえていた。

「風の噂《うわさ》でお怪我《けが》をなさったと伺いましたが、もうよくなられたのですか？　お気の毒にと案じておりましたよ。貴婦人の細く優美な腕が血を流すなど痛ましい。でも見たかったですね。あなたが血を流してぐったりしている姿……想像すると興奮します」

態度もおかしいけれど言っていることはさらにおかしい。本当に想像でもしているのか妙にうっとりした表情だ。

「ち、血は汚くて嫌いだと……」

「ああ！　覚えていてくださったのですか」

思わずわたしが言い返すと、うれしそうに笑みを大きくした。芝居がかったしぐさで両腕を広げる。

「ええ、血をまき散らした死体は醜くて嫌いです。でも傷ついたあなたは見てみたい。毎晩ご主人に可愛がられているのでしょうに一向に色気が出るようすはありませんが、傷から血を流すあなたはきっと倒錯的な色香を漂わせていたに違いない」

な、なにを言っているのかわからない。相変わらず――いや、以前にもまして理解不能だ。気持ち悪くて背中がぞわぞわした。

多分けなされたのよ、ね？　さっきの「可愛い」も子供っぽくて色気がないという意味だろう。

任務失敗の原因となった相手を恨み、それが怪我をしたと聞いて溜飲《りゅういん》を下げていたわけか。逆恨みにもほどがある。

ラグランジュの情報や技術を盗み出すため潜入し、人まで殺していたくせに。恨みと言うならこちらこそだ。シメオン様の年の近い親族が、工作活動に気づいたため殺害されてしまったのだから。他《ほか》にも、フロベール家に疑いがかかるような工作をくり返して、どう考えても悪いのは向こうである。気圧《けお》されてなるかとわたしはおなかに力を入れた。騎士たちが来てくれるまで、なんとか時間をかせがなければ。

「……あなたたちは、フランツさんを追ってきたの？　彼をどうするつもりなの」

駆けつける足音が聞こえないかと待ちながら、わたしは適当に話を続けた。「フランツ？」と少し眉《まゆ》を上げて、銀狐は後ろへ目を向けた。

「そう名乗っていたのですか。ふふ、みじめなものですね。かつては権勢をほしいままにした王家の生き残りが、偽名を使って薄汚い犯罪者のように逃げ隠れするとは」

わざわざリンデン語で放たれた侮蔑《ぶべつ》もあらわな言葉に、フランツさんが唇を噛《か》む。身動きを封じられたまま彼は言い返した。

「汚いのは貴様らの方だろうが！　奸計《かんけい》と暴力で父上から玉座を奪い、資格もない身で不当に国を支配している簒奪者《さんだつしゃ》どもが！　貴様に蔑《さげす》まれるいわれはない！」

「否定する気はありませんが、奪われるだけの理由が王の側にもあったのですよ。だから革命は成功した。仲間が多く集まった。それだけのことです」

銀狐は身体《からだ》ごとフランツさんに向き直った。

「資格とおっしゃるが、なにをもって資格とするのでしょうね？　後生大事に持ち出した王冠でしょうか。しかし今お持ちのようには見えませんが、どこへやったのです？」

「………」

「襲撃の際、あなたが王冠を持って逃げたことは確認しているのですよ。どこへ隠しました？　あの教会ですか？　素直に答えてくださらないと善良な人々を苦しめねばなりません。こちらとしてもよけいな手間はかけたくないので、教えていただけるとうれしいのですがね」

フランツさんの顔に動揺が浮かんだ。彼は銀狐から視線をそらして言った。

「……あんなもの、逃げる途中で川に投げ捨てた。最初から捨ててしまいたかった……だがお前たちの手に渡すわけにもいかない。だから、誰《だれ》にも見つけられない場所に捨ててやったさ！」

王冠を川に捨てたって――驚くわたしとは反対に、銀狐は鼻で笑う。

「嘘《うそ》が下手《へた》ですね。やれやれ、やはりあの司祭殿にお聞きするしかありませんか」

「なっ……」

嘘というのは図星だったらしい。フランツさんがいっそう青ざめる。司祭様たちを――恩人を巻き込むまいとしていたのか。根は真面目《まじめ》で優しい人なのかもしれなかった。

アランさんはまだかとわたしはハラハラしながら見守る。もう一度笛を吹こうかと思った時、ようやく待ちかねた声が聞こえた。

「そちらですか、マリエル夫人」

「アランさん！」

ほっとしてわたしは道の後ろを振り返る。曲がり角から近衛《このえ》の制服が出てきた――と見た瞬間、背後から伸びてきた腕に一瞬でとらわれた。

「きゃあっ！」

「――なっ⁉」

細いのに強靱《きょうじん》な腕がわたしをいましめる。後ろから抱きすくめて銀狐が笑った。

「ようやくお出ましですか、騎士殿。少々遅いですよ」

「何者だ――オルタか⁉」

状況を見て瞬時に理解したらしい。アランさんがサーベルに手をかけた。

「ああ、そのようにいきり立たずとも。ここであなたと戦う気はありませんよ。われわれはすぐに去りますのでおかまいなく」

さっきの男がまた進み出る。今度は銀狐も止めなかった。斬《き》りかかってこようとしていたアランさんに銃口が向けられ、彼はたたらを踏んで立ち止まった。

「いかに精鋭近衛兵といえども一人では分が悪いでしょう？　あなたも無理はなさらないことです」

「………………」

「お仲間はしばらく戻ってこられませんから、あてにしても無駄ですよ」

息苦しいほどの力でわたしを締めつけながら、銀狐はせせら笑う。アランさんの顔に理解と憤りが浮かび、わたしもそういうことかとようやく悟っていた。

助けを求めにきたあの男も彼らの仲間だったのだ。騎士たちをこの場から引き離すため、嘘でおびき出したのだ。きっと今も彼らが引き返さないようくい止めている。アランさんに続いて騎士たちがやってくる気配はなかった。

あそこから、もう術中にはまってしまっていたのか。してやられたことに歯噛《はが》みする。これが一般人やちょっとした小悪党くらいなら多少の人数差があってもなんとかなるけれど、向こうも訓練された工作員だ。銀狐の言うとおり、アランさん一人では分が悪かった。

風に吹かれて栗《くり》の木が枝を揺らす。新たに毬《いが》が斜面を転がってきた。中身のないとげの鎧《よろい》だけがむなしく地面に落ちる。

「あなたの敬愛する上官に伝えていただけますか。ロレンシオの聖冠をさがしてくださいとね。多分あの教会か、近くにあると思うんですよ。見つけてくださったら奥方をお返しいたします。お願いしますね」

「………………」

アランさんの目がせわしなくわたしとフランツさんとを行き来する。彼の焦りが伝わってくる。わたしもどうしようと懸命に考えていた。なにか、彼らの気をそらせるものは……。

また毬が落ちてくる。アランさんがちらりと視線を上に向けた。にらみ合いが途切れたのを合図に銀狐が動く。引っ張られてわたしもやむなく足を動かした。

「くそっ……骨は拾ってくださいよ副長ーっ！」

やけくそのようにアランさんは地面を蹴《け》った。突進してくる彼をすかさず銃口が狙う。引き金にかけられた指が動きかけたと見た時、その手にとげだらけの毬が直撃した。

「アウッ」

あれは痛い。工作員は反射的に手を押さえる。その隙《すき》にアランさんが斬りかかった。かろうじて斬《ざん》撃《げき》をかわした工作員の手から、銃がはじかれて落ちた。

頭の上で舌打ちが聞こえたと同時に突き飛ばされた。踏みとどまることもできずわたしは前のめりに倒れ込む。直後ぶつかったものに受け止められた。

状況を理解しきれない耳に空を斬る音が届く。

白刃から逃れ、さらに銀狐は大きく飛びずさった。

「もう戻って……罠《わな》か⁉」

さきほどの余裕はどこへやら、銀狐がいまいましげにつぶやく。わたしはしっかりと抱きしめてくれるぬくもりに、泣きたいほどの安堵《あんど》を覚えてすがりついた。

「逃がすな！」

片腕にわたしを抱いたままシメオン様が鋭く命じる。フランツさんを連れて逃げようとしていた工作員たちに、斜面を飛び下りてきた騎士たちが襲いかかった。

一気に形勢逆転となるかと思われた。けれど向こうもそう簡単にやられなかった。銃声がいくつも響き、銀狐も地面に落ちた銃を拾い上げる。シメオン様がわたしをかばいながら横へ跳んだ。

殺気と足音と銃声が入り乱れる。もうなにがどうなっているのかわからない。おそろしくてまともに見ていられない。足手まといになってはいけないと思っても身体がすくんで動けない。シメオン様の腕も強く抱きしめてわたしを放そうとしなかった。

ほんのわずかな間のことがひどく長いように感じられた。ようやく静かになって、わたしはおそるおそる顔を上げる。もうそこに銀狐と仲間たちの姿はなかった。逃げられてしまったらしいが、騎士たちに大きな怪我はなさそうと知り心底ほっとした。

「大丈夫ですか、マリエル」

シメオン様の声も大分やわらぎ、危機が去ったことを教えてくれる。覗《のぞ》き込んでくる顔をわたしは見上げた。目尻《めじり》に引っかかっていた涙がこぼれ落ちた。

「シメオン様……」

「怪我をしていませんか」

「いいえ……いいえ、大丈夫……」

大きな手が頭を、背中を優しくなでてくれる。怖いものが去ったのに今頃《いまごろ》涙が出て止まらなかった。

「あー、死ぬかと思った……」

アランさんが脱力しながらこちらへやってくる。

「ひどいですよ副長、連中を引っかける策だったんなら教えてくだされば」

「違う。途中で事情が変わって引き返してきただけだ」

言い返しながらシメオン様がそっと力をゆるめる。一人で立てるとうなずいてわたしも手を放すと、彼はアランさんに向き直った。そのとたんアランさんが「わっ」と声を上げた。

「副長！　撃たれたんですか!?」

「えっ!?」

驚いてシメオン様の身体を見回せば、右肩の少し下が破れ、白い制服が真っ赤に染まっていた。

「シメオン様！」

「かすっただけです。まともに当たってはいない、大丈夫」

「でっ、でもそんなに血が……っ。早く手当てをしないと」

流れ出る血を止めたくてわたしは肩に手を伸ばす。でも傷を押さえられたら痛いだろうと思うとさわれない。どうすればいいのか、その場でうろたえてしまった。

「早く、早く屋敷へ戻ってお医者様に――いいえ、このままお医者様の家へ」

「落ち着きなさい、マリエル」

シメオン様の手がわたしの頬《ほお》をなでる。まだ濡《ぬ》れているところをぬぐってくれる。

「この程度であわてる必要はありません。服が白いからひどく見えるだけで、たいした怪我ではありませんよ」

「でも」

「私よりグラシウス公だ。彼は？」

わたしの言葉を遮ってシメオン様は部下たちを振り返る。た、たしかにフランツさんのことも気になるけど……って、本当の名前はグラシウス公？　彼はどうなったのだろう。

「こちらです、副長」

地面に膝《ひざ》をついていた騎士が振り返って呼んだ。人が倒れている？　まさか、フランツさんも撃たれたの？

シメオン様は即座にそちらへ駆け寄った。わたしもあたふたと追いかける。肝を冷やしながら見たところ血は流れていない。意識をなくしてぐったりしているけれど、怪我をしているようには見えなかった。

「倒れた際に頭を打ったようで」

「揺するな。そのままゆっくり仰向けにして気道を確保しろ」

「はい」

シメオン様の指示で騎士たちはてきぱきと処置をする。頭のそばにシメオン様が膝をついて呼吸や脈などを調べていた。

「副長、上脱いでください」

横からアランさんがシメオン様の制服に手をかける。上着が脱がれ、シャツの袖《そで》を裂いて応急処置が行われた。

「……お医者様を呼んできます」

ぼんやり見ているだけではいけない。まだ震えている足を叱《しか》りつけて、わたしは表の道へ向かった。

「リスナール中尉、一緒に行ってくれ」

「はい」

シメオン様に言われてアランさんが追いかけてくる。わたしたちは急いで教会へ戻り、司祭様に説明してお医者様を呼んでもらった。待っているうちにフランツさんが騎士たちに運ばれてくる。礼拝堂ではちゃんと寝かせられないので住居部分へ向かった。

嘘の情報でおびき出されていた騎士たちも戻ってきた。たしかに橋は壊れていたが人の姿は見当たらず、さがしているうちに救助を求めてきた男も姿を消したので嘘だったと気づいたそうだ。あわてて戻ればこの状況で、上官の前で揃《そろ》って身を縮めていた。

レスピナスの屋敷にもしらせが走り、殿下までが駆けつける。普段は静かな田舎《いなか》町の教会が大騒ぎだ。狭い部屋に大勢は入れないので、言われる前にわたしは外へ出た。今そばにくっついていてもしかたない。心配しつつも礼拝堂のお手伝いに戻ることにした。

忙しく働くことで落ち着かない気持ちをごまかす。町の方は、幸い逃げ遅れた人などはいないようだ。雨も今はやんでいる。このまま収まってくれるよう、祭壇を見上げてお祈りした。

思った以上にすることが多くてクタクタになる。もう限界と隅の椅子《いす》にへたり込むと、誰かが目の前にカップをさし出してくれた。スープのいい匂《にお》いがする。避難者たちにふるまわれているものだ。

わたしはお礼を言って受け取った。

「ありがとうございます」

「お疲れ様。元気な君でもさすがに今日《きょう》は大変だったろう」

「……え？」

親しげに話しかけられて顔を上げる。近衛の誰かだろうかと見れば、そこにいたのは町の人だった。

――と、一瞬思ったけれど、そうじゃない。わたしはあっと口を開けたままで絶句した。

「やあ、おひさしぶり。喪服の君もいいね。若き未亡人なんてそそられるな」

海のような青い瞳《ひとみ》が陽気にきらめく。短く切った黒髪が元気に跳ねている。思わず大声を出しそうになったわたしに、彼は「しー」と立てた指で唇を押さえた。

「あ、あなた……どうしてここに」

「もちろん、いとしの君に会うためさ。結婚したからって諦《あきら》めるつもりはないし、未亡人ならなおさらだ」

「勝手に未亡人にしないで。シメオン様は健在です！」

手を払いのけようとしたら逆につかまれ、指先に口づけてくる。

「ちょっとやめて……もうっ、放してよ！」

「つれないなあ。挨拶《あいさつ》くらい、いいだろう？」

「そう言われて油断したら挨拶だけでは済まないでしょうが」

「そりゃあ、いとしい人が一人でさみしそうにしていたら放っておけないよ」

「別にさみしくありません、疲れて休んでいただけです」

にらんでも笑って受け流し、さらにわたしを引き寄せる。端正な顔が不敵な笑みを浮かべながら近づいてきた。

「言ったはずだよ、ラビアの男は情熱的だって。一度ふったくらいで諦めると思わないでほしいね」

「ふられた自覚があるならちょっとは慎みなさいよ！」

「い・や・だ・ね」

反対の腕も背中に回してわたしを抱きしめようとする。冗談ではなく本気で距離を詰めてくる。こうなったらスープをぶちまけてやろうとカップを持つ手に力を入れた時、背後から伸びた手が彼の頭をがしりとつかんだ。

「ちょっと目を離した隙にさっそくですか。これだからコソ泥は」

「……副長、この握力尋常じゃないよ。まったくどこまでゴリラなんだか」

「このまま握りつぶしてやりましょうか」

「いてててて、副長が言うと本当にやりそうで怖いよ。わかったわかった降参、ほら！」

ギリギリと頭を締めつけられて、ついにわたしから手を放す。両手を上げて素直に降参を示す男からシメオン様も手を放した。二人は姿勢を正し、あらためて向かい合った。

「本当にふざけた男ですね、この非常時に」

シメオン様が凍てつく視線を浴びせれば、相手も負けじと嫌味で返す。

「ずいぶんえらそうな態度だね。僕がしらせてやるまでホケホケと町から離れていたくせにさ。危機感が足りないんじゃないですか、副長殿」

「……ああ、その礼がまだでしたね。では感謝を込めて、痛みを感じる暇もなく一瞬で神のもとへ送ってさしあげましょう」

「あいにく神とは相性が悪くてね。入り口で追い返されるさ」

「そういえば悪党は地獄行きと相場が決まっていましたね。そちらは喜んで迎え入れてくれるでしょう」

「副長だって天国へ行ける側じゃないだろう。上から見下ろしているつもりで気がついたら沈んでいるクチさ」

サーベルに手をかけ殺気をまき散らすシメオン様と、おかまいなしに減らず口を叩《たた》く男。にらみ合う二人になにごとかと周りの人たちが注目する。しょうもないけんかに頭痛をこらえながら、わたしは力いっぱい椅子の座面を叩いた。

「いいかげんにしてください！　みんな疲れて大変なのに、そばでけんかしないで！」

二人がわたしを見、一拍置いて気まずげに顔をそむけ合う。殺気が消えたのをたしかめ、わたしは腰に手を置いて彼らをにらんだ。

「もう限界です。なにがどうなっているのか、説明してくださいませ」

「マリエル」

「聞くなと言われても次から次へと目の前で事件が起きて振り回されて、わけがわかりません。あげく泥棒まで出てくるし！」

ビシリと指を突きつければ、後ろで「え、泥棒？　どっちが？」「白い方は軍人さんだから、あっちの黒い方じゃない？」「えらく男前な泥棒だな」「いやあれただの痴話げんかだろ」「ていうか三角関係？」「えー、取り合われる女の子ってもっと美人でないと」などと呑気《のんき》な会話が交わされる。気が抜けそうなのをこらえ、わたしは精いっぱい厳しい顔で続けた。

「もう我慢できません。きっちり、全部、説明してくださいませ。聞かせてくださるまで引き下がりませんからね！」

「…………」

シメオン様が困った顔でわたしから目をそらす。そこへココンとノックのような音が割り込んだ。

「そこまでだ。そなたも場所をわきまえろ」

いつの間にか護衛を従えて殿下がいらしていた。椅子を叩いてわたしたちを振り返らせ、厳しいお顔でたしなめる。頭に上っていた血がちょっと冷め、わたしは首をすくめた。

殿下は息をついてわたしたちを見回した。

「たしかに、ここまで巻き込んでおいて黙っていろとは言えぬな。説明してやるから移動しろ。話は向こうでだ――チャルディーニ伯爵も一緒に来ていただこう」

周りをはばかって殿下は無難な名前の方で呼びかける。チャルディーニ伯爵――という名も持つ天下の大泥棒リュタンは、肩をすくめてそれに応えた。

7

神出鬼没にして変装の名人、貴族や富裕層から盗みを働き、近隣諸国に名を響かせる怪盗リュタンと出会ったのも、去年の秋だった。

泥棒稼業に精を出す裏でさらに人に言えない仕事をしている彼の正体は、西のラビア公国の諜報員《ちょうほういん》である。「エミディオ・チャルディーニ伯爵」以外にも名前を持っているらしい。いくつもの顔を使い分けるための、あくまでも書類上だけの名前にすぎないという口ぶりだったので、わたしは今でも彼をリュタンと呼んでいる。

そういえば次に会ったら本当の名前を教えてと言って別れたのだった。あれは春のこと、結婚式直前の騒動だった。思い返せば彼とはいささか気まずい部分もあるのだけれど、そんなこともすべて吹き飛ばす陽気な再会でぎくしゃくする余地もなかった。まさかそれを狙《ねら》ってあのふるまいだったのかしら……どうだろう。元々ああいう態度ばかりの人なのでわからない。今は名前についても話している場合でなく、なんだかなし崩しの合流となってしまった。

わたしたちは礼拝堂から場所を移し、住居部分を借りて話をすることにした。誰《だれ》かが覗《のぞ》きに来ないよう騎士たちが見張りに立つ。室内にはわたしとシメオン様、殿下にリュタンの四人だけで入った。

「フランツさんの具合は？」

居間と食堂が兼用になっている部屋なのだろう、四人掛けのテーブルがある。座る位置で少しもめ、わたしは殿下と並んで座ることになった。リュタンをわたしの隣にも主君の隣にも座らせたがらなかったシメオン様が向かいに腰を下ろす。リュタンと並んで仲よくいがみ合っていた。

「まだ目は覚まさぬが落ち着いている。脳震盪《のうしんとう》だろうということだが、目を覚ましてもしばらくは要注意だな」

「シメオン様は」

隣から向かいへ目を移せば、着直した服の上から腕を叩《たた》いてシメオン様は微笑《ほほえ》んだ。

「ついでに手当てしてもらいました。言ったように、たいした怪我《けが》ではありませんよ」

「……ごめんなさい、わたしをかばったせいですよね」

血に汚れた服はそのままだ。銃弾を受けて破れている。そうなった原因を考えると肩が落ちる。今さらだけど、怒って文句を言える立場ではなかった。

「マリエルが気にする必要ないだろ。君は単に巻き込まれただけじゃないか。銀狐《ぎんぎつね》が殺したがってるのは副長の方なんだから、君がいなくたってこうなってたさ」

リュタンがなぐさめようと言ってくれたのだろうが、うなずく気分にはなれない。逆にシメオン様がこの意見には素直に同意された。

「あの状況を許したのはこちらの失態です。あなたに怪我がなくてなによりでした」

「まあ結果論だが、誰も深刻な被害は受けなかったということでよいだろう」

殿下が話を引き取りさっさとまとめられる。たしかに落ち込んでいる場合ではないと、わたしは背筋を伸ばした。

「フランツさんはリンデンの王族かと思っていましたが、どうやら違うようですね。グラシウス公と耳にしましたが」

「ああ、そうだ。ルシオ・サウセダ・エンリケス・デ・グラシウス。それが公式に定められた彼の名だ。今のところ、あまり意味をなさぬ名だがな」

「オルタの王太子殿下ですか……」

オルタ語を学ぶ過程で知った名前だ。オルタで王位を継ぐ人、すなわち王太子のことをグラシウス公と呼ぶのだ。家名ではなく王太子領に由来する。殿下のおっしゃるとおり、二十年前のクーデターで王朝が絶えて以降使われなくなった名前だった。

「知っていたか。そのとおりだ」

「オルタの国王陛下はリンデンへ亡命されたのでしたね。その時ご一緒に？」

「ああ。両王家は血縁が濃く、当時の国王同士も又従兄弟《またいとこ》にして義理の兄弟という間柄だったからな。姉の嫁ぎ先を頼って亡命したわけだが、国王はそのすぐあとに亡くなっている。王妃も数年後に。それゆえ革命政府による暗殺説が取り沙汰《ざた》されたようだが、記録は病死となっているな。グラシウス公……ルシオ王子だけが遺《のこ》され、リンデンで育てられた」

なるほどとわたしはうなずく。それでリンデン語を使っていたわけだ。彼の年齢からして、国を出た時はまだ赤ちゃんだったろう。母国語よりリンデン語の方になじむのは当然だ。

「ラグランジュにオルタ、リンデンときてさらにラビアまで。これだけの国が関わっているということは、やはり今回の戦争がらみですか？　ラビアは参戦していませんが傍観できる立場でもありませんから、援軍は出せずともこっそり協力するためリュタンを送り込んだといったところですか」

ここまでに見聞きした情報をまとめるつもりで言うと、殿下はいやそうなお顔で腕を組む。シメオン様も瞑目《めいもく》し、リュタンだけが面白そうにニヤニヤしていた。

「補足の必要もないくらいだな。頼むからこの場以外では絶対に口外無用だぞ。そなたを牢《ろう》に入れたくはないからな」

にらまれてわたしはコクコクとうなずいた。戦争に関わる情報なんてうかつに漏らしてよいものではないと、言われなくてもわかる。中途半端に知ってしまったため、いっそ全部説明した上で口止めした方が安全だと判断されたのだろうが、これは心して聞かねばならなかった。

「他《ほか》に知っていることは？」

「ええと、戦争がらみで正解なのでしたら、終戦後に王制を復活させフラン――グラシウス公を即位させようという計画があるわけですか？　それを阻止すべく工作員たちが彼を暗殺しようと襲撃してきた。で、なぜかグラシウス公は味方からも逃げて単身ここまでたどり着いた、と？」

「…………」

殿下のじっとりしたまなざしがシメオン様へ向かう。シメオン様は素早く首を振った。

「言っておりません」

「いやなにかは聞かせただろう⁉　ほとんど全部知っているではないか！」

「昨夜少しだけわれわれの会話を立ち聞きしたようですが、あのわずかな時間で情報を得られたとは……」

「ならそれ以外に――リスナール中尉か!?」

殿下がアランさんの名前を口にすると、扉の向こうで「言ってません！」と声が上がった。

殿下とシメオン様は揃《そろ》って眉《まゆ》を寄せ、わたしをにらむ。リュタンはテーブルにつっ伏して背中を震わせていた。

「今までのいろんな話をつなげただけです。シメオン様、以前教えてくださったでしょう？　いちばん懸念されているのは北のスラヴィア帝国が勢力を伸ばしてくることで、オルタやシュメルダは緩衝地帯、でしたか？　そこを守るためにラグランジュやイーズデイルが援軍を出したのだと。いずれオルタも味方陣営に引き込むつもりだというお話でしたよね。でも敗戦したからって簡単に味方になってはくれないでしょう？　どうするのかしらと思っていたんです。そうしたらこういう状況になって、オルタの王太子なんて存在まで現れて、ああつまりそういうことだったのねと」

シメオン様は愕然《がくぜん》としたお顔になり、天を仰いだ。

「ラファール侯爵が口にされたことの意味もわかりました。援軍を出す以上のこと、つまり戦争の先を見据えた計画ですね。他国の内政に介入することに、侯爵様は疑問を抱いていらしたのですね」

「…………」

「それと殿下もたった今お口になさったでしょう。今のところ意味をなさない名前だと――『今となっては』ではなく『今のところ』。それって今後状況が変わる可能性を含んだ言い方ですよね？

グラシウス公がその名前にふさわしい立場になられるということでしょう？」

殿下も両手で顔を覆い、深々と息を吐き出された。

「こやつの前ではおそろしくてなにも言えんな……」

聞かれたから答えただけなのに、わたしがなにか悪いことをしたかのような反応だ。ちょっとだけ立ち聞きしたのは認めるけど、それ以外は言いつけに従っておとなしくしていたのに。

「考えていただけで、誰にも言っていません。全体像を把握できたのはついさきほどですし」

このまま悪者にされてしまってはあまりに理不尽なので、わたしは口をとがらせてつけ足した。

「小説のネタにできると考えていたわけでも――なくはないですが、少なくとも戦争問題がすべて片づくまではだめだとわかっております。わたしだって、なんでもかんでも考えなしに書き散らしたりしません」

「……ああ、そうだな。そなたは知りたがりなだけで話したがりではない。ちゃんと口をつぐむとわかってはいるが……」

うなずきながらも、まだ殿下は複雑そうにおっしゃる。ようやく身を起こしたリュタンが笑いながら拍手した。

「すごいすごい、さすがマリエル。やっぱり君は最高だ」

「茶化さないでほしいんだけど」

「真面目《まじめ》に誉めてるよ。散らばった細かな情報をつなぎ合わせて正解にたどり着く、僕らがいつもやってることだけどね。なんの訓練も受けてない君が、よく一人でそれだけ考えたものだと感服するよ」

リュタンは椅子《いす》の背にもたれ、げんなりしているシメオン様と殿下を笑った。

「こんなに賢い君を他の女と同じに扱って蚊帳《かや》の外に追い出すことばかり考えてるんだからな、愚かな話だよまったく」

「当人の資質がどうであろうと、部外者には話せないだけです」

シメオン様が横目ににらみ、言い返す。

「それはつまり、マリエルのことをまったく信用していないっていう話だろ？　そのくせポロポロこぼした話から彼女が賢く真実を見つけ出したら非難がましく責めたてる。かわいそうにね、マリエル。君の旦那《だんな》さんは己の愚かさを妻の責任にすり替えてる」

嘲《あざけ》るリュタンの言葉に、テーブルの上でシメオン様の拳《こぶし》がきつく握られた。身体《からだ》ごとリュタンに向き直り、さらに口調をきつくして反論する。

「信頼の問題ではない、規律と守秘の話です。ただの情報管理だ。不用意に漏らせば聞いた相手自身も危険に巻き込むことになる。対処能力も責任も持たない者を遠ざけるのは当然でしょう」

「つまり、彼女を守りきる自信がないってわけだ。協力し合うことも守ることもできないから近寄ってこないでくれって言ってるんだろ？　夫婦ってそんなもんなんだ、笑っちゃうね」

「そのようなことを言っているのでは――」

シメオン様が腰を浮かせかけた時、殿下が勢いよくテーブルを叩かれた。響いた音でわれに返り、シメオン様がこちらを見る。

「話がずれている。今考えるべき問題はそこではない」

「……申し訳ございません」

叱責《しっせき》されて冷静さを取り戻し、シメオン様は元どおりに座り直した。リュタンの方はもう見ようとしない。そんな彼を馬鹿《ばか》にして笑う男にため息をつき、殿下はあらためてわたしにおっしゃった。

「すまなかった。そなたはなにも悪くない。責めるつもりではなかったが、そのような態度になってしまったことは謝る」

「いえ……」

「話を戻そう。グラシウス公に関してはそなたの指摘したとおりだ。クーデターの際に殺害された王族も多く、現在生存と所在が確認されているのは彼一人なのだ。元々王太子であったのだし、グラシウス公に国王になっていただこうという話が水面下で進められている」

いささか気まずくなってしまった空気を振り払うように、殿下は説明を続けられる。わたしも不満は忘れることにして、そちらに集中した。

「戦争というのは、終わったあとの処理がいちばん重要だからな。オルタの情勢を落ち着かせること、スラヴィアから距離を取らせること。この二点を最重要課題とし、各国とひそかに協議してグラシウス公をわが国で保護することになった。リンデンでは彼の安全を保証しきれぬのでな」

「……リンデンもスラヴィア側に？」

「そうではない。ここに地図がないのでわかりにくいかもしれぬが、リンデンは国境の大部分を東側の勢力に接しているのだ。それゆえ今回の戦争に援軍を送ることができなかった。リンデンがそのような動きをすれば、間違いなくスラヴィアやテーメーが出てくるからな」

わたしはポケットから手帳とペンを取り出し、殿下の前にさし出した。殿下は空いているページに略地図と簡単な関係を描いてくださる。地理自体は習って知っていても、勢力図というものは見たことがなかった。あらためて教えられると、リンデン自身が侵攻の脅威にさらされていることがよくわかった。

南にオルタ、北にスラヴィアとテーメー、そして東側の小国群もスラヴィア寄りの国ばかりらしい。ラグランジュやフィッセルと接している一部分を除いて、ほとんどの国境を敵対勢力に囲まれている形だった。

「これは、たしかに危なそうですね……」

そしてなぜオルタをこちらの陣営に引き込む必要があるのかもわかった。現在西側はやや劣勢なのだ。盤上に置いた石で陣地を取り合うゲームみたいな状態だった。オルタの色をひっくり返せば、こちらの陣地が一気に広がる。

「もちろんリンデンではグラシウス公の身辺警護に最大の注意がはらわれていた。それでも暗殺未遂が何度も起きた。もしスラヴィアが直接軍を動かしてくれれば、さらに危険が増える。だからラグランジュへ移そうということになったのだが、その情報も漏れていたようでな。国境を越えた少しあとに襲撃を受けたのだ」

「銀狐たちですね」

「オルタのメンヒバル将軍は、たとえ敗戦しても政権を手放すまいと必死だからな。まあ予測できたことだったので一方的にやられたわけではなく、護衛の兵士たちも即座に応戦したが、そこで不測の事態が起きた。混乱のさなかにグラシウス公がみずから行方《ゆくえ》をくらませたのだ」

襲撃のどさくさにまぎれて、ということらしい。そばについている人もいただろうに、いったいなにをしていたのだと呆《あき》れるが、まさか懸命に守ろうとしている人が逃げ出すとは思っていなかったのだろう。

「緊急の伝令が王宮に届き、こうして私が出てきたわけだ。事情が事情ゆえ、陛下の代理人として判断を下せる者が現場で直接指揮をとった方がよいということになってな」

「さようでしたか……」

全部説明してもらって、ようやくすっきり理解できた。シメオン様たちの会話の断片やグラシウス公の行動などが、すべて一本の線につながった。

グラシウス公を家出人と考えたのは、わりと当たっていたわけだ。いったいなぜ味方からも逃げようとしたのだろう。アランさんの言ったとおり人騒がせな話である。命を狙われているのに一人で飛び出して、どうする気だったのだろう。

「では、このあとはグラシウス公の回復を待ってサン＝テールへ移送ですか？」

「そうしたいところだが……」

殿下が言い淀《よど》まれて、なんだろうと首をかしげるとリュタンが口を挟んだ。

「王子だけ持って帰ってもだめなんだよね。もう一つ、オルタの王権を象徴するロレンシオの聖冠がないと。あの国じゃ被《かぶ》る人間より王冠の方が重要視されるんでね」

なにやら聞き覚えのある単語が出てきた。銀狐も王冠のことを言っていた。ロレンシオの聖冠とはなにか特別ないわれがあるものだろうか。

「へえ、なんでもよく知ってる君がこれは初耳だったか。連合王国から統合王国に変わって最初に玉座についたのがロレンシオ一世、この時に作られた王冠がロレンシオの聖冠だよ。以後オルタの王権を象徴するものと定められ、聖冠なき戴冠《たいかん》では正当な国主として認められなくなったんだ。今の軍事政権はあくまでも政権を奪い取った集団にすぎず、メンヒバル将軍が新たな王朝を築いたわけではないんだね。実権は手に入れてるけど大義名分がない状態だ」

「ええと……」

わたしは話についていくべく懸命に頭を働かせた。つまり、その特別な王冠がないとグラシウス公がオルタに帰っても正当な国王と認めてもらえないわけか。

「革命以前の王族は権力の私物化が激しくてけっこう嫌われていたからね。もしメンヒバル将軍が聖冠を手に入れていたら、国民は彼を新たな国主として認めただろう。簒奪者《さんだつしゃ》ではなく英雄になれていた」

「その王冠が、もしかして行方不明なのですか？」

わたしの問いを受けて、殿下は苦いお顔でうなずかれた。

「前国王が亡命の際に持ち出して、グラシウス公に受け継がれていた。今回も聖冠を持って移動していたのだが、彼が逃走したと同時に聖冠も消えた。だからグラシウス公が持って逃げたのだと思うが、聞けば彼は身一つで保護されたそうだな。この建物内を調べさせたが、聖冠は見つかっていない」

消えた聖冠……ううん、グラシウス公はそのありかを知っている。銀狐と対峙《たいじ》した時、彼は嘘《うそ》でごまかそうとするようすだった。多分なくしたとかではなく、どこかに隠している。

思い出しているとあの時のグラシウス公の言葉が浮かんできた。ずっと捨てたかった、と言っていた。あれはその場しのぎの嘘には思えなかった。彼は国王になりたくないと考えているのだろうか。だから逃げた……？

「マリエル、そなたはなにか気づかなかったか？　グラシウス公と接触していたのだろう？」

今度は殿下が尋ねてくる。わたしは記憶を振り返り、首を振った。

「それらしいものはなにも……あの、銀狐たちも聖冠をほしがっていましたが、メ……メンメン将軍が国王になろうとしているのでしょうか」

「メンヒバルな。今さら聖冠を手に入れても二十年前とは事情が異なる。当初は彼を支持する者も多かったが、結局権力を握る者が変わっただけで状況は変わらなかったから、国内でも不満が高まっている。むしろ戦争へ突き進む軍部の暴走にさらに悪化したとも批判されていて、この状況で戴冠したところで彼の立場がよくなるとは思えぬな」

「でしたらなぜ……」

わたしは視線をシメオン様へ向けた。リュタンと口論になったあと、彼はずっと黙り込んでいる。

「……仮にグラシウス公が亡くなられても、リンデンには血縁者が何人もいます。聖冠さえあればオルタの王位を継げるでしょう」

表面上はまったく冷静に、いつもと変わりない声でシメオン様は答えてくださった。でも視線がほんの少し下がってわたしをまっすぐ見ないとか、テーブルの上できちんと重ねられた手がピクリとも動かないとか、声が冷静すぎて硬いとか、隠した内面がわたしにはバレバレだ。多分殿下も気づいていらっしゃる。リュタンはどうだろう。いつもニヤニヤしているのでよくわからない。

お互いに天敵だけど、シメオン様にとってリュタンは本当にいやな相手なのね。痛いところを突かれて落ち込んでいるの？　それはつまり……リュタンの言ったことが図星だったというのだろうか。

「グラシウス公をすぐに殺害しなかったのは、聖冠を奪取しなければこちらの計画を阻止できないからです。スラヴィアは裏で援助していても直接の参戦はしてこない。どう動くのが利になるか注視している段階です。そしておそらく、オルタの敗戦は濃厚と見切りをつけている。このまま切り捨てられないよう、なんとしても王制復活は阻止しなければならないというわけです」

「はあ……」

うう、話がどんどん難しくなってきた。図でも描いて整理しないと頭がついていけない。

わたしは聞いた話を手帳にまとめ、今重要な問題点を確認した。背後のややこしい事情は置いて、喫緊の課題は二つ。グラシウス公を保護してヴァンヴェール宮殿まで送り届けることと、ロレンシオの聖冠を回収することだ。グラシウス公についてはひとまず大丈夫として、もう一つの聖冠が残っているわけね。

「やはりグラシウス公にお聞きするしかありませんね。早く目を覚まされるとよいのですが」

また日暮れが近づいている。このあとどうするかをシメオン様たちは話し合われた。意識が戻ってもしばらくグラシウス公は安静が必要だ。今はあまり動かしたくないが、このまま教会にとどまるのも不安が多かった。なにかあった時司祭様や町の人たちを巻き込んでしまうし、彼らの出入りにまぎれて工作員も侵入しやすい。

結局、日が暮れる前にレスピナスの屋敷へ移ることになった。屋敷へ連絡して受け入れ準備をしてもらいながら、グラシウス公が目を覚ますのを待つ。騎士たちがあわただしく出入りする邪魔にならないよう、わたしは一人で外へ出た。

一日太陽が姿を見せなかったため、外の空気はいじいじと寒い。裏手に回れば畑の野菜はほとんど採り尽くされて、刈り取った跡ばかりになっていた。気前よく全部炊き出しに提供してしまったのね。きれいに並んだ畝《うね》の外、畑の隅に野草が小さな花を咲かせていた。

外に広がる墓地もさみしげだった。お墓に手向《たむ》けられていた花は風に飛ばされて散乱し、ぐっしょり濡《ぬ》れて悲惨な状態になっている。さみしくないように、穏やかに眠れるように、幸福な再生があるようにと祈りを込めて置かれていたのに、かえって悲しい雰囲気になっている。わたしは手を濡らしながら花束を拾い集め、どうにもだめそうなものを除いて置き直した。同時期に亡くなったという子供のお墓も同じ状態だった。周囲をさがして転がっていたぬいぐるみを拾い上げ、お墓の前に戻す。

泥がついていてかわいそうだった。

「マリエル」

泥を洗い流せないだろうかと考えていたら、シメオン様がやってきた。部下たちは連れていないから、特になにかあったわけではないだろう。

「グラシウス公は目を覚まされました？」

「いや、まだです」

シメオン様は足元のお墓を見下ろし、少し首をかしげる。

「これはアレット夫人の墓ではありませんね？」

「ええ、ご近所のお子さんだそうです。やはり最近亡くなられたそうで。大奥様のお墓はあちらですよ」

わたしはシメオン様を案内した。せっかくここにいるのだからと、ご挨拶《あいさつ》しに出てこられたのだろう。大奥様のお墓を教えてあげると、シメオン様はしばし祈りを捧げていた。

なんの問題もなさそうに動いているけれど、傷の状態はどうなのだろう。袖《そで》についた血はまだ変色もせず生々しい赤さを見せつけていて、どうしてもそこへ目が引き寄せられてしまう。わたしは無意識に自分の左腕をさすった。命に関わるようなことはなく後遺症も残らない、軽傷と呼ばれる程度の傷であっても、切られた時は痛かった。あんなに痛い思いをしたことはない。銃弾を受けるなんてもっと大変ではないのだろうか。

ふとシメオン様がこちらを見下ろし、わたしの視線に気づいてやわらかく微笑んだ。

「大丈夫ですよ、そんなに心配しなくてよい」

「……シメオン様はつらくてもおっしゃらないでしょう。その『大丈夫』は信用できません」

くすりと笑い、彼は腕を持ち上げて動かしてみせる。そんなことをされてもかえってハラハラするばかりだ。

「今度、きちんと説明してあげますよ。女性に聞かせる話ではないのですが、あなたにはよいネタになるでしょうからね。撃たれた部位はもちろんですが、それに次いで怖いのは壊疽《えそ》を起こすことです。弾が体内に入る際に周囲の肉を破壊し、そこから壊疽が広がっていく。ですがこれはまともに受けたのではなくかすっただけの傷です。壊疽を起こす状態にはならなかった。弾が体内に残っていないから鉛中毒の心配もない。注意すべきは感染症くらいかな。それも医者が念入りに消毒してくれましたから、大丈夫ですよ」

「……でも、痛いでしょう」

腕が下ろされてわたしを抱き寄せる。左腕の傷痕《きずあと》があるあたりを大きな手が包み込んだ。

「もっと痛い思いをしたあなたが立派に耐えていたのに、この程度で男が騒げません。じっさい骨折した時の方がよほど痛かったくらいです」

「え、そんなことがあったんですか!?」

さらりと言われたことに驚いてしまった。シメオン様は当たり前の顔で笑う。

「訓練をしていれば軽い怪我などざらですよ。骨折したのは別の時ですが……アドリアンが、なにを思ったのか突然垂直の壁を駆け上がりましてね。勢いをつければ上まで行けると踏んだようですが、当然途中で落ちるでしょう？　これがノエルなら問題なく受け止めてやれたのですが、自分と変わりない図体ではね。踏みとどまれず一緒に倒れ込んでしまい、下敷きになった腕が」

なにをしているのアドリアン様――！

「それっていつの話ですか？」

「あいつが十五の時です。成長が早くて、もう今と変わりない身長になっていました」

「十五でそんなことを……」

お義母様《かあさま》の言葉を思い出してしまった。そういうお馬鹿ないたずらをしょっちゅうしていたわけね。これだから男の子は。

「休暇中のできごとでしたから、腕を吊《つ》った状態で士官学校に戻りました。それでも訓練は免除にならず、ほとんどのことを他と同じにやっていましたよ。いや、それどころか負傷した時にどう戦うかという教材にされてしまいました」

「ええ」

「士官学校の逸話なんてもっとすごいものがいくらでもありますよ。あなたが聞けば卒倒しそうなものね。この程度は怪我のうちにも数えられません」

おとぎ話の王子様みたいな顔をしていながら、シメオン様は平然と言う。舞踏会や園遊会で遠くから眺めていた時には想像もつかなかった話だ。憧《あこが》れの視線を集める白百合《しらゆり》のように美しい騎士――その強さの裏には、傷だらけになり汗を流した訓練がある。

わたしはシメオン様の身体に腕を回して抱きついた。大丈夫なのはわかったけど、怪我に慣れすぎなのもどうかと思う。軽く見るくせがついていてかえって深刻な事態を招きそうだ。

「あまり、無理をなさらないでくださいね」

「それをあなたに言われると妙な気分ですね。いつもこちらが思っていることなのですが」

笑われてむっと口をとがらせる。今回はちゃんとおとなしくしているじゃないのと見上げれば、笑顔にどこか陰りを感じた。

……さっきのこと、まだ気にしていらっしゃるのかしら。

リュタンの悪態なんていいかげん聞き慣れたでしょうに。くだらないと切り捨てられないなにかがあるのだろうか。

「シメ……」

もう一度口を開きかけた時、突然山の方から甲高い声が響いてきた。

「——えっ⁉」

ヒイィと長く響く女性の声に驚いて振り返る。誰かの悲鳴というより山に棲《す》む怪物の叫びに思えた。気味の悪い声にわたしは震え上がり、離れかけていた身体をまたシメオン様にくっつけた。

「なっ、なに？　なんですかあれは」

シメオン様はというと驚くようすもなく、わたしを不思議そうに見下ろす。

「はじめて聞きましたか？　あれは鹿《しか》の鳴き声ですよ」

「鹿？」

意外な言葉に口が開く。そこへまたヒイィと聞こえてきた。

「……言われてみれば、動物の声のような気も……でも鹿って、あんな声で鳴くんですか？　もっと可愛《かわい》い声かと思っていたのに」

知らずに聞けば女性の悲鳴としか思えない。とんだ怪談もどきである。鹿の愛らしい姿を思い出し、あまりの落差にがっかりした。

「これは雄が縄張りを主張する時の声ですね。親子が呼び合う時はもっと短くて可愛らしい声ですよ」

「ふうん……」

イーズデイルに伝わる嘆き女の伝説って、もしかして鹿の声を聞いた人の勘違いからはじまっていたりしないかしら。なんてことを考える。でも鹿も雨続きで苦労しているだろうなと思えば不気味さも薄れた。

「鹿といえば、オルタ王家の紋章も鹿でしたね。守り神がグラシウス公をはげましているのかもしれませんね」

「ああ、その発想はよい。さすが作家ですね」

誉めながら大きな手が頭をなでてくれる。なんだか、子供扱いされていないかしら。大人《おとな》の女としてここで喜んでいてはいけないような。でもやっぱりうれしい。

「副長！」

複雑な気分でなでられていたらアランさんがやってきた。寄り添うわたしたちの姿に一瞬「うえ」という顔になり、それでもめげずに駆け寄ってくる。

「どうした」

わたしから離れてシメオン様は振り返った。

「グラシウス公が目を覚まされました」

「そうか」

シメオン様の顔に安堵《あんど》が浮かぶ。わたしもほっとした。よかった――と喜びかけたわたしたちに、しかしアランさんは難しい顔で続けた。

「めまいや吐き気などはないようで、会話もできます。落ち着いた状態ではあるのですが……」

「なにか問題が？」

アランさんはうなずく。手短な説明を聞いたわたしたちは、急いでグラシウス公のもとへ戻った。部屋へ入れば彼は上体を起こそうとして止められているところだった。寝直すように言う医師の手をわずらわしげに振り払う。扉のすぐそばの壁にもたれていたリュタンが、わたしたちに肩をすくめてみせた。

「だから、ここはどこだと聞いている。お前たちは何者だ。イサークは？　イサークはどこだ！」

「落ち着かれよ、グラシウス公。頭を打っているのだからそのように騒ぐのはよくない」

リンデン語がわからない医師にかわって殿下がグラシウス公をたしなめる。少し興奮気味のグラシウス公は、顔をしかめて右耳のあたりを押さえていた。

「……貴様は誰だ」

警戒心もあらわにグラシウス公は殿下をにらみつける。殿下は医師を下がらせ、そばの椅子に腰を下ろしてグラシウス公と目線の高さを合わせた。

「私はラグランジュ王国王太子、セヴラン・ユーグ・ド・ラグランジュだ。お初にお目にかかる」

「……ラグランジュ？」

「あなたが行方不明になったとしらせを受けて、捜索の指揮をとるため出向いてきた。ここは襲撃を受けたシャメリーから西へ進んだところにある町だ」

「……襲撃……？」

グラシウス公の反応は鈍く、言われたことがよく理解できないという表情だった。この町まで自力で歩いてきたのだから今さら言われなくてもわかっているはずなのに、はじめて聞くように殿下の言葉をくり返す。殿下は彼の反応を観察しながら慎重に質問した。

「あなたはラグランジュの首都サン＝テールへ向かう道中でオルタの暗殺部隊に襲撃された。その時のことは覚えておいでか？」

「………」

「コンスタンティンスブルクを出たことは？」

「………」

「では、今が何年何月かは？」

「………」

どの質問にもグラシウス公は答えない。返答を拒否しているのではなく、答えが見つけられないようすだった。

殿下が深く息を吐き出される。困惑して立ち尽くすわたしたちに、リュタンが独り言めいて言った。

「聖冠の隠し場所どころでなく、自分の現状も思い出せないとはね。やっかいなことになったなあ」

窓の外から鹿の鳴き声が聞こえてくる。守り神のはげましも、今のグラシウス公には届きそうになかった。

8

　グラシウス公は記憶のすべてを失ったわけではなく、ごく最近のできごとだけが思い出せないようだった。落ち着いてくるとリンデンで暮らしていた頃《ころ》のことは話せるようになり、自分についてはもちろん、周りに仕えていた人のことなどもはっきり覚えていたが、リンデンを出発してラグランジュへ向かったあたりになるとかなりあやふやだった。

「脳震盪《のうしんとう》の際にはよく起きる現象ですし、もう少し重度の記憶障害だとしても若い人の場合は回復しやすい傾向にあります。次第に思い出す可能性も高いので、そう悲観することはないでしょう。ただ他《ほか》の症状が出る可能性もありますので、十分に注意してください」

　廊下へ出て、お医者様が殿下とシメオン様に説明している。グラシウス公はもう一度寝かされて、青い瞳《ひとみ》でじっと天井をにらんでいた。

「他というと？」

「よくあるのは失語症ですね。言葉が上手《うま》く出てこなかったり意味の通じないことを話したりといったものです。今のところそういった兆候はないようですが、他に現在地を把握できないとか道順を覚えられないという症状が出ることもあります。迷って元の場所に帰れなくなりますので、状態に注意して目を離さないようにしてください」

頭を打つのは怖いことなのだと、あらためて思い知らされた。見えない内部でどうなっているのかわからず手の打ちようもない。最近の記憶が失われただけならさほど問題はないが、もっと深刻な障害が出てこないか、誰《だれ》もが心配した。

「申し訳ありません。伏せさせようとして、力が入りすぎました……」

原因となった騎士が身を小さくしている。彼に突き飛ばされてグラシウス公は塀にぶつかり、倒れたところでまた頭を打ったらしい。助けるつもりでやった行為が裏目に出てしまい、身の置き所もないようすで騎士は謝っていた。

失敗と言えば失敗なのだけれど、あまり彼を責められない。あの時、銀狐《ぎんぎつね》たちからグラシウス公を助け出すだけでも大変だった。不意を突いて引き離せても、すぐそばに銃口がいくつもありためらわずに撃ってくる。シメオン様以外にも軽傷を負った騎士がいて、むしろよくこの程度の被害で済んだものである。

殿下もシメオン様も特にきつくとがめてはいなかった。起きたことに文句を言うより、もっと考えなければならないことがある。今後の対処をどうするか相談するため、リュタンとともに場所を移していかれた。扉の内と外それぞれに騎士が立って、グラシウス公の身辺を警護する。残りの騎士は教会の外を周回して不審者の接近に警戒していた。

殿下は去り際に、通訳として残ってほしいとわたしに頼まれた。騎士たちの中にリンデン語ができる人はおらず、グラシウス公もラクランジュ語は片言程度である。できるだけ負担をかけないよう通訳が必要だった。もちろんわたしに異論はない。護衛以外にもそばにつく人が必要だろうと考え、引き受けた。

「ご気分はいかがですか？　温かい飲み物か、おなかが空いていらっしゃるようでしたら食事の用意をいたしますが」

わたしはそっとグラシウス公に声をかけた。自分の状況がわからずさぞ混乱しているだろうし、それ以前の彼もつき合いやすいとは言えない態度だった。拒絶されるかなと思ったが、案外彼は穏やかに答えてくれた。

「……ああ、たしかに空腹だ。温かいものがほしいな……」

「かしこまりました、すぐに持ってまいります」

素直な要求がうれしくて、わたしは大急ぎで厨房《ちゅうぼう》へ向かった。避難してきた人たちのためにここで炊き出しが行われている。レスピナス家から提供された食料の他に、裏の畑から採ってきたばかりという野菜も山盛りになっていた。

わたしは炊き出し係の奥さんにお願いして食事を一人分用意してもらった。

「水害の状況はどうなっていますか？」

待つ間、居合わせたお義父様《とうさま》に聞いてみる。レスピナスのご主人と一緒に被害状況を見てきたお義父様は、邪魔にならないよう厨房の隅で小さくなって腹ごしらえをしていらした。炊き出しの料理を分けてもらって美味《おい》しそうに食べている童顔のおじさんが、国王陛下すら気を遣われる国内有数の大貴族だと知ったら周りの人はどう反応するかしら。これを見ると、実家のお父様と格差を越えて仲よしなのも納得だ。

「うん、思ったほどひどいことにはなっていなかったよ。これ以上降らずに天候が回復してくれれば、じきに水も引いていくだろう。水没した畑や家はあとが大変だろうけど、届けを出せば国から補助金が出るから」

熱々のスープがありがたいと、お義父様は幸せそうに目を細めている。雨がやんでも風はまだ強く、外を歩いていたら冷えただろう。

「そうですか、それはようございました」

炊き出し係の奥さんがわたしを呼んだ。おなかを満たしてくれる根菜入りのスープに、こんがり焼いたパン、そこへトロトロになったチーズと厚切りのベーコンも載せられる。心を落ち着けるハーブのお茶も添えられた。心尽くしの食事を受け取り、お礼を言ってわたしは厨房を出る。グラシウス公のところへ戻ろうと歩きかけたところで、逆に厨房へ入ろうとした人とぶつかった。

「一人だけいいご身分ですこと」

フン、と小声で吐き捨ててレスピナスの若奥さんは厨房へ入っていく。わたしは熱いスープの跳ねた手を、そっとお盆から離してふうふう吹いた。すっかり嫌われちゃったわね。殿下や騎士たちと親しくしているのが気に入らないのかしら。遊んでいるわけでないことは、彼女にもわかっているはずだけど。

……この感覚、とってもなつかしい。ああ、一年前はこんなだったわよね。シメオン様と婚約した直後は行く先々で陰口を叩《たた》かれいやがらせを受けた。近頃すっかりご無沙汰《ぶさた》だった状況に胸が震える。

やはりこうでなくては！　チヤホヤされるばかりなんて、わたしの生き方ではないのよ！　皆さんもっと心のままに！　そしてわたしに新たなネタを！

ヒーローとヒロインが結ばれるまでの話ばかり書いてきたけど、そうね、せっかく結婚生活というものを現在進行形で取材しているのだから、玉の輿《こし》に乗った若妻の話もいいかもしれない。旦那様《だんな》だけは愛してくれるけれど周り中からいびられて苦労するの。舅《しゅうと》と姑《しゅうとめ》も冷たくて……って、それはあのお義母様《かあさま》たちを見ていると書きにくいなあ。まあ社交界でたくさん仕入れたネタがあるから、それを参考にして。それとも、いっそ政略結婚かなにかで旦那様も最初は冷たいとか？　結婚という形だけが先にあって、そこからいかに心を通わせていくかをテーマにする……上手く書かないとヒーローが読者に嫌われるわね。難しいけれど意欲をそそられる。孤立状態を持ち前の明るさと強さで打破していくヒロインってかっこよくない？　そんな彼女に、冷たく接していたヒーローが無視できなくなり、やがて恋に落とされるの。絶対萌《も》える、書いてみたい！

ああしてこうしてと考えながら廊下を戻る。部屋の外に立っていた騎士がけげんな顔を向けてきた。ちょっとにやけていたかしら。いけないいけないと気を引き締める。

「お待たせいたしました」

扉を開けてもらい入ったものの、お盆を置くテーブルがない。寝台で食事するためのテーブルなんてこの家にはないわよね……どうしようと思っていると、グラシウス公がさっさと身を起こした。あわてて室内担当の騎士が駆け寄っても、手助けは必要ないと振り払われた。

お盆を膝《ひざ》に置いてグラシウス公は食事に手をつける。内容が粗末だとか文句を言うこともなく、黙々と食べていた。

　見ているとわたしもおなかが鳴りそうだった。そういえばお昼を食べていないわ。すっかり忘れていた。さっき厨房でなにかもらえばよかった。あとでもう一度行こうかな。

「……お前は」

「はい？」

　風に揺らされてガタガタ鳴る窓を見ていると、グラシウス公がボソリとしゃべった。目を戻すわたしに、彼は食べ終えたお盆を返してきた。受け取ってとりあえず木箱の上に置くわたしを、グラシウス公はもの言いたげに見ていた。

「どうなさいましたか」

「……いや、お前はどういう者なのかと。ここの下女かなにかかと思ったが、そういう風でもないな。それにその服、喪服だろう？」

「ああ……」

　わたしは自分のドレスを見下ろした。喪を表す黒のドレスで、おまけに走り回ったり乱闘に巻き込まれたりで汚れてしまっている。王子様のそばに付き添うにはふさわしくない格好だった。

「お見苦しくて申し訳ございません。親族の葬儀があったものですから」

「……身内が亡くなったのか」

　グラシウス公の視線がわたしの手元に向いている気がする。もしかして、左手の結婚指輪を見ています？　いえ旦那様は健在ですから。未亡人ではありませんから。

「ええと、婚家の親戚《しんせき》がこの地に住んでおりまして。わたしどもはサン＝テール市に住んでいるのですが、今回は葬儀に参列するためこの地を訪れておりました」

「そうか……」

「申し遅れました、わたしはマリエル・フロベールと申します。さきほど一緒にいた金髪の軍人をご記憶でしょうか？　彼が夫のシメオンです。思いがけず合流することになり、その流れでこうしてお手伝いをしております」

「フロベール……あの伯爵家か？」

「さようにございます。じつは当主夫妻の両親も近くにいるのですが、今は少々立て込んでおりまして。豪雨で町に被害が出たため、支援に働いているのです。ご挨拶《あいさつ》申し上げるべきなのですが、のちほど時をあらためてということでご容赦くださいませ」

　グラシウス公は首を振った。

「わざわざ挨拶になど来なくていい。かまわないでくれと言っておけ――あ、いや、失礼。伯爵家の若夫人に対して無礼なもの言いだったな。申し訳ない」

「いえ、おかまいなく」

　あらら、少し前とはずいぶん態度が違われますこと。

　わたしの格好は変わっていないから、あの時だって下女とは思わなかったでしょうに。こんなところでもフロベール家の威光がものを言うのかな。

　などと考えもしたが、多分こちらが本来のグラシウス公なのだろう。殺されそうになり、敵からも味方からも逃げて隠れていた。そうとう余裕がなかっただろうとは察せられる。そんな時は気持ちもすさむものだし、それに重いものを持ち上げられなくて殿方の自尊心がちょっぴり傷ついていたのかもね。

「起きていらして大丈夫ですか？　横になられた方がよろしいのでは」

今はできるだけ安静にしているべきだとお医者様も言っていたが、グラシウス公はわたしの言葉に首を振った。

「特に具合の悪いところはない。頭が少し痛いが、ぶつけたというならこんなものだろう」

「このあと移動することになりますから、できるだけ休んでいていただきたいのですが」

「下が硬くて寝ているのがつらいのだ」

あ、とわたしは寝台に目をやった。簡素な台に薄い布団だものね、わたしでも痛いと思うだろうな。司祭様に助けられてからの数日間、物理的にも眠れない夜をすごしていたのかも。

「ここは、どういう場所なのだ？」

「教会に付属する司祭様のお宅です。殿下はこちらに保護されていらしたのですよ」

「ルシオでいい。殿下もいらん。国を追い出されたみなしごに大層な称号など無意味だ」

グラシウス公はなげやりな口調で言った。銀狐に馬鹿《ばか》にされた時は腹を立てていたのに、正反対の態度だ。

「オルタの直系王族にあらせられるのは事実でございましょう？」

「だからそう馬鹿丁寧にしなくていいと言うんだ。オルタから国王がいなくなってもう二十年だぞ。

今さら王太子を名乗ってなんの意味がある。もう誰も王太子の存在なんて認めていない」

「そのようなことは……」

「実がないのに形だけ敬われてもよけいにみじめだ。殿下はやめてくれ。ただのルシオでいい」

グラシウス公はわたしから顔をそむける。年上の男性なのに、しょげた男の子というふうに見えてしまった。

……複雑なお立場だものね。いろいろ思うところがあるのだろうな。

「では、ルシオ様と呼ばせていただきますね。わたしのこともどうぞマリエルとお呼びくださいませ」

「……ああ」

わたしが受け入れると、グラシウス公はほっとしたようすで顔を戻した。

「マリエルは、その、結婚しているんだよな？」

「はい」

「ずいぶん早くに結婚したんだな」

わたしが口調を崩したからか、グラシウス公もくだけた調子になってきた。今まではそうとう気張っていたらしい。こういうふうに話されると、たしかに王子様より普通の男性に感じた。

「わたしは年より下に見られがちでして。これでも十九歳なんです」

「え、そうなのか？」

「はい。ちなみに何歳《いくつ》くらいに思われてました？」

「いや、十五くらいかなって」

「……さすがにそれはないでしょう。ルシオ様にも眼鏡《めがね》をおすすめします」

「君が子供っぽすぎるのがいけないんだ」

「んまあ」

たしかにみんなからそう言われますけどね！　銀狐にまで言われちゃいましたけどね！　でも十五歳はいくらなんでも下げすぎでしょう⁉　そこまでではないはずよ！

くうう……お色気ってどうすれば出るのかしら。サン＝テールに帰ったら女神様たちに弟子入りしよう。

むくれるわたしにグラシウス公が笑う。気難しげな表情がやわらぐと、ますます印象が変わった。こうしていると普通の若い男性だ。もっと笑ってほしいな。楽しい気分でいれば頭にもいい刺激になって、ひょいと記憶が戻ったりしないかしら。

それからしばらくの間、わたしたちはたわいのない話をした。深刻な状況の中にあることは、二人ともあえて無視していた。思い詰めていても暗くなるばかりだ。今はあまり難しいことを考えず、ゆっくり休んでほしかった。

聖冠をどこに隠したのか、聞けるものなら聞きたいけどね。持ち出したことすら覚えていないだろうからなあ。

そうしてなごやかに話していたわたしたちは、扉が開いたことに気づいていなかった。セヴラン殿下が室内に入ってこられてようやく気づき、おしゃべりを止める。グラシウス公が明るく会話していたことに、殿下は少し意外そうなお顔だった。

「具合はいかがかな。そろそろ移動していただかねばならぬのだが、大丈夫だろうか」

「……ええ、大丈夫です」

笑顔を消して、グラシウス公は問いにうなずく。穏やかに語りかける殿下とは反対に、警戒心剥《む》き出しの硬い態度だった。介助しようと寄ってきた騎士を拒絶し、自分で毛布をはねのけ靴を履く。立ち上がる時、ふらつくと危ないと思ってわたしが手を出したら、それは素直に取ってくれた。

「では、こちらへ」

殿下に先導されて部屋を出る。部屋の外にはシメオン様とリュタンもいた。わたしと目が合ったシメオン様はすぐに視線をそらした。

……なんだろう、気になる態度だな。

でもその場で話をするわけにもいかないので、わたしはグラシウス公のあとに続いて外へ出た。レスピナスの屋敷から馬車が回されていた。町の人が近づかないよう騎士たちが制している。興味津々で注目してくる野次馬の中に、司祭様の姿を見つけた。

「あの、よろしいでしょうか」

わたしはセヴラン殿下にこそっと声をかけた。

「なんだ」

「あちらに司祭様が。グラシウス公は覚えていらっしゃいませんが、助けてくださった恩人です。このままご挨拶もなく立ち去るのはどうかと……少しだけお声をかけていただくわけにはまいりませんでしょうか」

わけありな外国人を拾って保護してくれていたのだ。今もきっと心配していらっしゃる。彼らを巻き込むまいとしていたグラシウス公なのだから、記憶があればみずからお礼を言っていただろう。

殿下も司祭様へ目を向けられたが、少し考えたあと首を振られた。

「今そのようなことを言ってもグラシウス公を混乱させるだけだろう。彼らにはのちほど説明して、相応の礼もする」

「……でしたら、わたしからお話ししてきます」

たしかに、今は負担になるだけかもしれない。そう思って司祭様へ向かいかけたら殿下に首根っこをつかまれた。

「こら、そなたもだめだ。うろちょろしないでさっさと乗れ」

「え、わたしも乗るんですか？」

「通訳だろうが。それと、オルタの連中がどこから見ているかわからんのだ。あまり親しげにしない方がよい……彼らのために」

わたしの耳元に顔を寄せてささやかれる。銀狐たちに見張られているかもしれないと気づかされ、わたしは怖くなってこっそり周囲を見回した。

「銀狐は教会に聖冠を隠したのではと疑っていました。このままでは司祭様たちが危険です」

「もちろん人を残して警戒させる。だがわれわれとことさらに親しくしていたら、事情を承知の上で協力していると思われるだろう。不義理ではあるが、今は知らん顔をしていた方がよい」

「……はい」

もっともなお言葉にうなずく。しばらく不愉快な思いをさせてしまうかもしれないが危険にさらすよりはましだと考え、ふと気がついた。

シメオン様がわたしになにも聞かさず蚊帳《かや》の外に追い払おうとする時って、こんな気持ちなのかしら？

「シメオン、うっとうしい顔でにらむな！　話をしているだけだろう！」

考えたとたん殿下が彼の名前を口にする。シメオン様を見れば、また目をそらされてしまった。

「まったく、面倒くさいやつめ」

わたしを馬車に押しやりながら殿下がこぼされる。今ちょっと繊細になっているみたいなのでと言おうとして、それって旦那様の名誉的にどうだろうと考え直し、結局口をつぐんでおいた。

グラシウス公とセヴラン殿下、わたしの三人で乗り込むと扉が閉じられる。周囲を護衛に囲まれて、馬車はレスピナスの屋敷へ向かった。

そうして屋敷に着き、用意されていた部屋で寝かされると、グラシウス公はすぐにまた眠り込まれた。記憶が消えても身体《からだ》に溜《た》まった疲労は消えない。ここしばらくの緊張状態が寝心地のよい寝台のおかげでゆるんだのだろう。返事がないなと思ったら静かに寝息を立てていた。

安静のためにはよいことだ。ゆっくり眠らせてあげようと、わたしたちは護衛を残して部屋を出た。

シメオン様たちと別れてわたしはいったん自分の客間へ戻る。一日動き回ってクタクタだ。夕食まで休んでいようと思ったが、ひどい空腹を抱えて待つのもつらかった。

そもそも今日《きょう》の夕食ってどうなるのだろう。屋敷に残っている使用人も忙しそうで、きちんとした晩餐《ばんさん》の席は用意されない気がする。なにも出してもらえないなんてことはないだろうけど、わたしの存在を記憶してくれているかどうか……うっかり忘れられそうなのが不安だった。

目の前に立っていても忘れられるわたしだもの、部屋でおとなしくしていたら確実に忘れられる。ええもう断言する。他はそれでよくてもごはんだけは困る。どうしようと悩み、恥をしのんで直接厨房へ行くことにした。

「……あら、なんですか。こんなとこにまで入り込んで」

地下へ下りて厨房に入ったとたん若奥さんと鉢合わせした。帰っていたのね。厨房には他に料理人の女性と若い女中がいて、大きなお鍋《なべ》の前で大量の食材と格闘していた。

「すみません、おなかが空いてしまって……なにかいただけないかと思いまして」

必殺、おやつがほしいです作戦！　小腹を満たすと同時に存在を主張する捨て身の作戦です。忙しい時に申し訳ないが、こちらも切実なので。

「はぁ？」

しかし若奥さんは眉《まゆ》を寄せ、フンと鼻を鳴らした。

「……まあ、驚いた。名門伯爵家の奥方様が自分で食べ物をねだりに来るなんて。ずいぶん意地汚い真似《まね》されるんですね」

冷たい言葉が突き刺さる。ううう、そのとおり。貴婦人としてあってはならないふるまいです。ここにお義母様がいらしたら叱《しか》られただろう。

でもでも、誰か呼び止めて頼もうにも全然通りかかってくれないのだもの！　町のお手伝いに出て人手が減っている上に、騎士たちが警備に立っていたりして近づきにくいというのもあるのだろう。使用人は誰も二階へ上がってこなかった。

おかげで着替えもままならない。あまり大きな屋敷ではないからと遠慮して、わたしもお義母様も侍女を連れてこなかったため、いまだ汚れた喪服のままだった。

一つ覚えたわ。今後どこへ行くにも、自分で着替えられる服と非常食は用意しておこう。

「今準備中なんです。夕食の時間まで待ってください」

若奥さんはぷいと顔をそむけ、ハムを挟んだパンにかじりついた。

そう、彼女もただ今食事中。やはりおなかが空いて夕食まで待てなかったのだろう。厨房のテーブルで軽食をとっているところへわたしが来たのだった。

料理人たちがちらりとこちらを見る。

「まったく、いい気なもんですよね。うちがどんだけ大変かわかってないんでしょう？　ただでさえばあさんの葬式で忙しかった上に町があんなことになっちゃうし、予定外のお客もわんさか押しかけて、もう手が回らないんですよね」

ミルクたっぷりのコーヒーを飲み、若奥さんは言葉を続ける。

「王子様にくっついて媚《こび》売ってただけの人は優雅でいいですけど、わたしなんてお義母さんがあれしろこれしろって女中みたいにこき使ってくれちゃって、一日中働かされたんですよね」

パンを食べ終わると干し葡萄《ぶどう》をつまみだした。土地柄、葡萄を使った料理やお菓子がいろいろありそうだ。

「わかったらさっさと出てってくれません？　そんな汚い格好で厨房に入ってこないでくださいよ。ほんっと非常識な人ですね」

「……お邪魔しました」

わたしはしおしおと退却した。言い方はかなりアレだったけれど、内容はうなずけるところも多い。じっさいこの家の人たちにはずいぶん迷惑をかけている。ちょっと八つ当たりしたくなってもしかたないだろう。ううん、わたしも迷惑の一部なのだから七つ当たりくらいかな。

まあ、目的の半分は達成した。これでわたしの夕食もちゃんと用意されるだろう……多分……そ、そのうちお義父様たちも帰っていらっしゃるのだから、わたしだけ食べられないなんてことはないはずよね？

うう、でもつらい。胃の奥が焼けつくようだ。寒くて疲れて空腹だと、ものすごくみじめな気分になるのね。これはいい取材だわ。わが身で体験できているのだと思えば喜ばしく……でもおなか空いた……はあ。

とぼとぼ階段へ向かうと、途中の壁にもたれて立っている人がいた。いつの間にか姿を消したリュタンが、またどこからともなく現れていた。

「意地悪な人だねえ」

厨房でのやりとりが聞こえていたようで、彼は同情を浮かべて笑った。

「あのお嫁さん、貴族階級出身じゃなくて豪農の娘なんだってさ。ここに嫁入りしたのは彼女にしてみれば玉の輿だったわけだ。ところが都から本物のお嬢様がやってきて、持ちものからなにから自分とはまるで違ったのが気に入らないらしい。おまけに自分は近寄ることも許されない王子様と仲よくしてるってんで、そうとうひがんでいるようだ」

「……さすがね。でもその調査、必要ある？」

「いや、さっきここの女中たちが噂《うわさ》してたんだよ」

リュタンは壁から身を離し、わたしの前まで下りてきた。ポケットから小さな袋を取り出す。

「口開けて」

「え？」

聞き返す間もなく、伸びてきた手がなにかをわたしの口に押し込んだ。驚いてとっさにその手を振り払い、口の中のものを吐き出そうとして、わたしは動きを止める。

……甘い。

「氷砂糖？」

「虫押さえくらいにはなるだろ？」

リュタンはわたしの手を取り、小袋を載せた。

「こんなものを持ち歩いているなんて、けっこう甘党だったの？」

「手っとり早い燃料補給になるからさ。いつでもまともな食事ができるとはかぎらないんでね。腹ぺこでくたびれてても動かなきゃならない時の奥の手さ」

諜報員《ちょうほういん》としての心得だろうか。なるほどとわたしは頭の手帳に書き込んだ。これは使えるネタだ。

そして実生活にも有用な知識である。

「ありがとう。でも全部もらってしまったらあなたが困るでしょう」

小袋を返そうとしたらリュタンの手に押し戻される。

「他にもあるから、それはあげるよ。お礼なら口づけの一つでも」

「感謝していただくわ。あなたに神様のご加護がありますように」

わたしは手を引いて笑顔だけお返しした。友人として頬《ほお》への口づけくらいならしてもいいんだけどね。絶対それだけでは済まないから。油断大敵である。

すんなり受け取らせるためにわざとふざけたのだろうとはわかっている。リュタンはしつこくせず皮肉に笑った。

「神の恩恵なんて受けたことないよ。きっと神の名簿に僕の名前は載ってないね」

「ご加護は期待して授かるものではないわ。知らないうちにいただいているものなのよ」

「あいにく見えない存在には感謝のしようもないね。世話になったと思えるのはリベルト様くらいかな。それ以上のものを支払わされてるけど」

わたしは驚きを隠した。リュタンが自分のことを話すなんて珍しい。リベルト様というのはラビアの大公子殿下だ。わが国の第二王女アンリエット様の婚約者である。なんとなく以前から感じていたように、リュタンは大公殿下ではなくリベルト殿下の指示で動いているらしい。

「そう、リベルト殿下があなたの神様なのね」

「神様ねえ……」

なにやら意味ありげにリュタンは目をそらす。

「なによ。リベルト殿下はとてもお人柄のよい方だと評判のはずだけど？　違うの？」

「あー、違わない。うん、すっごくいい人」

適当な返事がじつにしらじらしい。ものすごく気になってしまった。アンリエット様の結婚相手なのに、変な人ではないでしょうね？

「神って言うなら、君が僕の女神だ」

表情を変えてリュタンはずいと迫ってきた。ごまかしに出たな。わたしはリュタンをかわし、横をすり抜けて階段に足をかけた。

「……あ」

そこで見えた。わたしとは反対に、上からシメオン様が下りてこようとしていた。

シメオン様が地下になんのご用が？　彼もおなかが空いてなにかもらいに来た……では、ないわよね。まさかシメオン様がそんなことを。それにお顔がちょっと怖い。

わたしはリュタンからもらった袋をポケットにつっこんだ。コソコソするほどのことではないと思うけれど、やはりシメオン様には見せにくい。口の中の氷砂糖も噛《か》み砕いて飲み込んだ。

リュタンも気づいて階段を見上げる。シメオン様は足早に下りてきてわたしを引き寄せた。

「屋敷の中でも一人で動かないように。隙《すき》あらば寄ってくるたちの悪い害虫がいますからね」

……今回は協力態勢を取っているはずなのに、とりつくろう気もないわね。リュタンも負けじとやり返す。

「誰も世話してくれないから一人で動くしかなかったんだろうに。自分の妻が我慢していられないほど飢えてるってのにご主人様にばかり張りついてた忠犬殿、視野が狭すぎるんじゃないですかね」

ギロリと氷の刃で一なでするも、シメオン様は言い返さず顔をそむけた。そのままわたしを連れて階段を上がる。リュタンも追いかけてまで悪態をつくことはなく、険悪な空気が続かなかったことにわたしはほっと胸をなで下ろした。

二階の客間に戻り、扉を閉めたその場でシメオン様はなにか考え込んでいる。わたしの肩を抱いたまま放すのも忘れているようだ。わたしはそっと声をかけた。

「シメオン様？」

「――あ、すみません」

ようやく気づいてぱっと手を放し、シメオン様は気まずげに尋ねられる。

「その、飢えていたというのは」

「そっ、その表現は少々大げさですね。普通におなかが空いただけです。お昼を食べ忘れてしまったので……」

わたしを見下ろす顔に理解が広がる。それは彼を安堵《あんど》させるものではなかったようだ。

「それであんなに動いていれば、たしかにつらいでしょうね」

「わたしがうっかりしていただけです。炊き出しを分けていただけばよかったのに、他のことにばかり気を取られて」

シメオン様の視線がポケットのあたりへ向いているように思えてしかたない。やっぱり気づいていらっしゃるのかな……シメオン様が見逃すはずないわよね。

「ええと……虫押さえにって分けてくれたのですが……」

わたしは氷砂糖の袋を取り出してシメオン様にさし出した。彼は首を振ってわたしの手に握り直させた。

「取り上げたりしませんよ。持っていなさい」

「…………」

「正直くやしい気持ちはありますが、それであなたに理不尽を強いるのは間違っている。……なにか食べさせてあげられればよいのですが、私はなにも持っていなくて」

目をそらしてさみしげにつぶやく。ああ、ものすごく落ち込んでいる。リュタンの言葉がかなりぐっさりきたようだ。こういう方面に関しては本当に打たれ弱い人なんだから。

わたしは袋をポケットに戻し、もう一度手を伸ばしてシメオン様の頬を挟んだ。

「食事を忘れたのはわたしの失敗です。他の誰かの責任ではありません。たまたまリュタンが気づいてお菓子を分けてくれましたが、だからってシメオン様が引け目に感じるようなことではないでしょう?」

「夫には妻を守る義務があります。あなたがつらい思いをしているのに私はそばを離れ、気づいてもあげられず……」

「なにかもっとひどいことが起きたような雰囲気になってきましたが、単におなかが空いたというだけの話ですよ!? そんなに悲壮なお顔をなさらないでください! さてはシメオン様もおなかが空いていますね？　だからみじめな気分になっているのでしょう？」

「みじめ……たしかにそんな気分だ……」

はあ、とわたしたちは揃《そろ》ってため息をついた。空腹は人から正常な精神を奪い取る。深く理解したわ。まさかシメオン様までこんなになってしまうとは。

「早くお夕食の時間になるといいですね……」

「そうですね……」

切なくこぼし合った時、扉が叩かれた。返事をするとお盆を手にした女中が入ってきた。

「あのう、こんなものしかご用意できなくて申し訳ありませんが、よろしかったらどうぞ」

お盆の上にはなんと！　若奥さんが食べていたようなパンにコーヒー、おまけにビスケットまでついている！　みじめだったわたしたちの頭上を天使が飛び交った。

「あっ、ありがとうございます！」

「いいえぇ、うちの若奥様が意地悪しまして、本当にすみません」

女中は苦笑しながらテーブルにお盆を下ろす。そういえばこの人、さっき厨房にいた人だ。

「普段はあんなにひどくないんですけど、今ちょっと気が立ってるようでして」

「こういう状況ですものね、しかたないわ」

ああ、コーヒーがいい香り。ちゃんとミルクとお砂糖もつけてくれている。戻っていく女中にもう一度お礼を言って、わたしはシメオン様にコーヒーをすすめた。

「さあっ、せっかくですから冷めないうちにいただきましょう！　シメオン様、お先にどうぞ」

「いや、これはあなたの分でしょう。私はよいですから」

「全部半分こしましょう？　ふふ、旦那様と半分こなんて素敵。普通にいただくよりもっと美味しくなりそうです」

「――んっ」

シメオン様はなぜかまた目をそらして口元を押さえた。これは照れた時のくせ。半分こってそんなに恥ずかしいかしらね？　わたしは椅子《いす》を引いてどうぞと彼を座らせた。

「では、先にあなたが飲みなさい。私はあとでよいですから」

「わたしコーヒーはミルクとお砂糖をたっぷり入れないと飲めませんの。シメオン様はなにも入れない派でしょう？　ですからシメオン様が先に飲んでくださいな」

「……では、ありがたく」

遠慮がちにシメオン様はカップに口をつける。半分と言ったのに少ししか飲まず、すぐわたしに返してきた。

パンは二枚あったのでちょうど一枚ずつに分けられる。二人で美味しくいただきながら、わたしは思い出したことをお願いした。

「そうそう、食べ終わったら着替えをしたいので、シメオン様手伝ってくださいません？」

口に入れたものを飲み込もうとしていたシメオン様がグフッと詰まらせる。わたしはあわててカップをさし出した。素直に受け取り飲んだシメオン様は、甘さにちょっと顔をゆがませた。

「……なにを言い出すのですか。男に着替えを手伝わせるなど、はしたない」

「だって女中の皆さん忙しくて、今そんなお願いできませんもの。他の人にはもちろん言えませんが、旦那様ならよいでしょう?」

「よ、よくありませんよ」

「脱がせることができるなら、逆に着せることもできるでしょう?」

「さきほどの女中を呼び戻してきます」

席を立って扉へ向かおうとするシメオン様を、わたしははっしとつかまえた。

「彼女は夕食の支度で忙しいんです。山のようなお芋を剥いていましたわ。これ以上迷惑かけられません」

「でしたら、母上たちが戻ってくるまで待ちなさい」

「なんですか、いつも嬉々《きき》として脱がせるくせに。着せる方はそんなにおいやですか」

「いやですね! ではなくて、それとこれとはまた別です。夫婦といえどもそこは慎むべきで」

「今本音が出ましたね」

「……あなただって私が着替える時はいつも席をはずすでしょう。そこは礼儀というか常識というか、保つべき一線ですよ。夫といえど異性の前で恥じらいもなく着替える女性にならないでください」

わたしは言葉に詰まり、頬をふくらませた。そんなの、言われるまでもない。シメオン様にはしたない女と思われるのはわたしもいやだ。普段ならこんなこと、絶対にお願いしない。それを押して言わざるをえなかった事情を察してくださいよ。

「だって……こんなドロドロの服のままでいる方がもっとみっともないのですもの」

わたしは口をとがらせてうつむいた。

「汚い格好のまま家の中を動くのが申し訳なくて……さっきここのお嫁さんにも言われましたよ。不潔だし、泥汚れをあちこちに移してしまってはいけないでしょう」

「…………」

シメオン様の視線がわたしの足元へ向かう。靴は履き替えたけれど、裾《すそ》にたくさん泥がついたドレスはそのままだ。これでも屋敷に入る前に一生懸命揉《も》んだり叩いたりして、落とせるだけ落とそうと頑張った。でもそれだけですっかりきれいになるはずもない。お嫁さんに言われたとおり汚い格好だった。

「みっともなくはありませんよ。それは町の支援やグラシウス公を助けるために頑張った証《あかし》です。貴婦人がそうまでして献身するなど、むしろ立派です。他者のためにせっかくのドレスをだいなしにすることも厭《いと》わないあなたを、私は誇りに思います」

温かな手が頬にふれる。顔を上げたわたしは優しい水色の瞳と見つめ合った。

「いい話っぽくまとめていらっしゃいますが、それで着替えは？」

「うっ……」

この期に及んでまだ旦那様は抵抗を見せた。

「なにかこう……気恥ずかしく……」

「恥ずかしいのはわたしの方ですよ！　精いっぱい我慢してお願いしているのに、そっちが乙女《おとめ》にならないでくださいな！」

「なにやってるの、兄様姉様」

言い争うわたしたちに、呆《あき》れた声がかけられた。二人同時に振り向けば、戸口からノエル様が顔を覗《のぞ》かせていた。

「父様と母様が帰ってきたよってしらせに来たんだけど、お邪魔だった？　恥ずかしいお願いとかなんとか、まだそういう時間じゃないと思うんだけどなー。それにここよその家だし」

「えっ……」

なんの話か一瞬わからず、理解したとたん顔がボンッと燃え上がった。

「ちっ、ちちち違います！　そういうお話ではなくて……っ」

「もしかしてまだ子供ができないこと気にしてるの？　結婚したばかりじゃない、気が早すぎるよ。それに子供が生まれてそっちにばかり姉様が夢中になっちゃったら、兄様きっとヤキモチ妬《や》くよ。もう少し新婚生活堪能した方がいいんじゃないのかな」

「違いますーっ！」

からかわれているとわかっていても恥ずかしくて必死に否定する。ため息をついたシメオン様が立ち上がり、逃げるノエル様をつかまえて拳骨《げんこつ》を落としていた。そうこうするうちに外の廊下がにぎやかになる。当主夫妻と一緒に出ていた使用人たちも帰ってきて、おかげでわたしは無事着替えを済ませることができたのだった。

余談ながらあのお嫁さんは、あとで奥様に叱られていた。

9

長い夢から目覚めた気分で朝を迎えた。昨日《きのう》は一日の間にいろんなことが起きて、右へ左へと走り回っていた気がする。雨の音がせず屋敷の中も静かなのが逆に落ち着かない。まだなにかしなくてはいけないような、あわただしい気分が残っていた。

もちろん教会と屋敷の警備は続けられている。でもグラシウス公の身柄を保護できたことは大きい。彼をさがして走り回る必要がなくなったので、シメオン様たちの負担はぐっと減っていた。

町の状態も平常に戻りつつある。心配された雨は降らず、時折雲が切れて晴れ間を覗《のぞ》かせることもあった。川の水位は下がり、教会に避難してきた人たちも帰宅した。水につかってしまったところはあと始末が大変だけど、住人同士で助け合ってどうにかしていくようだ。

わたしは朝食を済ませるとグラシウス公のようすを見に伺った。

「おはようございます。おかげんはいかがですか」

グラシウス公は起き出していた。窓際に座りじっと外を眺めていて、わたしが声をかけると穏やかな顔で振り向いてくれた。

「ああ、マリエルか……おはよう」

今日《きょう》は王子様らしい姿をしている。元々彼が着ていたという、あのおしゃれな服だ。たっぷり寝たおかげで目元に漂っていた陰も薄れた。身なりがぱりっとし、顔もすっきりすると、ずいぶん印象が違ってくる。今の彼はどこから見ても高貴の人だった。

わたしはすすめられて彼の向かいに腰かけた。ここはノエル様から譲られて殿下とシメオン様が寝ていた部屋だ。それをグラシウス公に明け渡したため、また殿下は元の部屋に戻られている。騎士たちが交替で警備に当たっているためギュウギュウ詰めではなくなったが、王子様があの状態に文句をおっしゃらないなんてよくできたお方である。

「ご不調はございませんか？　朝食は召し上がられました？」

「ああ。頭もあまり痛まなくなったし、大丈夫だ」

「それはようございました。でもなるべく静かにおすごしくださいませね。脳震盪《のうしんとう》は軽く見てよいものではないそうです。お医者様の話では、十日くらいは安静を続けて経過を見る必要があるとか」

「……心配せずとも、動きようがないさ」

グラシウス公は皮肉な笑いを口元にひらめかせた。

「どうやってここへ来たのか思い出せない。これからどうすればよいのかも……セヴラン王子の言うままにサン＝テールへ連れていかれて……そこでまた軟禁生活かな」

諦観《ていかん》を浮かべた目がわたしからそらされ、また窓の外へ向けられる。ただぼんやりと景色を眺める横顔には、自由への憧《あこが》れがあるように感じられた。

「リンデンで、そのような扱いを受けていらしたのですか？」

問うわたしに首を振ることもなく、頬杖《ほおづえ》をついてグラシウス公は語る。

「周りにそんな気はなかっただろうな。伯母上は俺《おれ》を可愛《かわい》がってくれたし、伯父上もいとこたちも優しかった。不足のない生活に、十分な教育も与えられ、恵まれて育ったと思うよ……けど、全部借り物だ。生まれた国を逃げ出して行き場のない者を、あの人たちは居候させてくれていたんだ」

「そのような……」

「おまけにこの居候はやっかいな事情持ちだ。常に命を狙《ねら》われる危険がつきまとっている。だから周りは俺を守るために、いかなる時もけっして一人にしなかった。めったに宮殿からは出られず、庭を歩くにも護衛がぞろぞろついてきた」

「……窮屈に感じられたのはお察ししますが、皆様はルシオ様が大切で」

「その『大切』の意味をわかっているか？」

「え？」

グラシウス公は笑いまじりに息を吐く。わたしをではなく、自分を笑っているようだった。

「俺を守ろうとするのも、逆に殺そうとするのも、俺に利用価値があるからだ。俺がオルタの国王になることで、利益を得る者もいれば不利益をこうむる者もいる」

「………………」

「故郷も両親も覚えていない。自分の根源も、なにをよりどころにして生きればいいのかもわからない。どこを向いて歩けばいいのかすらわからない。そんなしょうもない人間なのに、俺以外にとっては重要人物なんだ。一生懸命守ろうとしたり殺そうとしたりする……滑稽《こっけい》だろう？」

わたしはなにも言えずグラシウス公の言葉を聞いていた。わたしに聞かせてどうにかしてほしいとは、グラシウス公も考えていないだろう。出会った時のピリピリしたようすが嘘《うそ》のように力なく、静かな声で話していた。

「襲撃されたという時なぜ俺は一人で逃げ出したのか、思い出せなくてもわかるよ。きっとなにもかもいやになって、後先考えず発作的に逃げたんだろう。無責任となじってくれてもいいよ。俺もそう思う。……だけど、どうしようもなくいやになる時があるんだ」

複雑な立場だろうと思いつつ、あまり深く考えていなかったことをわたしは自覚した。わたしもグラシウス公の気持ちより、彼を取り巻く状況の方に気を取られていた。みんながそうやって彼をものか記号のように扱っていたのでは、たしかにいやになるだろうな。

……でも、本当にそうなのかな。誰《だれ》一人、彼自身を大切に思う人はいなかったのだろうか。なにも知らないわたしに、あまりえらそうなことは言えない。でも鬱屈《うっくつ》しているようでけっこう素直な人だ。そんなふうに育ってこられたのは、ちゃんと愛情にふれていたからではないのかな。

「……銀狐《ぎんぎつね》に聖冠の隠し場所を聞かれた時、ルシオ様はこう言ってらっしゃいました。あんなもの、ずっと捨てたかったたと」

わたしの言葉にグラシウス公が顔を上げ、こちらを振り向いた。

「今のお話を聞いて意味がわかりました。本当にそう思って言っていらしたのですね」

「…………」

「でも、それならどうして聖冠を持って逃げたのでしょうね？」

「え？」

わたしはできるだけ明るい顔になるよう意識して笑った。

「自分に背負わされるもの、求められるものがいやになって逃げ出されたのなら、その象徴たる聖冠を持ち出すのはおかしな話ですよね。いちばん逃げたいものではないのでしょうか」

「……………」

「そのまま捨て置いてくればいいのに、わざわざ持って逃げた。それはなぜだったのでしょうね。覚えていらっしゃらなくても、きっとおわかりになるのではありませんか？」

思い出せない自分の行動を、グラシウス公はさぐる顔になった。なぜそうしたのか、多分その時も意識していなかったのだと思う。でも自分の中にある理由を見つけるのは、そう難しいことではないはずだ。

「銀狐に対してこうも言っていらっしゃいましたね。お前たちに渡すわけにはいかないと。わたし、ルシオ様が無責任な方だとは思いません。人間ですから、大きすぎる責任を突きつけられたらいやになることもあるでしょう。ちょっと逃げたい気持ちになるくらい普通です。自分の意志に関係なく生まれた時から背負わされていた責任なら、なおさらうんざりするでしょう。ごく普通の反応ですよ。それだけを取って無責任とは思いません」

「マリエル……」

「多分、こういうお話はセヴラン殿下となさるのがよいと思うのですが。一見自信に満ちあふれて迷いなどなさそうなお方に見えますが、あれでけっこう小さなことに悩んだり、愚痴をこぼしたりいじけたりしていらっしゃるんですよ。わたしに八つ当たりしてきたり、恨み言を聞かせたり」

「セヴラン王子がそんなことを？」

信じがたいという顔に、わたしは大きくうなずいた。

「ええ、いっつも。まあわたしもさんざんお世話になっていますけどね。なので、一度セヴラン殿下に聞いていただくとよいですよ。同じ立場で考えて答えられるのはセヴラン殿下だけです。頭から否定したり馬鹿《ばか》にするようなお方ではありませんから大丈夫です。ちゃんと聞いて、親身に考えてくださいますよ。それはもちろん、ラグランジュの王太子という立場を第一にされるでしょうが、できるかぎりルシオ様のお心に添おうとしてくださるでしょう。そういうお方ですから」

わたしが保証しても、グラシウス公はまだ半信半疑な表情だった。他人がどれだけ理解し共感してくれるのかと疑うのはわかる。セヴラン殿下に相談したところで完璧《かんぺき》な答えが見つかるわけでもない。わたしもそう言っているつもりはない。

「どこを向いて歩けばよいのかわからないなら、当たれるかぎりの方向に当たってみるのも手ですよ。歩きだす前に迷っていないで、とにかく進んでごらんなさいませ。そのうち目の前に道が現れます」

「……そうだろうか」

「少なくとも、じっとうずくまっていたのではどこへも進めません。それは絶対です。今の場所から動きたくないというのでないかぎり、どこかへは向かいませんと」

今のグラシウス公に必要なのは、まず歩きだすきっかけだと思う。行き止まりや落とし穴に怯《おび》えていないで、一歩を踏み出すのだ。

それができれば、きっと道は見つかる。人に相談するのは一歩の勇気を得るためだ。

「しばらく歩いたあと振り返れば、これだけ自分の足で歩いてきたのだと実感できて、もっと歩こうという元気が出ますよ。旅のお供に『人生楽しんだ者勝ち』という言葉をさしあげます」

おあつらえ向きに雲が切れて、陽差《ひざ》しが入り込んできた。わたしは立ち上がって窓を開け、部屋に新鮮な空気を取り入れた。ひんやりした風は濡《ぬ》れた気配を含んでいるけれど、朝のみずみずしい活気に身も心も清められる気がする。

小鳥がしきりに鳴いていた。近くの木を見れば、ちょろちょろと素早く枝を伝う生き物がいる。冬にそなえて栗鼠《りす》が木の実を集めているのだろう。さらに遠くへ目をやると、畑に大きな獣の姿があった。多分鹿《しか》だろう。山から下りて堂々と人里に姿を現していた。

大雨で川があふれ、山が崩れても、世界はまた輝く。荒れた土地ばかり見ていないで空を見上げれば、厚い雲は風に押し流されていく。

「ものごとは受け取り方によって変わります。同じものでも受け取る人によって違う面を見せるものです。他人がこうであるべしと望むままに受け取る必要はございません。ルシオ様が楽しめる向き合い方をなさればよいのです」

わたしは窓枠にもたれてグラシウス公を振り返った。

「楽しむ……？」

「国王になれと言われたからなるのではなく、自分がなろうと思ってなる方が楽しいでしょう？　どうして国王になるのか？　その理由も責任やしがらみではなく、ご自分の楽しみのためであればやる気が出ますよね。専横をすすめているのではありませんよ？　やりがいのある仕事を見つけるのも人生の楽しみです」

「………」

「ご自分と向き合って、人にも相談し、たくさんお考えください。国王になるというのは、他人の都合に合わせることばかりではないはずです。もっといろんな面を持っていて、結局同じことをするにしても、受け取り方によって見える景色は変わってくるはずです。ご自分が納得できる面がないか、まずおさがしになってみませんか」

扉を叩《たた》く音がする。警備の騎士が向かい、応答した。

「もし、考えた結果本当に本心から国王になりたくないという結論が出たのなら、それでもかまいません。その場合はならずに済む方法を考えましょう」

開いた扉から見えたのはシメオン様だった。彼は話中とわかると、邪魔をしないよう静かに入ってきた。

「国王にならないなんて、そんなこと許されないだろう。許されるとしたら、俺が死んだ時だけだ」

「やってみないとわかりませんよ。意外に方法が見つかるかもしれません。血縁のある方は何人もいらっしゃるのですし……まあ、わたしがさし出口を叩いてよいことではございませんが」

近寄ってこないもののシメオン様の視線が痛い。今のはまずかったとわかる。にらまれて、わたしは急いで言葉を添えた。

でもねえ、グラシウス公に万一のことがあった場合の話もしていたのだから、シメオン様やセヴラン殿下にも、絶対に受け入れられない意見ではないと思うのよね。

シメオン様の視線を気にしつつ、これだけは伝えておきたい言葉でわたしは締めくくった。

「ルシオ様が精いっぱいご自分と向き合って見つけられた答えなら、わたしはそれを支持します。ルシオ様がご自分で道を見つけられますよう応援させていただきます」

わたしは手でシメオン様を示す。自分に顔を向けられて、ようやくシメオン様はこちらへ歩いてきた。

「おくつろぎのところを申し訳ございません。少々お尋ねしたいことがあるのですが、よろしいでしょうか」

「……ああ。なんだ」

「ロレンシオの聖冠についてです。ご記憶がないことは承知しておりますが、なにか思い出されたことや、ご自分が隠されそうな場所の心当たりなどおありでないかと、伺いにまいりました」

「…………」

聞いたとたんグラシウス公はうつむいてしまった。こういう質問はシメオン様よりアランさんあたりにしてもらった方がいいのだけどな。シメオン様だと、気を遣って優しく聞いているつもりでも妙に圧力を感じさせてしまうから。でもリンデン語のできる人がいないからしかたないか。

「小さなことでもかまいません。手がかりでもいただければと思いまして」

「……すまないが」

うつむいたままグラシウス公は首を振る。思い出せないし、答えたくもないという態度だ。シメオン様はそっと息を吐いた。

その問題もあったなあと、わたしもため息をつきたい気分だった。オルタの王位継承に不可欠な聖冠をなくしたままにはしておけない。銀狐たちが諦《あきら》めるはずはないから、きちんと回収しないと司祭様たちも危険なままだ。どうにかして見つけなければならなかった。

今教会とその周辺をリュタンが調べているらしい。彼なら騎士たちとは違う視点で見ることができるから、ひょっとしてという期待がかけられている。上手《うま》く見つけてくれるとよいのだけれど、と思いながらわたしはまた窓の外へ目をやった。

シャメリーで襲撃を受けて、この町まで二日ほどかけて逃げてきた。その道中で隠した……という可能性は低いかな。どれだけ重要なものかをよく承知していたグラシウス公が、隠し場所から遠くへ離れてしまうことはできないと思う。捨ててしまいたいくらいに思いながら、だけどとっさに持って逃げた……多分、重荷というだけではなかったのだろう。覚えていない故郷や両親につながる大切なよすがでもあるはずだ。だから隠したなら、きっと近くで見守れる場所のはず。

やはり教会に——と道の向こうを見やった時、屋敷へ向かってやってくる人たちが見えた。一本道を、数十人規模の騎馬の集団がすごい勢いで突進してくる。

「シメオン様」

わたしはシメオン様を呼んで見てもらった。

「……ああ、大丈夫。グラシウス公の随行が到着したのでしょう」

「随行？」

「シャメリーではぐれた護衛部隊です。昨日のうちに伝令を出しましたので、どうやら徹夜で走ってきたようですね」

自分の名前が出たのでグラシウス公がこちらを見ている。シメオン様はリンデン語に切り換えて説明し直した。彼の言ったとおり、しばらくして何人もの男性が案内されてきた。

「殿下！」

先頭で飛び込んできたのは三十歳くらいの、眼鏡《めがね》をかけた人だった。転がるようにグラシウス公のそばまで駆け寄ってひざまずいた。

「よく……よくご無事で……」

「イサーク……」

涙ぐみ言葉も出てこない男性を、グラシウス公は複雑な表情で見下ろす。彼の顔には安堵《あんど》と罪悪感がないまぜになって浮かんでいた。

リンデンにいた頃《ころ》からそばに仕えていた、親しい相手なのだろう。そういえば目を覚ました時にもイサークという名前を口走っていたような。セヴラン殿下にとってのシメオン様みたいな、腹心の部下なのかもしれない。そういう人を置き去りにして逃げてしまったのが、覚えていなくても後ろめたいのだろう。

イサークさんのあとから入ってきたのはラグランジュの軍人だった。くすんだ緑の制服は陸軍だ。

彼らはシメオン様と敬礼を交わし合う。わたしはシメオン様にうながされて部屋を出た。

「あのイサークさんはリンデン人ではなさそうですね」

シメオン様と並んで廊下を歩く。相変わらず使用人たちは二階へ上がってこない。これでまた人が増えたわけで、いいかげんこの屋敷には収容しきれないだろう。どうするのかな。

「左耳にオニキスのピアスがありました……銀狐と同郷ということになりますが」

「地方部族の風習でしたか。その部族はこぞって裏の仕事を請け負っているというわけではないのでしょう？」

「ええ、もちろん。普通の人たち……のはずです。部族といってもそれなりの規模ですから、まさか全員が暗殺者《アサシン》や工作員ということはないかと」

「一応留意しておきますが、問題はないでしょう。リンデンから随行してきた側近は一人だけ、亡命時から国王一家に仕えていた人物と聞いています。護衛はリンデン軍からラグランジュ軍に引き継がれました。工作員が入り込む余地はありませんよ」

自信を持った答えにわたしも安心した。まさか側近が敵側だったとか、そんな展開はやめてほしいものね。でも一人だけか……いろいろ事情があるのだろうけど、ちょっとさみしいな。

「それよりマリエル」

グラシウス公の部屋から離れたところでシメオン様は足を止め、語調を変えてわたしをとがめてきた。

「さきほどの話はなんですか。グラシウス公に妙なことを吹き込むのではありません」

「……最後は少し先走ってしまいましたが、話自体は問題ないと考えています」

「マリエル」

シメオン様の目元が厳しくなる。わたしはぐっと気合を入れて見返した。

「ルシオ様だって感情を持った一人の人間です。生まれや立場がどうであろうと、つらいことはつらいし、苦しいものは苦しいのです。彼の意志などおかまいなしに事態が動いていって、それを受け止めきれず逃げ出してしまったのです。そんな人にもっと頑張れ、責任を果たせと言っても追い詰めるだけでしょう？」

「あなたがどれだけ彼を知っているというのです。ほんの少し関わっただけでそのように肩入れする方が間違っている。よけいな口出しをするのではありません」

わたしは唇を噛《か》んだ。シメオン様の言うことが間違いだとは思わない。客観的にはそのとおりとうなずける言葉なのだけれど、よけいなことと跳ねつけられるとこちらもカチンとくる。

「そうですよ、わたしはなにも知らない赤の他人です。たまたま関わっただけで口出しする権利もありません。そんな相手にこぼしてしまうくらい、ルシオ様はつらかったということでしょう。だから少しでもお気持ちを軽くできたらと思って助言しただけです」

「そういう時は聞き流すのです。言いたいだけ言わせてあげて、聞いたことは胸におさめておく。それが正しい対処です」

「正しいかもしれませんが冷たいですね！」

「マリエル！」

シメオン様に背を向けて離れようとすると、腕をつかんで引き止められた。

「心配なさらずとも、もうわたしがルシオ様に近づくことはありませんわ。側近の方がいらして、通訳や相談相手もしていただけるのです。わたしはお役御免ですからこれ以上よけいなことを吹き込みはしないとご安心くださいませ」

当てつけを込めて言うと、シメオン様も唇を噛んだ。

「……お名前で呼ぶのではありません。なれなれしい。不敬でしょう」

ああもう、あれもこれもと――と噴き出しそうな不満を、わたしは懸命に呑《の》み込んだ。ちょっと感情的になりすぎている。シメオン様とこんなに言い争いをするようなことではない。冷静になれと自分に言い聞かせた。

「……失礼しました。グラシウス公が大仰にされるのはいやだとご要望されましたので。でも他《ほか》で口にするのはよくありませんね。気をつけます」

「彼と、そんなに……」

「え？」

はっきりしない言葉に聞き返せば、シメオン様はわたしから顔をそむけ、手を放した。

気まずい沈黙が落ちる。どうしてこんなに険悪になってしまったのだろう。わたしたちがけんかをする必要なんてないはずなのに。

やっぱり、わたしがいけないのだろうか。よけいな口出しをするから……わからないわけではないけれど、ほんの少しなぐさめることすら許されないのだろうか。つらい、苦しいって、全身から訴えているような人を前にして、黙って聞き流すばかりは冷たすぎる。そう思うのは間違いなの？　意味のないなぐさめでもほしい時ってあるじゃない。シメオン様は優秀すぎてそんな経験がないからわからないのかしら……。

二人して黙っていると、階段の方から足音が聞こえてきた。

「……部屋に戻っていなさい」

シメオン様がわたしから離れ、廊下を戻っていく。セヴラン殿下がいらっしゃる部屋に入っていくのを見送っていると、上がってきた人に声をかけられた。

「あら、どうしたの」

お義母様《かあさま》とお義父様《とうさま》だった。わたしは笑顔を作って振り向いた。

「いえ、あちらにご挨拶《あいさつ》してきた帰りです」

グラシウス公の部屋を示してごまかす。なんだか、いつものようにお義母様に泣きつく気にはなれなかった。

「お供の方が到着したようね」

「ええ。お邪魔になるので出てきたところです」

「そう。ちょうどよかったわ。そろそろわたくしたちもお暇《いとま》しましょうって話をしていたの。いつでも出られるよう準備しておきなさい」

言われたことにわたしは少し驚いた。

「今日《きょう》帰るのですか？」

「できればそうしたいところね」

お義母様はお義父様を見上げる。わたしたちの視線を受けて、お義父様もうなずいた。

「土地の人が街道の状態を調べてくれていたんだが、とりあえず大丈夫そうだって連絡が来たんだよ。まあ大事を取るならもう何日かようすを見た方がいいんだが、この家も大変だから少しでも客が減った方がいいんじゃないかと思ってね」

「……そうですね」

「私もそう長く大学を休んでいられないし。研究だけでなく講義も受け持っているのでね。マリエルは、ここに残りたいかい？」

お義父様は気を遣って尋ねてくださる。どうしたいかと聞かれれば、もちろん気になるので顛末《てんまつ》を見届けたいという気持ちである。でももうわたしがここにいてもしかたない。さっき当てつけで口走ったことは事実でもあった。この先助力を求められることはないだろう。

「いいえ、わたしも一緒に帰ります」

そう答えて、お義母様の指示どおり支度をしに部屋へ戻った。

こんな気持ちのままシメオン様と離れたくないけれど、彼は今任務中だ。私事にかまけてはいられない。すべてが落ち着いてきちんと時間を取れるようになってから、あらためて話をしよう。その方がお互い頭も冷えていてよいだろう。

ついつい気落ちしそうになるのを意識して振り払い、わたしは荷物をまとめる。増えたわけではないのになぜか鞄《かばん》に入りきらなくて苦労していたら、女中が来て手伝ってくれた。昨日わたしに軽食を持ってきてくれた人で、帰る予定だと聞きつけたらしい。馬車の中で食べられるようにとビスケットまで包んでくれた。

「ありがとう。ここの皆さんには本当にお世話になりまして。お葬式に参列するために来たのに、かえってご迷惑をおかけしてごめんなさい」

「いいえ、奥方様もお嬢様も町の人のために手伝ってくださって感謝しています。大貴族なのに配給とかしてくださって、みんなびっくりしてましたよ」

「ここの奥様が率先して動かれたのですもの、みんなそれにならっただけですよ。あと、わたしはお嬢様ではなくて……既婚者なので」

ね？　と指輪を見せて訴えると、女中は笑って謝った。

「ああ、すみません。うちの若奥様とごっちゃになっちゃうもんですから。それにあんまり既婚者って感じじゃなくて……その、お可愛らしいんで」

ううう、ここでも子供扱いか。

「そんなに子供っぽいかしら……」

「いいじゃないですか、そのうちいやでも年取るんですから。子供ができたら体型も変わるし、逆に老け込まないよう必死になりますよ。うちの姉が今まさにそうですから」

子供かあ。まだ全然それらしい兆候はない。いつ授かるのかしらね。

結婚して四ヶ月ほどで、たしかに気が早いのかも。でもシメオン様の子供を産んでさしあげたい。できれば男の子を。お義母様は男の子ばかり育ててもう飽きたから最初は女の子がいいなんておっしゃるけれど、多分本音は跡取りになる子が生まれてほしいはず。わたしに負担をかけないよう言ってくださっているのだろう。

わたしも会いたいわ、シメオン様との赤ちゃん。お父様と仲直りしたら、来てくれるかしら。

手伝ってもらったおかげで荷造りは無事終了した。まだ今すぐ出発というわけではないようなので、帰る前に司祭様にご挨拶してこようと考えた。昨日殿下に釘《くぎ》を刺されたから、あまり詳しい話はしないように……挨拶くらいなら普通よね？　もう一度お墓参りするついでという形で訪問すれば、別に不自然ではないだろう。

わたしはお義母様たちに教会へ行ってくると断って外へ出た。

空はまだ雲が多く、風も相変わらず強かった。お日様は出たと思ったらすぐに隠れてしまう。いいかげんすっきりした秋晴れを見たいものだ。

敷地を出て町に向かって歩いていると、どこからともなく人がそばへやってきた。大きな身体《からだ》がほとんど気配もなく隣に並んだので、わたしは驚いて身を引いた。顔を見上げて、なんだと力を抜く。

「あらダリオ、あなたも来ていたのね」

シメオン様よりもさらに背が高く、奇怪なまでに筋骨隆々たる大男がわたしを見下ろしている。首から上だけ耽美《たんび》な金髪巻き毛の青年は、無表情にこくりとうなずいた。

リュタンの部下ダリオだ。彼が来ているならダリオもいるはずだとは思っていた。こんな巨漢なのに、その気になると完璧に気配を消せるらしいので、どこかに隠れていたのだろう。

「なにかご用？　そうではなくて？　……ん？　一緒に行くの？　町に用があるの？」

わたしの問いにダリオは答えず首を振るばかりだ。わたしはポケットから手帳とペンを取り出した。

「文字は書ける？　ラビア語でもいいわよ」

さし出した手帳をじっと見下ろしていたダリオは、やはり無言で受け取った。

持ち歩くためのものだから小さな手帳だ。それを大きな手で扱いづらそうに開き、なにか書きつける。ペンも彼の手の中にあるとマッチ棒みたいに見えた。

ダリオはすぐに手帳を返してきた。

「ありがとう……ええと？」

そこにはラビア語のちょっと拙《つたな》い文字で、「ひとりはあぶない」と書いてあった。

「……そう、護衛をしてくれるのね。ありがとう」

お礼を言うと、彼は腕を曲げて力こぶを誇示した。シャツの袖《そで》を破らんばかりに筋肉が盛り上がる。わたしは拍手で讃《たた》えた。

並外れて大きな身体で表情にも乏しいため、ちょっと怖い印象を受けるけれど、うちとけてくるとけっこう可愛い性格だと思う。この立派な筋肉がご自慢のようで、誉められるとうれしそうに頰《ほお》を染めるのだ。

リュタンに命じられてわたしを見守っていたのだろうか。一人で行動するのは危ない……と言われて思い出すのは銀狐たちの存在だ。彼らがわたしになにかする可能性があるというのだろうか。

銀狐には以前の事件で恨まれているだろうけど、今わたしに手をかける余裕はないだろう。グラシウス公暗殺を阻止され、聖冠をさがそうにも騎士たちが警戒していて近づけない。彼らはかなり不利な状況のはずだ。

……だから、わたしを人質にして交換を要求してくるとか？　ううーん……可能性は否定できないけれど、交渉決裂になるとしか思えないなあ。セヴラン殿下はものごとの優先順位はきちんと守られる。これがわたしではなく婚約者のジュリエンヌを人質にされたとしても、多分答えは変わらないはずだ。私情に動かされるお方ではない。

せいぜいいやがらせにしかならないことに、今この時、わざわざ銀狐が労力をかけるとも思えない。

まあでも、せっかくの心遣いだ。わたしはダリオに同行してもらって教会へ向かった。

のどかな田舎道《いなか》を、たわいのないおしゃべりをしながら歩く。行き会う町の人がダリオの巨体に目を丸くしていた。

わたしの一方的なおしゃべりに、ダリオは時折うなずきを返してくれる。無口だと思っていたら口が利けなかったようだが、聞き取りには問題ない。ラグランジュ語で話してもちゃんと理解していた。

そうして教会のすぐ近くまでやってくると、妙にあわただしい雰囲気だった。

騎士たちがバタバタと出入りしている。またなにか起きたのかと不安になり足を速めようとしたら、ダリオの大きな手が肩に乗せられた。

わたしを引き止めて彼は首を振る。なんだろうと思っていると、アランさんが教会から出てきた。

「急いで屋敷に連絡を！」

彼に声をかけられて、一人が屋敷へ向かって走りだす。アランさんの表情は明るかった。他の騎士たちもだ。悪いことが起きたわけではないらしい。安心してわたしはアランさんに声をかけた。

「アランさん、どうかなさいましたか」

アランさんが振り返る。胸の前で、布に包まれたなにかを大切に持っていた。男性なら片手でも持てそうな小さなもの……とまで考えて、とある可能性に気づき胸が跳ねた。

わたしの表情をアランさんも読み取った。彼は大きくうなずいて、満面の笑みで答えた。

「――見つかりました！」

10

昨日《きのう》の騒動が嘘《うそ》のように、礼拝堂は静まり返っていた。

避難所として使われていた名残は随所に見られる。泥汚れが持ち込まれまだ清められていない床には、新しい足跡がたくさん残っていた。アランさんたち近衛《このえ》騎士が、聖冠をさがして歩き回った跡だろう。

わたしは奥の祭壇前まで進んだ。素朴な教会なので、華麗な装飾や彫刻はない。基本的な祭具があるだけだ。

祭壇の下の壁に収納になっている部分があり、普段使わない道具や予備の祭具がしまわれているらしい。ロレンシオの聖冠はその中にまぎれ込ませてあったとアランさんは言った。

「いやぁ、最初はうっかり見落としてました。祭具と雰囲気が似てるものですからまじってても違和感なくって。わかってみるとすごく簡単だったのに、堂々と置いてあるとかえって気づかないものなんですね」

興奮気味に説明してくれたアランさんは、しっかりと聖冠を抱え、仲間たちに周囲を固められて屋敷へ帰っていった。

見物に集まっていた町の人たちも散っていった。静かになった教会へわたしは踏み込む。祭壇の前に立って教えられた収納をさがし、たしかに目立たない戸があるのに気づいた。

……あそこに、入れてあったのか。

昨日はずっと人が押しかけていて、礼拝堂の中を調べることはできなかった。仮に工作員がまぎれ込んでいたとしても、あれだけ人の目があっては家さがしなどできないだろう。だから今日《きょう》になってようやく見つかったというのは不自然な話ではない……けれど。

背後に足音が響いた。わたしが意識するより早くダリオが反応する。そばの身体《からだ》に緊張が走ったのを感じて振り向けば、細身の男性が立っていた。

「――っ」

わたしは息を呑《の》んであとずさった。一度は退却して姿をくらませた銀狐《ぎんぎつね》が、顔を隠すこともせず堂々とまた現れていた。

ダリオがわたしの前に出る。大きな身体に隠されてすっかり前が見えなくなる。銀狐からもわたしの姿が見えなくなっただろう。

喉《のど》を鳴らして笑う声だけが聞こえてきた。

「これはまた、ずいぶんたくましい従僕ですね。フロベール家ではこのような者も雇っているのですか。さすがですね」

同業者だとは知られていないのね。ラビアの諜報員《ちょうほういん》がシメオン様たちに協力しているということも知らないようだ。

「あなたを守るためにご夫君が用意された番犬ですか？　たしかにこれでは手が出せませんね。残念です」

笑いながらの言葉には、本当に残念がっている気配など感じられない。いったいなにをしに現れたのか、わたしはダリオの後ろからそっと顔を出して銀狐を見た。

アンシェル島で会った時はしゃれた装いの伊達男という雰囲気だった。ここではもっと地味ないでたちをしている。周囲の雰囲気に合わせて違和感なく溶け込む。華やかな場所では華やかな服装を、小さな町では素朴な服装を。そうやって、人々の知らないうちにさり気なくそばへもぐり込んでくるのが彼らの怖さだ。

「ロレンシオの聖冠が見つかったそうですね」

銀狐は祭壇を一瞥《いちべつ》して言った。

「騎士殿が意気揚々と引き上げていきましたね。教会に隠してあったというのは予想どおり……ですが、あなたは聖冠をご覧に？」

「…………」

なるほど、とわたしは理解した。聖冠が発見されたということを銀狐は疑っている。でも嘘だと決めつけることもできず、さぐりを入れにきたのだろう。

「騎士殿が持っていらしたものを、見せていただけましたか？」

「見せるわけがないでしょう」

ダリオの後ろに隠れながらでいささか情けないが、わたしは言い返した。

「そんな大切なもの、道端で出して見せびらかすわけないじゃない。わたしが見たのは布に包まれたこのくらいの荷物よ」

アランさんが持っていた荷物の大きさを手で示す。

「中身は偽物かもしれないと疑っているわけね。残念ながらわたしには正解とも不正解とも言ってあげられないわ。だって見ていないのだもの。でも騎士たちが全員引き上げていったのは事実ね」

「…………」

もしまだ聖冠が見つかっていないのなら、教会から完全に引き上げることはできないはず。偽物をそれらしく抱えて一芝居打ってみせたのだとしても、教会を無防備にはしておけない。かならず監視の目を残すはずだ。

誰も教会に残らなかったという事実。聖冠を直接確認しなくても、たしかに本物だったのだろうと考えられる状況だった。

……と、いうことにしておく。もう一つの事実は知らん顔で隠しておく。銀狐は多分そこには気づいていない。

「そう、ですね……たしかに彼らは引き上げていった。ここを離れてもかまわないと判断できる状況になったわけですか」

わたしの言葉に同意しながら、まだ銀狐は疑いを捨てきれない顔だ。わたしはあまりしゃべりすぎないよう、黙って彼の反応を見守った。

ダリオも動かずにらみを利かせている。おそろしい敵と向かい合っているのに、奇妙に静かな空間だった。

それを破ったのは扉が開く音だった。信者が出入りするのとは別の、奥の扉を開いて人が入ってくる。バケツやほうきなど、たくさんの荷物を持った男性だった。

「……おや、お屋敷のお嬢さんか」

わたしたちに気づいて会釈をしてくれる。しわ深い顔がさらにくしゃりと笑った。

教会のお手伝いさんだ。たしかオジェさんというおじいさん。泥だらけの床を掃除しにきたらしい。

「昨日はどうも、お疲れ様でしたなあ」

オジェさんはわたしたちの間にある緊張など知らず、こちらへ向かって歩きだす。わたしはひやひやして銀狐の動きに神経をとがらせた。まさかここでオジェさんに危害を加えるようなことはしないと思うけど、でもお願いだからあまり近づいてこないで。

「こ、こんにちは。そちらもお疲れ様です。司祭様は奥にいらっしゃいまして？」

わたしは自分からオジェさんの方へ進んで、彼が銀狐に近づかないよう立ち止まらせた。

「司祭さんにご用ですかいね？　あいにく町の見舞いに出とりまして、はあ昼過ぎにゃあ帰ってくるんじゃねえかと思いますけんど」

「そうですか。いえちょっとご挨拶をと思っただけですので、おかまいなく」

水を入れたバケツにほうきとモップ、雑巾《ぞうきん》もとお年寄りが大変な荷物だ。とっさに手を伸ばしたら、大丈夫と止められた。近くなった距離で青い瞳《ひとみ》が笑う。

……あ。

また靴音がした。ぱっと振り返って見れば、銀狐が出口へ向かって歩いていく。もうこちらになにか言うこともなく、あっさりと彼は外へ出ていった。

遠ざかる気配にわたしはほっと安堵《あんど》の息を吐いた。

しのび笑いが耳を打つ。

「屋敷へ帰りな。外には怖い狼《おおかみ》がいる。出てきちゃだめだ」

ささやいた声は若々しく、まったく別人のものだ。わたしは感心にちょっぴり抗議もまぜて、そばの人をにらんだ。

「もう、本物のオジェさんかと思ったじゃない」

「部外者があちこち調べてたら誰の目にも不審に映るだろ。連中は隠れているけど、すぐ近くから見ているんだ」

「そのようね」

銀狐が立ち去ってもリュタンは油断しない。老人らしく背中を丸め、足はガニ股《また》気味に開いている。どうやって作っているのか手も節くれ立ってしわだらけだ。相変わらずお見事な変装だった。でも瞳の色だけは変えられない。海のように深い青色がいたずらげに輝いていた。

「あなたが残っているということは、やはりさっきの……」

うんと声をひそめたけれど、全部言いきる前に「しー」と止められた。

わたしの唇に指を当てて、リュタンは目だけでたしなめる。わたしは口を閉じて彼の手を押し戻した。

「副長か王子様に聞きな。あまりうろうろしないで早く帰るんだよ。あの男は隙《すき》があれば君にも手出ししようと狙《ねら》ってる。君はどうも面倒な男を引き寄せる性質があるようだ」

「あなたが言うと説得力あるわね」

ふざけた言葉に肩をすくめ、わたしは声の大きさを戻した。

「では、失礼します。司祭様によろしくお伝えくださいませ」

観客が立ち去った舞台でのお芝居に、相手役もさらりと乗ってくる。

「へえ、どうもごていねいに」

老人の顔に戻るリュタンと別れ、わたしは教会を出た。言われるまでもなく急いで屋敷へ引き返した。

玄関まで送り届けてくれたダリオにお礼を言って中へ飛び込み、二階へ駆け上がれば、ちょうどセヴラン殿下が廊下で立ち話をしていらした。相手はシメオン様で、駆け寄りそうになった足が止まる。わたしに気づいて二人がこちらを見る。けんかしたばかりですぐにまたシメオン様のもとへ行くのは気まずくて、わたしはその場でためらった。

シメオン様の方も微妙に視線をそらしている。わたしたちを見回した殿下はシメオン様の脇腹《わきばら》に肘《ひじ》を打ち込むと、わたしにチョイチョイと指を動かして呼び寄せた。

「うっとうしくいちゃついていたかと思えば今度はけんかか？　毎度毎度飽きずによくやるものだ。どうせくだらん痴話げんかだろうが」

「痴話げんか……」

殿下のお言葉に考える。あれはそういうものだったのかしら。シメオン様に叱《しか》られて、それにわたしが反発して、お互い少し感情的になりすぎて……。

そっとシメオン様を窺《うかが》い見れば、ためらいがちに視線が返された。もう怒ってはいないとわかるまなざしだ。向こうもけんかを後悔して仲直りの機会を窺っている。でも一方的に謝ることはできないというお顔でもある。

……ああ、そうか。これは。

「痴話げんかというより、親子げんかですね」

「んなっ⁉」

わたしが気づいたことを口にすると、目の前の二人が揃《そろ》って目を剥《む》いた。

「お、親子って」

「父とけんかした時、まさにこんな感じでした。ちょっと納得できなかったものですからつい口論してしまって。その後のお父様とそっくりですわ、シメオン様」

「…………」

「ま、待てシメオン、絶望するのは早い」

ふらりと壁に手をついたシメオン様を、殿下があわててなぐさめた。

「状況が似ているというだけの話だろう？　なにが理由でけんかしたのか知らんが」

「親子……たしかに私は小言ばかりでうるさい親のような……」

「自分で認めるな！」

「お義父様もお義母様も、そんなにうるさくありませんのにねえ」

「そなたも追い討ちをかけるな！」

シメオン様は両手で壁に張り付いてうなだれてしまう。いじける背中に、わたしの中に残っていた不満が溶けて流れた。

深刻に悩むようなことではなかったわね。あれは家族とのちょっとした口論にすぎない。お互い遠慮がないからつい言いすぎてしまっただけ。シメオン様は無責任に深入りしてはいけないと言いたかったのだろう。もちろんわたしにも言い分はあるけれど、こうして落ち込む姿を見るともういいかなって思えてくる。

家族間のけんかでいちいち決着なんてつけなくていいわよね。

わたしはシメオン様の背中に寄り添った。小さく跳ねる反応が手に伝わってくる。頬《ほお》も寄せてぴたりとぬくもりを重ね合い、素直な気持ちで謝った。

「ごめんなさい」

「………………」

緊張していた背中から力が抜けていく。伝わってくる鼓動がいとおしい。シメオン様がゆっくり振り返り、わたしを胸に抱き込んだ。

「お前たちは本当に世界の中心で生きているな！　速攻で仲直りできたようだから、真面目《まじめ》な話に戻らせてもらいたいのだがな！」

このまま口づけでもできたら最高だったのに、殿下が不粋に割り込まれる。あわててシメオン様が手を放され、わたしはむくれて殿下に目を向けた。

「真面目に仲直りしていましたのに」

「ああ、大変けっこう。そのまま真面目に話を聞いてもらおうか」

殿下は仏頂面で言い返される。まあふざけている場合ではないと、わたしも姿勢をあらためた。

「聖冠が見つかったとのことですが」

「ああ。……中で話そう」

殿下はうなずいて、みずから扉に手をかけられた。

シメオン様が近くの騎士を呼ぶ。扉の前に見張りを立てて、わたしたちは部屋の中に入った。

「そなたのことだ、詳しく説明せずとも大方は察しているのだろうな」

椅子《いす》に腰を下ろしながら殿下はおっしゃる。小声で話しても聞こえるよう、椅子を寄せて近い距離で向かい合った。外から見られることも警戒してシメオン様がカーテンを引く。二階なのにそこまで厳重にするのかとドキドキする。まるで物語のような状況だ。でも浮かれて聞ける話ではない。萌《も》えは後回しと自分に言い聞かせ、わたしは答えた。

「自信は九割程度ですが、嘘ですね？」

「うむ」

殿下はすんなり認められ、そして少しだけ笑われた。

「九割か？」

「なにごとにも絶対はありませんので。でも本当に聖冠が見つかったにしては、アランさんの態度がおかしく思いました」

　彼は頑張って演技していたと思う。けして大根芝居ではなかった。ただ、脚本がいささか不自然だった。本当に聖冠が見つかったとして、まあ隠す必要はないのだけれど、どこにあったとかどんな状態だったとか、あの場で細かく説明するだろうか。周り中に聞こえる大きな声で。普段の彼を知っている身としては、らしくない軽率さだとしか思えなかった。

　銀狐たちに聞かせるための芝居だろうとはすぐにわかった。騎士たちが全員引き上げても教会にはリュタンが残っている。ちゃんと監視は続けているから問題ない。

「聖冠が見つかったことにして、これからどう動かれるおつもりなのですか」

「護衛部隊が合流した以上、いつまでもグラシウス公をここに置いておく理由はない。早々にサン＝テールへ移送する」

　決定事項として殿下は宣言された。こうして本人の意見など聞かれることなく決められていくわけだ。しかたないとわかっていても、たしかにグラシウス公は不満がつのるだろう。

「聖冠もさがさねばならぬが、まずはグラシウス公の身柄を確実にヴァンヴェール宮殿で保護することが最優先だ。落ち着いた環境で静養していれば記憶の回復も期待できる。それにいつまでもこの家の者たちに負担を強いられぬ。最悪巻き添えが出るおそれもあるからな」

「……そうですね」

「急な話だが、今日の午後に出発することになった。まずはサン＝ラヴェルへ向かい、県知事公館で一泊させてもらう。グラシウス公の体調を見ながらゆっくり移動しても日没までには着けるだろう」

サン＝ラヴェルはモーニュ地方の中心都市で、役所や警察署などもある街だ。グラシウス公を保護した時、司祭様が届けを出そうと考えたのもサン＝ラヴェルの役所だった。

「サン＝ラヴェルまで行けば、オルタの連中も大っぴらな襲撃はできなくなるだろう。王都からの増援もおっつけ合流するだろうしな。問題は、そこまでの道中だ」

殿下は難しいお顔で腕を組まれた。

「これだけ護衛が増えて警戒もしているから、簡単に手出しできぬだろうとは思うが……聞けばシャメリーではそうとうえげつない真似《まね》をしたそうだ。工作員は工作員でも特殊工作部隊だな。こっそり狙うなどという可愛らしいものではなく、銃器も使って集団で堂々と攻撃してきたらしい」

「そんなのが国内に侵入してくるのを防げなかったのですか」

「国境全体に壁を作って監視しろとでも言う気か？　地続きである以上、完全に防ぐのは不可能だ。現在国境周辺に軍を展開させているが、その気になれば山を越えるなり方法はある。少数ずつに分かれてもぐり込んだのだろう」

新聞で読んだだけの遠い話と思っていたものが、すぐそばにある危機だと突きつけられてきた。直接の対立でなくても、シュメルダ側について援軍を出した以上ラグランジュはオルタの敵だ。あからさまな軍事行動を起こしてもなにが不思議なのかという話だった。

怖くなって少し黙ると、シメオン様が言葉を添えた。

「そのような方法で侵入してこられるのはごく少人数です。部隊といってもせいぜい小隊規模、今回のように工作活動を行うしかできません。本来隠れて動かねばならず、派手な真似をすれば自分たちが追われる立場になって自滅するだけです。ラグランジュ全土に脅威をもたらすことはありません」

「シメオンの言うとおりだ。国境から離れれば離れるほどやつらは手出ししにくくなる。それだけに、サン＝ラヴェルまでの道中でなにかしかけてくる可能性が高い」

「そうですね……山間部を通りますし、近くに軍や警察の施設もありませんから」

「うむ」

状況はだいたいわかった。でもこれをわたしに聞かせる意図はなんなのだろう。いつもは聞くな関わるなと追い払われるのに。わたしが勝手に動くのを防ぐため……というより、別の理由があるように思えた。

わたしはお二人の顔を見比べた。落ち着いたお顔の殿下に対して、シメオン様は承服しがたいものがあるといったお顔だ。これは――と予想しながら殿下に目を戻せば、察したようにうなずかれた。

「そなたに話をしたのは協力してもらいたいからだ。グラシウス公の危険を少しでも減らすため、手を貸してくれぬか」

「わたしにできることがありますか」

ある、と殿下は力強く答えられる。

「今話したように危険が予想されるので強制はせぬ。だができることなら協力してほしい。もちろんそなたの身も全力で守ると約束する」

「わたしがお役に立てるのでしたら、ぜひお手伝いしたいと思います。ただ……シメオン様は納得していらっしゃいましてて？」

「…………」

わたしと殿下の視線を受けて、シメオン様は渋面を作られる。危険があるとはっきりわかっていることにわたしが関わるのを、彼が簡単に認めるはずがなかった。

どうしても許容できないとシメオン様が言ったら、わたしはどうするべきなのかな。グラシウス公を守るためであり、セヴラン殿下からのご依頼だもの、臣下として友人として受けたいのは山々だ。

……でも旦那様の希望を優先する方が、妻としては正しいのかしら。

わたしは手を伸ばしてシメオン様の手に重ねた。水色の瞳がわたしを見る。とても凛々《りり》しく強い、わたしの自慢の旦那様。ご自分が胸を張れる、誰《だれ》にも恥じることのない答えを出してくださいね。

シメオン様が目を閉じて息を吐く。どんなに不本意でも、彼が選ぶ答えは決まっていた。

大きな手が動いてわたしの手を包み込む。もう一度向けられたまなざしに、わたしは笑顔でうなずいた。

11

住宅地よりも農地や森林が多い地方を通る街道は、やがて山の中へと入っていき道幅も狭くなってくる。ここまで来ると民家はほとんどなくなり、周囲は草木の生い茂る斜面ばかりになる。谷間を流れる川のような道を、二台の馬車が前後に並んで進んでいた。

前の馬車にはセヴラン殿下とグラシウス公、そしてグラシウス公の側近であるイサークさんが乗っている。後方の馬車はわたしとお義父様《とうさま》だ。馬車の周囲は馬に乗った護衛兵が厳重に固めていた。特に殿下たちの乗る前方の馬車に注意がはらわれている。狙撃《そげき》を警戒して窓のカーテンもぴたりと閉じられていた。

それに対してこちらはいくぶん気楽である。カーテンを引くよう指示されることもなく、お義父様は頬杖《ほおづえ》をついて外を眺めていた。

こちらの馬車にわたしとお義父様の二人だけなのは、帰る直前になってノエル様が熱を出してしまったからだ。お義母様《かあさま》はノエル様に付き添い、わたしたちだけ先に帰ることになった。お義父様は大学のお仕事があるし、わたしまで残る必要はないので一緒に帰路についたというわけである。

……という筋書きを考えたのは、セヴラン殿下だった。

「ご気分は大丈夫ですか？　この先に難所がありますので、停《と》めてもらうなら今のうちですよ」

わたしは隣に座る人に声をかけた。病み上がりなので体調が気になる。

「……大丈夫だ」

答える声は若かった。お義父様の服を着て、お義父様の帽子を被《かぶ》り、お義父様そっくりな顔をしているが、その中身は別人である。本物のお義父様はお義母様たちとともにまだレスピナスの屋敷にいた。

「サン＝テールへ行くことがご気鬱《きうつ》でいらっしゃいますか」

「そうではない。いろいろ思うところはあるが、これだけしてもらっているのに不満ばかり考えているわけではない。この先のことも俺《おれ》なりに考えている……ただ、置いてきた聖冠が気になって」

お義父様に扮《ふん》した人は、心配そうに顔を曇らせた。

「結局見つけられなかった……どこに隠したのか思い出そうとしたんだ。でも、なにも思い出せなくて」

「やはり教会にありそうですか？」

「だと思う……わからないが、あそこから離れるのをひどく不安に感じるんだ。おかしな話だな、あんなに面倒に思っていたものなのに」

こちらに顔を向けてちょっと笑う。青い瞳《ひとみ》は今朝《けさ》見た時よりはしっかりしているように感じられた。

「マリエルの言ったとおりだったのかもな。どうして聖冠を持って逃げたのか、なんとなくわかってきた」

わたしはこの人を、少し勘違いしていたのかもしれない。彼のようすを見ながらそう思った。自分に課せられた重責や抗《あらが》えない流れを厭《いと》いながら、それでも踏ん張ろうという気概は残っている。シャメリーで逃げてしまったのは本当に一時的な感情の爆発にすぎず、ずっと逃げ続けたいと思っていたわけではなかったのだろう。

「大丈夫ですよ。教会にはちゃんと監視役が残っていますから変な人は近づけません。司祭様たちにも危険がおよばないよう守ってくれます」

わたしが笑顔で保証すると、グラシウス公も一応笑顔でうなずいてくれた。

セヴラン殿下の作戦がどこまで銀狐《ぎんぎつね》たちに通用しているか。それはわからないけれど、いつまでも教会ばかりに張り付いてはいられないだろう。こうしてグラシウス公が移動をはじめた以上、こちらを放っておけるはずがない。

サン＝テールまでの移動に要する日数は、ゆっくり進んだとして約一日半。出発が午後だったので到着は明日《あす》の夜か、下手《へた》をすればどこかでもう一泊することになるだろう。その間少しでもグラシウス公の危険を減らすため、影武者を立てると殿下はおっしゃった。

前の馬車に乗っているのは、グラシウス公に化けたリュタンである。教会の監視をダリオにまかせ、こちらの作戦に参加した。考えてみればうってつけの人材だ。彼ならグラシウス公になりすますことができる。瞳の色も似ていて、イサークさんですらはじめはだまされていた。

「やれやれ、リベルト様ならともかくよその王子様にこき使われるなんてね」

などと文句を言いながらもリュタンは殿下の要請に従い、変装道具を出してきた。ちょっと見せてもらったらカツラが何種類もあった。その中からグラシウス公の髪色に近いものを選び出し、長さも器用に切って合わせる。

「いつもこんなの用意しているの？」

「当然。僕に言わせりゃ銀狐なんて三流だよ。服装を変えるだけで他《ほか》はなにもしないんだから。そんなの誰《だれ》にでもできる。変装って言うならこのくらいしないとね」

ドーランやらなにやらたくさん出して鏡に向かっていた彼が振り向くと、もうその顔はグラシウス公になっていた。

驚きと感心に言葉もない。わたしの隣でグラシウス公も同じように驚いていた。そんな彼にもリュタンは変装をほどこし、お義父様そっくりに仕立て上げた。

「カツラは必要ないな。髪の色が近いから帽子を被ればわからないだろう」

特徴的なおでこも帽子で上手《うま》く隠せる。体格もお義父様と変わらないので、借りた服がぴったりだった。

「すごぉい。ねえ、シメオン様にも化けられる？」

「そりゃ、やろうと思えばできるけど、気は進まないね」

面白くなって言ったわたしにリュタンは鼻を鳴らし、見ていたシメオン様とちょっとにらみ合う。鏡を覗《のぞ》き込んでいたグラシウス公が振り返って言った。

「見事な技術だが、こんなことをして君はいいのか。俺になりすますということは、命を狙《ねら》われるのだぞ。危険なのに……」

なぜこんな作戦をしなければならないか、グラシウス公もよくわかっている。他人を身代わりにすることに罪悪感を見せる。しかし相手はリュタンだ、人をくった笑顔で軽く返した。

「まあ、僕はこれが仕事なので。でもそのお気持ちは忘れずに取っておいてください。ラビアは援軍こそ出せないが、ちゃんと協力しているってね。そこの番犬殿より役に立っていると思いますよ」

「どうしてそう一言多いの。シメオン様もいちいち殺気立たないでください！」

かくして二人は入れ代わり、前後の馬車に分かれて乗車した。出発前お義母様が見送りに出たり、途中でグラシウス公（中身リュタン）が気分を悪くしたふりで馬車を停めて休憩したりと、細かい演出が重ねられる。これで上手く銀狐たちをだませているとよいのだけれど。

わたしが同行したのも演出の一環だ。後方はフロベール家の馬車だと印象づけるための手だった。だからといってまったく危険がないはずもないのでシメオン様は渋られたのだ。おまけにセヴラン殿下自身も危険な役割についている。殿下だって万一のことがあっては困るお方なのに、前の馬車に乗るとおっしゃって譲らなかった。

「先日の一件をお忘れですか！　陛下ともども暗殺されそうになったのは、改革派の暴走に見せかけたオルタのさしがねですよ。狙われているのはグラシウス公だけではありません、あなたご自身もです。これ幸いと一緒に襲われるだけです！」

「だからこそだ」

思いとどまらせようとするシメオン様に、殿下はきっぱりとおっしゃった。

「私が後ろに乗っていたのでは不自然だろう。警護対象は一ヶ所に集める方がよい。普通に考えて私とグラシウス公は同じ馬車に乗るはずだ」

「でしたら、殿下にも影武者を」

「外見だけでなく立ち居振る舞いまで似せられる者が他にいるか？　お前たちはどうしても軍人くささが出てしまうからな。そこでばれたらせっかくのお膳立ても水の泡だ。容易に見抜かれるぞ」

「馬車に乗るところだけ見せて、あとは外へ出ないようにすればよいでしょう」

頑固なシメオン様はなかなか受け入れない。殿下も二十年来のつき合いでよく心得ていらっしゃるので、引き下がらずていねいに説得された。

「落ち着いて考えろ。たしかに私も暗殺対象には入っているだろうが、今回において第一の目的ではない。私にまで手出ししてくる余裕が連中にあると思うか？　グラシウス公一人を暗殺するにも失敗続きなのだぞ。私を狙っている間にグラシウス公を取り逃せば意味がない」

「しかし……」

「ここで私が死んだからといって、ラグランジュに復讐《ふくしゅう》心を抱かせるだけで戦局を変えることはできぬ。そんなことは向こうも承知だろう。今はグラシウス公しか目に入っていないと思うぞ」

「…………」

悩むシメオン様の背中を、殿下は勢いよく叩《たた》かれた。

「だいたい、後ろに乗っていれば絶対安全というわけでもないのだぞ。そこへマリエルを引き込むというのに、私が怯《おび》えてコソコソしていられるか。よいか？　われわれの目的は損害を出さず無事にサン＝テールへ到着することだ。その上で、少しでも敵を攪乱《かくらん》するための策を立てているだけだ。お前たちのすることは基本変わりない。敵を寄せつけるな！」

どちらか一方を守るのではなく、両方を守り全員で無事に帰還する。そう命じられて、最後にはうなずいたシメオン様だった。

窓から外を見れば、護衛部隊と近衛騎士《このえ》はひとときも油断することなく周囲を警戒している。常に数人が先行して道の先の状況を確認していた。もちろん後ろへの警戒も怠らない。護衛部隊は小銃を持ったまま手綱を取り、近衛はサーベルの反対側に拳銃を提げていた。ちなみにどちらも、銀狐たちが使っているものより性能が高い新型の銃だ。襲撃があれば即座に撃ち返せる態勢を見せつけていた。

道を挟んでちょっと見通しの悪い雑木林が続いている。襲撃者が身を隠すにはもってこいの場所で、護衛たちは当然ピリピリしているし、グラシウス公も不安そうだった。

わたしも気持ちは同じだが、あまり張り詰めていては身が持たない。そういうのはシメオン様たちにおまかせして、グラシウス公の気をそらすためまた話しかけた。

「ロレンシオの聖冠って、どのような形をしているのですか？　王位継承に不可欠だとは聞いておりますが、じっさいの形は知らなくて。やはり宝石がたくさん飾られた華麗なものですか？」

「いや、期待して見るとがっかりすると思うぞ。それほど派手な冠ではない」

グラシウス公は首を振った。

「台座は金で作られているが、わりとシンプルな形だな。こう……全体に丸い感じで」

手を動かしてみせる。大きさはアランさんが持っていた偽物と同じくらいだ。

「宝石も少しは使われているが、大きくはないな。ダイヤと真珠とルビーくらいか」

「こんな感じで？」

手帳に王冠の絵を描いてみる。馬車の振動でいびつになってしまった。覗き込んだグラシウス公は噴き出した。

「なんだ、この王冠。落としてゆがんでしまったのか？　君は絵心がないな」

「揺れたせいです。普段はもっと上手に描けますわ」

「なら、ラグランジュの王冠を描いてくれ。どんなふうなんだ？」

「ラグランジュではそれぞれの王様が自分の王冠を作るので、たくさんあるんですよ。今の陛下の王冠は……こんなだったかしら。形は洗練されていますけど、こちらも宝石の数は少なく意外に質素な外見です。でもすべて純金で作られているそうです」

「ふうん」

「昔の王様の冠はびっしり宝石で覆われて、目がくらみそうでしたけどね。博物館に貸し出された時、長蛇の列に並んで見てきましたわ。とてもきれいでしたけど、あれを頭に載せるのは重いだろうなっていうのがいちばんの感想でした」

「王冠なんてただでさえ重いものなのにな。物理的な重さまで加えられたくはないな」

少し皮肉に笑うグラシウス公は、自分が王冠を被る時を考えているのだろうか。

晴れやかにその日を迎えたいものだ。戦争が終わり、現在の政権が解体されて……それでも問題はたくさん残るだろう。彼の頭に載るものは、とてつもない重さを持つ。

——まあ、その前にまず聖冠を見つけないといけないのだけれどね。本当にどこにあるのだろう。

リュタンと騎士たちがさんざんさがしたのに、とうとう見つけられずじまいだった。

馬車に揺られてすることもないので、わたしはひたすら聖冠の隠し場所を考えた。物語に似たような展開はなかったかしら。人間の考えることなのだから多分そう突飛なものではないはずだ。わかってみれば単純な場所……でも気づかないと見落としてしまう場所……。

建物の中は全部調べた。天井裏も、屋根の上も、なんなら庭の木にも登っていた。見つかったのは栗鼠《りす》の巣穴だけだった。

上がだめなら下は――って、地下の貯蔵庫も調べたし。それより下は土の中……どこかに埋めた？もちろんシメオン様が見落とすはずがない。教会周辺の地面もくまなく調べられていた。大体言うのは簡単だけど、穴を掘るのはけっこう大変な作業だ。道具がいるし、目立つし、音もする。お兄様の真似《まね》をして花壇を作ろうとしたことがあったけれど、耕されていない地面は想像以上に硬かった。男性とはいえ失礼ながら非力なグラシウス公にも難しいだろう。

誰にも気づかれず一人でできる作業ではない。それに埋め戻した跡は周りの地面と違ってすぐにわかる。やっぱり違うか……。

と否定しかけて気づいた。いえ待って？　わざわざ掘らなくてもすでに穴がある場所はどうだろう。川に投げ捨てたというのは嘘《うそ》でも、似たようなことをしたのでは。川と違って流れてしまう心配はない。必要になれば回収できる。

教会にアレはあっただろうかと、わたしは記憶をたぐった。そのとたん馬車が大きく揺れて思考を遮られた。

考え込んでいるうちに雑木林を抜け、サン＝ラヴェルまでの道のりでいちばんの難所にさしかかっていた。左手に急な斜面がそそり立ち、右手は崖《がけ》になっている。馬車一台がやっと通れる程度にしか道幅がなく、気をつけないと崖下へ転落してしまう。往路でも怖い思いをした場所だった。

さすがにここでは横に並ぶことができず、護衛は前後のみとなる。襲撃があるにしてもこの場所なら前後からだろう。それより気をつけるべきは道の状態だった。とにかく振動がひどい。石がゴロゴロしているので、乗り上げるたびに怖いくらい揺れた。

窓から顔を出してみれば、左手の斜面から水が流れ落ちて道を濡《ぬ》らしていた。先日の大雨のせいだろう。サン＝ラヴェルまでの道が土砂崩れでふさがれていないことは事前に確認されているが、今ここで崩れないか怖かった。見ている前でも石が上から転がり落ちてくる。岩と呼んだほうがいいような大きさのものもあって、直撃を受けないよう護衛たちの間で注意が飛び交っていた。

「すごい道だな……」

「ここを抜ければもうサン＝ラヴェルの入り口です。あと少しで——ひゃっ」

ゴン、と頭の上で大きな音がする。馬車の天井に直撃したようだ。怖いなあ——と思っていると、

「急げ！　全速でこの場を抜けろ！」

ひときわ高くシメオン様の声が響いた。

緊張をはらんだ声に心臓が縮む。土砂崩れが起きかけているのだろうか。もう一度顔を出して斜面を見上げた時、上の方でドンと重い音が響いた。

「——ああっ！」

土煙が上がったように見え、次の瞬間斜面が崩れてきた。おそろしい音を立てて土砂と岩が落ちてくる。人の声と馬のいななきが交差した。あっという間に土砂は下まで到達し、わたしたちに襲いかかった。

「いやぁーっ！」

わたしは必死に座席の縁にしがみついた。さっきまでの比ではなく馬車が揺れ、すさまじい衝撃音が響く。開けたままの窓から土や石が飛び込んできた。横でも悲鳴が上がった。グラシウス公を守らなければ、と頭のどこかで考えたが、とてもなにかができる余裕などなかった。

馬車が傾く。まともに座っていられなくて、わたしたちも座席の上を滑り壁に叩きつけられる。落ちる——崖から落ちるという恐怖にどうしようもなく悲鳴を上げてしまう。

けれど幸いなことに、一気に転落ということにはならなかった。強い衝撃を受けたあと揺れが止まったので、おそるおそるわたしたちは顔を上げる。どうなっているのだろう。窓からは空と山しか見えない。この状態で止まっているということは、斜面に生えた木のおかげで助かったのだろうか。

「ル、ルシオ様、大丈夫ですか」

わたしは馬車に振動を与えないよう、できるだけゆっくりと身を起こした。横倒しになった馬車の中でわたしは床に放り出され、グラシウス公はかろうじて座席の上にいる状態だ。

「ああ、怪我《けが》はない……君も大丈夫か」

「はい」

「いったい、どうなったのだこれは」

「多分落ちかけたところで木に引っかかって止まったのです。こ、このままもってくれればよいのですが」

外はどうなっているのだろう。すぐに救助が来ないのが気がかりだった。まさか、シメオン様たちは土砂崩れに巻き込まれて――

さっきとは別の恐怖に襲われる。いてもたってもいられなくて上の窓につかまろうと伸びをする。そこへようやく人の声が聞こえてきた。

ほっとしたのも束《つか》の間、わたしたちを呼ぶ声ではないとすぐに気づいた。もっと殺気立って怒鳴り合っている。それに聞こえているのは声だけではない、銃声もまじっていた。敵襲だ――すぐそばで戦っている。

こんな状態の時に襲撃を受けるなんて！　それとも、あの土砂崩れは敵のしわざ？　直前にシメオン様が発した警告は、襲撃に気づいたためだったの？

どうしよう。下手に外へ出る方が危険かもしれない。でも馬車がいつまでこの状態でいられるか。もう本当にどうしよう――と頭をかき回したくなった時、ガサガサと下草を踏み荒らす音が聞こえた。人がこちらへやってくる。

わたしたちはギクリと身をすくめた。敵か、味方か――息を呑《の》んで見つめる窓から人が覗き込んできた。

「マリエル！」

ああ――

安堵《あんど》に涙が出そうになる。シメオン様が助けにきてくれた！

「大丈夫ですか、二人とも」

「は、はい。怪我はしていません。あのっ、でも今襲撃されて」

「ええ、皆が防いでくれていますよ。前の馬車はかろうじて走り抜けて被害をまぬがれたので、大半の敵はそちらに引きつけられています。こちらへの攻撃は念のためといったところでしょう。馬車に乗っているのがグラシウス公でないと確認すれば離れていくはずです。なので外へ」

「はい」

シメオン様が外から腕を伸ばす。わたしはグラシウス公を振り返り、先に出るよううながした。まずなによりも彼が助からなければならないし、敵に姿を見せてグラシウス公ではないと悟らせねば。本人だけど、今の姿はお義父様だからね！

シメオン様の手がグラシウス公に届く。成人男性の身体《からだ》をものともせず引き上げる。けれど一瞬顔をしかめたのに気づいた。とっさに伸ばした利き腕——右腕だ。着替えがないので袖《そで》は破れ血の汚れがついたまま。平然としていたのに、やはり痛むのね。本当はひどい怪我だったの？

ハラハラするわたしの前でグラシウス公が救助される。後ろから来た騎士に彼の身をまかせ、シメオン様はわたしにも手を伸ばした。

「さあ、マリエル」

「あ……」

この手を取ってよいのか、ためらった。無理をして怪我がもっとひどくなってしまったらどうしよう。

「マリエル！」

焦《じ》れた声でシメオン様が急《せ》かす。悩んでいる暇は与えられなかった。落ちそうなほどに彼は精いっぱい身を乗り出してくる。わたしは思いきって腕を伸ばした。シメオン様の手がつかみ、強い力で引っ張る。反対の手で窓枠につかまって、わたしも全力でよじ登った。少しでも彼の負担を減らすように――ああでもスカートが邪魔だ。どうして女の服はこうも動きにくいの！

ドレスのせいでグラシウス公の時より苦労しながら、どうにかわたしの身体も馬車の外へ引っ張り出された。馬車は斜面に落ちるというより、横倒しになって落ちかけたところで止まっていた。引っ張られて馬たちも横倒しになり、もがいている。かわいそうだけれど今ははずしてやる余裕がなかった。

戦闘中なのだ。すぐそばで兵士たちが銃を撃っている。敵は上だ。斜面の上から撃ってくる。こちらを狙った銃弾が周囲の地面で音を立てていた。

「そこの木の陰に身を寄せて」

この状況で道に上がるのは危険すぎる。みんな木を盾にして身を守っていた。グラシウス公も兵士に守られながら木の陰にいた。

わたしが足元を落ち着けたのを確認すると、シメオン様はホルスターから拳銃を引き抜いた。撃鉄を起こす音に、わたしはごくりとつばを呑む。

弾切《たまぎ》れになったのか、ふと上からの銃撃が途切れた。その瞬間シメオン様が木の陰から飛び出した。

一気に道へ躍り出て撃つ。上から小さく悲鳴が聞こえた。

続けてシメオン様は何発も撃った。兵士たちも彼に続いて攻撃を再開する。激しい銃声の中わたしはひたすら木の陰で身を縮めて耐え続け——でも、それも長くは続かなくて。

周囲が静かになり、じっと気配を窺《うかが》っていた兵士たちが動きだす。上からの攻撃はもうなかった。次々道に上がっていっても銃声は響かない。どうやら敵はこの場を離れたようだった。

「マリエル」

シメオン様が迎えに来る。彼に手を取られ、わたしはようやく道へ戻った。

「逃げたのでしょうか……」

「逃げたというか、前の馬車を追う方に変更したのでしょうね」

シメオン様は道の先へ目を向ける。崩れた土砂で小山ができていた。通れないほどではなさそうだ。馬車は無理だけれど人や馬は乗り越えられるだろう。ようやく落ち着いたことで、さっそく兵士たちが馬を助けていた。

あらためて斜面を見上げると、全体ではなく上の方の一部がえぐれている状態だった。この地方は崩れやすい地質だとお義父様が言っていらしたのに、よくこれだけで済んだものだ。もし全体が崩れていたら多分助からなかっただろう。敵はそれを狙っていたのかもしれない。思うほど崩せなかったため、追加で銃撃してきたといったところか。

「この崩落って、偶然ではなく敵がしかけた罠《わな》ですか」

「ええ、爆発音が聞こえました。火薬を使ったのでしょう」

あの時の音は火薬が爆発する音だったらしい。そういえば土煙が上がっていた。

「見通しの悪い場所で攻撃してこなかったのが気にかかり、それならここで来るのではと……一気にわれわれを葬れる方法があると気づいたのが寸前です。もう少し早く気づけていれば」

シメオン様はくやしそうに拳《こぶし》を握りしめた。わたしは周りの人を見回した。護衛部隊の兵士が五人に、近衛が四人。馬車の後方を守っていた人たちだ。それ以外は崩落をまぬがれて先へ逃げていた。引き返してこられないのは、向こうを追った敵の方が多いからだろう。

「寸前で間に合ったと考えられるのでは？　殿下たちの馬車は逃げられたのです。シメオン様が警告されたからでしょう」

「そうですよ、副長」

「こっちが逃げ遅れるのはしかたないですよ。でも全員無事なんだからよかったじゃないですか」

近衛たちも同意する。うんうんとわたしはうなずいた。

「それに、狙いどおり敵はこちらを用なしと判断したようです。殿下の作戦勝ちですね」

お義父様に扮したグラシウス公を、そうとは見抜けず離れていった。見事に敵をだませたのだ。

「その分殿下たちの方が心配ですが……」

「護衛の数も多いし、ここを抜ければサン＝ラヴェルまで一気に走れます。きっと大丈夫でしょう」

のんびり落ち込んでいられる状況ではないので、シメオン様もすぐに気持ちを切り換えられた。先行部隊を追うべく周囲に声をかける。グラシウス公は兵士の後ろに同乗させられた。

「荷物は諦《あきら》めてください。あとで回収しましょう」

シメオン様がご自分の馬を引いてくる。

「こういうこともあろうかと、最低限しか持ってきていませんから大丈夫ですわ」

わたしは馬によろしくねと挨拶《あいさつ》して横へ回った。抱き上げようとするシメオン様に断り、自分で鐙《あぶみ》に足をかける。踏み外して転げないよう下を向いたら、小さな石が馬の足元に転がり込んできた。

まだ崩れるのだろうか。不安を覚えて斜面を見上げる。内部の土を剥《む》き出しにしている場所以外は木や草がたくさん生えていて、しっかり根を張っているようだけど――と見た視界に動くものがあった。

「――っ！」

とっさにわたしは馬から離れた。まだ敵がいる！　銃口が狙っているのはグラシウス公ではなく、もちろんわたしでもなく――

わたしはシメオン様を突き飛ばした。同時に銃声が響く。おそろしい勢いで飛んできたものが髪を数本散らしていった。

「まだいたか！」

瞬時にシメオン様たちが銃をかまえる。驚いた馬が前脚を振り上げた。蹴《け》られそうになってわたしはあわてて退避する。そこへまた銃弾が飛んできてすぐそばの地面を打った。

「あっ――」

反射的に後ろへ逃げた足が滑った。道の端まで寄りすぎていた。なんとか踏ん張ってこらえようとしても崩れた体勢を戻せない。

「マリエル！」

崖から落ちるわたしにシメオン様が飛びついてきた。もう引き止められる状態ではなく、彼ももろともに落ちていく。わたしを抱え込み、全身でかばってくれたところまでは意識できた。でもそのあとはもう、襲いかかる衝撃に歯を食いしばって耐えるので精いっぱいだった。

落ちる。転がる。滑り落ちていく。

斜面に叩きつけられた身体はいっときも止まれず下へ下へと落ちていく。かばわれていても痛かった。あちこちを打つのは地面なのか木なのか、もうなにがなんだかわからない。このまま死ぬのかと思った。悲鳴も上げられずわたしはただ身を固くして耐える。怖い、死にたくない——でもせめて、シメオン様だけはどうか助かって——！

「——ぐうっ」

耐えきれない声を漏らしたのはわたしなのか、シメオン様だったのか。痛みと衝撃に気が遠くなり、ほんの少し気絶していたのかもしれない。苦痛が少し治まり意識が戻った時、落下が止まっていることに気づいた。

「……う、んっ」

わたしはなんとか頭を起こした。まだ生きている。身体中が痛くて、これならとても死んだとは思えない。皮肉なことに苦痛が助かったことを証明してくれていた。

胸の前で縮めていた腕を動かし、上体も起こす。すると重たいものがわたしの上からずるりと落ちた。

わたしを抱え込んでいた腕が力なく地面に投げ出される。わたしと重なり合って倒れているシメオン様は、目を閉じてぐったりとしていた。

息が止まった。全身に冷たいものが流れ、それは次の瞬間逆に沸騰する。頭がかっと熱くなりなにも考えられなくなった。

「あ……」

身体が震える。馬鹿《ばか》みたいに苦労しながら手を伸ばして、わたしはシメオン様の頬《ほお》にふれた。閉じられたまぶたは動かない。頬も、唇も、ぴくりとも動かない。

「う、うそ、いや……いやぁっ！」

這《は》うように身を寄せて両手でシメオン様の顔を包んだ。ぬくもりはまだ伝わってくる。でも息は？　息はしているの？　わからない。目の前がゆがんでよく見えない。

「やだ、や……シメオン様……っ」

ボタボタと涙がこぼれ落ちて眼鏡《めがね》を濡らす。彼を揺さぶろうとして、むやみに動かしてはいけないとギリギリの理性が引き止める。わたしは引きつる喉《のど》から必死に声を絞り出した。

「シメオン様、シメオン様、シ……っ、うっ、シ……オンさ、ま……っ」

何度も何度もくり返し呼びかける。嗚咽《おえつ》がこみ上げて上手く呼べない。わたしは揺さぶるかわりに彼の頬をなでた。

「シメオン様……っ」

「う……」

泣きながらなで続けていたら、ようやくシメオン様が反応した。眉《まゆ》が寄り、唇が動いて小さな声を漏らす。生きている！　わたしは期待に急かされさらに頬をなでた。

「シメオン様！」

「……あ……くっ……」

苦しげに顔がしかめられ、そしてついにまぶたが持ち上がる。まだ弱々しく、それでも現れた水色の瞳に、止まりかけた涙がまたあふれた。

「……マリ、エル……」

「シメオン様……うっ、うぇっ」

生きている、生きている、生きている――！

それしか考えられない。ああ、神様。彼は生きている――生きている！

「えっ、え……っく」

「………」

言葉が出せずしゃくり上げていると、シメオン様は一度大きく息を吸い込み、そのとたん顔をゆがめて吐き出した。腕が持ち上げられ、大きな手がわたしの頬にふれる。手袋越しの優しさが涙をぬぐってくれた。

「泣かないで……」

ため息のように彼は声を吐き出す。いつもの力強くしっかりした声とはまるで違う儚さだ。でもちゃんと意識があって、わたしの存在がわかっている。ああ、神様、この人を助けてくださってありがとう。どうかこのまま、わたしのそばにとどめておいて。

「シメオン様……」

「大丈夫ですか……怪我は……」

こんな状態なのに彼はまずわたしのことを心配する。わたしは首を振った。

「いいえ、いいえ、ありません。わたしよりシメオン様が」

「ああ、大丈夫……泣かないで」

「だめ、動かないで」

「く……っ」

わたしの制止を無視してシメオン様は身を起こす。きっとひどい苦痛が彼を襲っているだろう。きれいなお顔が苦しげにゆがめられ、彼らしくもないうめきが漏れる。わたしはあわてて背中を支えた。いつもはそんなことさせもしない、きびきび動く身体がずしりとのしかかる。重みに負けて倒れ込まないよう、必死に支えた。

「……ありがとう、もう大丈夫」

ようやくシメオン様は完全に上体を起こしきった。すぐに立ち上がることはせず、地面に座り込んだまま、まずは腕や脚を確認していた。

「ど、どうですか。怪我は」

「……大丈夫そうですね」

腋《わき》に近いあたりの胸をさすり、少し難しいお顔をしている。腕は問題なく動いているようだ。こうして起きていられるのだから背中も大丈夫なのだろう。

「脚の方も打撲だけで済んだようですね。マリエルは？　ちゃんと動けますか」

「あ、はい……わたしも問題はないかと」

お互い泥だらけでボロボロだ。落ちる際に折ったらしい小枝が髪や服に引っかかり、濡れた落ち葉もたくさんくっついていた。それらを落としながら怪我がないかたしかめる。全身が痛いけれど骨を折るような大怪我はしていないようだった。

きっとシメオン様がかばってくれたからだろう。そうでなければこんなものでは済まなかった。下手をすると死んでいたかもしれない。首の骨でも折ればおしまいだ。

その分シメオン様の負担が大きかったはずで、こうして動いている姿にほっとする。わたしをかばいながらもなんとか衝撃を受け流していたのだろうか。傷だらけになってしまった顔に手を寄せ、今《いま》頃《ごろ》気づいた調子で彼は「眼鏡が……」とつぶやいた。

そういえば眼鏡がない。落ちる途中で吹っ飛んでしまったのだろう。わたしの方はどうにか顔に引っかかっていた。シメオン様の胸にきつく抱きしめられていたおかげかな。ずれた眼鏡をかけ直そうとしたら妙に収まらず、一度はずして確認すればつるがゆがんでいた。

「……せっかく、お揃《そろ》いで作ったのに」

互いを示す印をしのばせていた。わたしの眼鏡には百合《ゆり》が、シメオン様の眼鏡には菫《すみれ》が。指輪のかわりに結婚式で使った、思い出深い大切な眼鏡だったのに。

落ち込むわたしにシメオン様が微笑《ほほえ》みかける。

「揃いでだめにしたなら、また揃いで作りましょう。眼鏡などよりも、あなたが無事でよかった」

その言葉にわたしもあらためて安堵と喜びを噛《か》みしめる。本当に、シメオン様がご無事でよかった。

「ごめんなさい、わたしのせいでシメオン様まで落ちてしまって……こんなひどい目に遭わせてしまって」

「それはこちらが言うべきことですよ。それにあなたが助けてくれたおかげで被弾をまぬがれた。ありがとう」

わたしの髪から草を取り除き、シメオン様は微笑む。わたしはこの人を守れたのだろうか。でも直後に巻き添えにしてしまって、喜ぶ気にはなれない。

わたしは頭上を見上げた。生い茂る草や木に遮られ、崖の上まで見通せない。かなり長く落ちたような気がするけれど、死なな かったということはさほどの落差ではなかったのだろうか。でもこちらへ呼びかける仲間の声くらい聞こえてもよさそうなものなのに、自然の音以外なにも聞こえなかった。

元々天気が悪い上に日暮れが近づいているせいで周囲は薄暗く、不安が煽《あお》られた。

そこへポツリと小さなものが落ちてきた。周りの草の葉が音を立てはじめる。

「雨が……」

飛沫《しぶき》のように細かな雨が降りだしていた。山の中で滑落し、どこまで落ちたのかわからずにいるわたしたちを、冷たい帳《とばり》が包み込もうとしていた。

12

少しだけ休んで落ち着くと、すぐに立ち上がるようシメオン様にうながされた。

「長くここにいるのは危険です。移動した方がよい」

「敵が来るということですか？」

「いや、連中のせいで崩落が起きたでしょう？　衝撃で脆《もろ》くなった場所がまた崩れるかもしれない。そうなったら多分ここへ流れ込んできますよ」

おそろしい指摘にわたしはぞっとして立ち上がった。シメオン様もゆっくり立ち上がる。どこかぎこちない動きに見えるのが気になる。心配するわたしの前で彼は両足でしっかり立ち、その拍子に拳銃を落とした。ホルスターの口が開いて飛び出しかけていたようだ。

シメオン様は拳銃を拾って残りの弾数を確認すると、ホルスターではなく腰の後ろ、上着の下に隠すように押し込んだ。

「どうしてそこに？」

「……いや、なんとなく」

なんとなくで動く人ではない。残り少ない銃弾を切り札にすべく隠し持つということは、また襲われる可能性を考えていらっしゃるのか。わたしを怯《おび》えさせまいとごまかすのね。

「……救助とか、来ませんかしら」

「それは諦《あきら》めた方がよい。こうした場合は優先順位を徹底するよう命じてありますから」

シメオン様は静かな声で厳しいことをおっしゃった。優先順位……わたしたちを助けるよりも、グラシウス公を守る方が大事ということか。

「敵が近くにいる状況で救助などに気を取られていては危険です。まずは先行部隊と合流し、殿下と彼を無事サン＝ラヴェルまで移動させる。救助を検討するのはそのあとです」

もうじき日が暮れる。急いだとしても救助隊が来るのは明日《あす》以降になるだろうとのことだった。

「サン＝ラヴェルまでもうそんなに遠くありませんよね。頑張ったら自力で移動できるかしら」

いつ来るかわからない救助隊を待つよりも、自分で歩いていった方が早い気がした。歩けないような怪我《けが》はしていないし、距離だけなら問題ないはずだ。山向こうに抜ければ人里がある。そこまでたどりつければ助けを求められ、先行部隊とも合流できるだろう。

ただここは山の中、周りは草木に囲まれて道などない。今いる場所はちょっと平坦になっているけれど、動けばまた斜面になるだろう。移動が容易でないのは明らかだった。

そもそもどっちを向いて進めばよいのやら。ええと、崖《がけ》を左にすればサン＝ラヴェル方面へ向かうはず……でもまっすぐ進めるとはかぎらない。いつの間にか見当違いの方向へ向かってしまったりしないかしら。

「本に出てきた冒険者は方位磁針《コンパス》を持っていましたね……」

わたしは肩を落とした。そこまで準備していなかったわ。

「大体の方向はわかります。とにかく、ここは離れましょう」

シメオン様がわたしの手を引く。小雨が降る中をわたしたちはそろそろと歩いた。

「足元に気をつけて。落ち葉で滑らないように」

「はい」

シメオン様と手をつないで山の中を歩く。雨が少し強くなってきたように思えた。木々が枝を揺らしている。眼鏡《めがね》にどんどん水滴がついてかえって視界を妨げられるので、わたしは顔からはずしてスカートのポケットに入れた。ポケットの中で先客が手にふれて存在を思い出させる。そういえば着替えた時にこれも移したのだった。まさかこんなことになるとは思わなかったけれど、役に立ってくれそうだ。

「シメオン様、眼鏡なしで大丈夫ですか」

「歩くだけなら問題ありませんよ。あなたと同じで遠くが見づらいだけです」

「腕の傷は？　ひどくなってしまったのではありませんか」

わたしは袖《そで》の破れているところを見る。濡《ぬ》れて汚れて、新しい血が出ているのかどうかわからない。

「かすっただけだと言ったでしょう。今の状態で特にひどい負傷には数えられませんね」

本当かなあ。シメオン様は痛くても絶対に言わないわよね。いつもにくらべて動きが鈍い気がするし、よく注意しておかなければ。

「つらいでしょうが、頑張ってください。大丈夫ですから」

自分の具合を棚に上げて、シメオン様はしきりにわたしをはげましてきた。

「ここは人里に近いのだから長く迷うことはありません。殿下はかならず救助隊を出してくださるでしょうから、そう悲観する状況ではありません」

こんな足手まといのお荷物を抱えて彼の方が大変だろうに。少しでも負担を減らしたくて、わたしは笑顔で旦那《だんな》様のお顔を見上げた。

「ええ、悲観なんてまったくしていません。だってシメオン様が一緒なのですもの。なにも不安なんてありませんわ」

「……ええ」

「さっき、目を開けてくださるまでは本当に怖かったです。このままシメオン様を失ってしまうのかと思った……あの恐怖にくらべたらなんだって平気です」

濡れた草を踏み分けてわたしたちは慎重に進む。スカートが水を吸ってどんどん重くなってきた。髪もぐっしょり濡れて水滴をしたたらせる。

この調子だと山を抜ける前に日が暮れるだろう。山の中の夜はきっと真っ暗だ。危険というより歩きようもないだろうから、どこかで野宿するしかなかった。雨宿りできるところを見つけなければ。

「あまり暗くなるのはやめましょう？　ほら、アンシェル島で野宿の体験教室をしてくださったではありませんか。楽しかったですね。この状況、思い出しますね」

あえて明るい声でわたしは言う。シメオン様は小さく微笑《ほほえ》んでうなずいた。

「まさかあの経験がこんなに早く役立つなんてね。なんでもやっておくものだわ。ねえシメオン様、今度銃の撃ち方も教えてくださいな」

「調子に乗るのではありません」

今ならうなずいてくれるかしらと思ったお願いは、やはり即座に却下された。たちまち目元を厳しくして叱《しか》ってくる。

「素人《しろうと》が手を出してよいものではありません。間違えた扱いをすれば暴発させてしまうこともある。剣以上に危ない武器なのですよ。一瞬で人の命を奪う殺傷力を持っています。持ち主が死んだり周りにいる人間を死なせてしまったり、いくらでも事故の例がある。よいですね？　たとえ目の前に転がっていても絶対に手を出さない。指一本ふれるのではありませんよ」

くどくどと聞かされるお説教に、わたしは拗《す》ねたふりで口をとがらせた。でもこのくらいの方がシメオン様らしい。本当はいつもどおりの反応がうれしかった。

「あなたはそういう方面ではなく、頭脳で戦ってください。たとえば――その――そうだ、聖冠の隠し場所について考えてみましょう！」

なんとかわたしの興味を銃からそらそうと、シメオン様はすごく頑張って話題をひねり出す。わたしは噴き出しそうになるのをこらえ、話に乗ってさしあげた。

「聖冠ねえ。それはわたしもずっと考えているのですが……って、そういえばなにかわかりかけたような気がしていたのだわ」

「え？」

思い出してつぶやくと、シメオン様が顔色を変えて足を止めた。

「グラシウス公からなにか聞いたのですか？」

「いえ、そうではなく……ええと、なにを考えていたのだったかしら」

わたしも立ち止まり記憶を遡《さかのぼ》る。たしか答えが見えた気がしたのよね。その直後に襲撃があって、つかみかけた糸口がどこかへ吹っ飛んでしまった。

「えーと、えーと……そうだ、埋めた可能性について考えていて」

「私も考えましたが、教会周辺にそれらしい痕跡《こんせき》は見つかりませんでしたよ」

「ええ、そう……そう！　掘らなくても元から穴があればと！　教会の近くに井戸はありました？」

「ありましたね」

シメオン様はあっさりと答えた。おおっとわたしは意気込む。が、

「もちろんその中も調べましたよ。あいにくなにも見つかりませんでした」

「あ、あら……？」

「念のため他《ほか》の井戸も調べさせましたが同様です」

井戸の中に隠したのではというわたしの考えは、一瞬で否定されてしまった……。

これだと思ったんだけどなあ。違ったかあ。えええー。

がっくりと肩が落ちる。あんまり憐《あわ》れに見えたのか、シメオン様が子供をなぐさめるような口調で言った。

「地面に関しては教会の敷地内しか見ていませんので、もしかしたら別の場所に埋めたのかもしれませんね。落ち着いたら捜索範囲を町全体に広げましょう」

「……それはないと思いますよ。見慣れない人がいきなり穴を掘っていたら町の人が見とがめないはずないでしょう」

「いや、夜間とか、人目につかない場所などに」

「それに地面を掘るのってじつは大変な作業です。花壇みたいにやわらかい土でないと、まずスコップが刺さらなくて」

「女性の力ならそうでしょうね」

「グラシウス公もあまり力仕事はお得意でなさそうでしたので、似たようなものだと思うんですよ。司祭様に助けられた時点ですでに聖冠を持っていなかったのだから、町に着いてすぐに隠したわけでしょう？　シメオン様ならはじめて訪れた町で埋めるのに適した場所をすぐに見つけ、誰《だれ》にも気づかれず穴を掘れますか？　道具もなしに」

難しいお顔になってシメオン様は考え込んだ。

「……小さな畑があちこちにありましたね。教会でも裏庭で野菜を作っていた」

「あ——いえいえ、それは掘り返されるおそれがあってだめでしょう」

二人してうなる。畑ならたしかに掘るのも埋めるのも簡単だけれど、隠し場所に選べるのは畑の持ち主だけだ。

「やっぱり、違ったかなあ」

「ほかに掘りやすいやわらかい場所は……」

「——あっ？」

「あ」

わたしたちは同時に声を上げた。教会の近くで、やわらかい場所！　あるのでは？　――いえ、全体はやわらかくないと思う。雨が降ったり人が歩いたりして、だんだん硬く締まっていくだろう。でもまだやわらかいはずだと思える場所がある！

一つわかると他のことも次々見えてきた。そうだ、本当はいくつもヒントに出会っていた。司祭様から聞いた話にも手がかりは隠れていた。全部答えにつながっていたのだ。

「わ……かりました」

ようやくすべてが見えた。知らず集めていた情報が、わたしの中で一本の線につながった。きっとあそこだ。間違いない。わたしは確信を得てシメオン様を見上げた。

「わかりました！　あそこです！　聖冠は――」

言いかけたとたん口をふさがれた。土の匂《にお》いをまとう冷たさがわたしの顔に張りついた。わたしの口を押さえ、シメオン様は違う方向へ顔を向けていた。その表情の厳しさに胸がいやな音を立てた。

雨と風の音の中に、異質な音がまじった。下草を踏み分けて歩く音が近づいてくる。わたしたちが気づいたことを向こうも察し、もはや隠れることなく堂々とやってきた。

「こちらを追って正解だったようですね」

状況にそぐわない明るい声が聞こえた。シメオン様が一瞬でサーベルを抜いて身がまえる。銀狐《ぎんぎつね》が仲間の工作兵を引き連れて現れた。

細い目をさらに細めて笑う姿に、少し前の光景が重なる。シメオン様を狙っていた銃口――あれも銀狐だった。遠目で一瞬のことだったけれど間違いない。だから狙《ねら》われているのはシメオン様だと直感的に悟ったのだ。

銀狐はわたしたちを恨んでいる。崖下へ転落したのは見ただろうから、そこでグラシウス公追跡に切り換えればよかったのに、わざわざさがしに下りて来た……確実に死んだか確認して、まだ生きているならとどめを刺さなければ気が済まなかったのか。

執拗《しつよう》な悪意に鳥肌が立つ。銀狐と仲間が二人、合わせて三つの銃口がわたしたちに向けられていた。

「聖冠が見つかったというのはやはり嘘《うそ》だったわけですね。そしてありがたいことに、隠し場所が判明したと。なるほど、なるほど」

どこから聞いていたのか、雨に打たれながらも銀狐はきげんのよい調子で言った。

「あなたは本当に素晴らしい人だ。見た目とは裏腹に頭が回る。ますます気に入りましたよ――それで、どこに隠してあるのですか？」

シメオン様は油断なく身がまえているけれど動けない。相手が銀狐だけならまだしも、同時に三人から狙われ後ろにわたしをかばっている状況では、さしものシメオン様でも動きようがなかった。

「今のお話から察するにどうやら墓地のようですが、どこに埋められているのかまでおわかりなのですか？　ぜひ教えていただきたいものですね」

「……だったら、取り引きよ」

わたしはシメオン様の上着をつかんで言った。わずかに振り向く瞳《ひとみ》に小さく首を振る。同時に銀狐たちからは見えないよう、こっそり彼の背中を叩《たた》いて合図した。

「聞かれて素直に答えるとは思っていないでしょう？　取り引きしましょう」

「ほう、強気ですね」

「あなたたちには絶対に見つけられないもの。墓地のどこかとわかっても、まさか全部掘り返してさがすわけにはいかないでしょう。こっそり見つけるには確実にここだとわからないとね。でも今、その答えを知っているのはわたしだけよ」

「……ふむ」

緊張で干上がりそうな喉を、つばを飲んで落ち着ける。大丈夫、ほんの少し隙《すき》を作ることができればいい。

シメオン様も緊張しながら、浮足立ってはいなかった。油断なく敵の動きに目を光らせている。

「それで、なにを引き換えにしたいと？」

「もちろん、その銃口よ。シメオン様がこの場から立ち去るまで下へ向けておいてちょうだい」

「――っ」

合図しておいたのにシメオン様が顔色を変えてなにか言いかける。わたしは懸命に首を振って彼を制止した。

「マリエル」

「お願いです、言うとおりにして」

伝わっていない？　そんなはずはないでしょう。どうか今は従って。この場を切り抜けるにはこうするしかない。

言葉で説明することはできず、精いっぱいのまなざしで訴える。どう受け取ったのか、シメオン様は切ってしまいそうなほどギリギリと唇を噛《か》んだ。

「彼を逃がそうというわけですか」

銀狐の視線がシメオン様に向かう。息の根を止めるためわざわざ追ってきたのに、こんな取り引きには乗りたくないだろう。けれど彼にも任務がある。個人的な怨恨《えんこん》とどちらを取るか、まだ理性で動いていると思いたい。

「そんな厄介な男を生かしておいては、禍根になるだけですがねえ」

「シメオン様を殺すなら、わたしは絶対に隠し場所を教えない。すぐさまこの命を絶つわ。一人で残されるなんてまっぴらよ。彼と一緒に神様のもとへ行くわ。あなたたちは頑張って墓地を片っ端から掘り返すのね」

シメオン様の手が震えている。サーベルを持つ右手も、握りしめた左手も。わたしは硬い拳《こぶし》を両手で包んで落ち着いてと訴えた。

銀狐が嘲《あざけ》りもあらわに鼻で笑った。

「誉れ高き近衛《このえ》の副団長殿が、なんと情けないことでしょうか。奥方に命乞いしてもらうとはね。ああ、その顔はよい。そういう顔を見たかったのですよ。取り澄ました顔が屈辱にまみれて、ずいぶんよくなったではありませんか」

「…………」

「女に身を張って守ってもらい、その女を見捨てて逃げていく。じつに素晴らしい、最高の誉れですねえ！」

声まで立てて銀狐は大笑いする。そんな彼に仲間の工作兵たちがちらりと目を向けたが、なにも言わなかった。内心でどう思おうと銀狐に逆らわず従うつもりらしい。仲間内でもめてくれればありがたかったのに。

ひとしきり笑ったあと銀狐は銃口を下げた。

「いいでしょう、その取り引きに乗ってさしあげます。いずれかならず殺してやりますが、今はこれで満足しておきますよ。私があじわった屈辱を彼にも与えてやりたいと思っていたのです。ええ、簡単に殺してしまうよりこの方がよい」

銀狐の手が肩へと動き、服をつかむ。ゆがんだ笑顔の中で復讐《ふくしゅう》心が揺らめいていた。

シメオン様に撃たれた傷はもう完治しているようだ。でもそうとうの重傷だったろうことは疑いようもない。銃創は壊疽《えそ》を引き起こすのが怖いという話だったかしら。生きながら腐り、真っ黒に変色していく身体《からだ》……あの服の下に炭のようになった肉体があるのだろうか。痛みが癒えても残る痕《あと》を毎日見ながら、恨みをつのらせていったのか。

「妻をさし出して逃げた男という肩書を背負うとよいですよ。ああ、ご心配なく。聖冠を見つけたあとも彼女のことは大切にしますから。オルタへ連れて帰ってじっくり可愛《かわい》がってあげますよ。夫のことなど忘れて私の従順な人形になるよう、一から調教してさしあげましょうね」

「……っ」

わたしは必死にシメオン様の拳を押さえ続けた。こんなあからさまな挑発に乗らないで！
銀狐はシメオン様の全身を見回したようだった。うなずいたのは、きっと空になったホルスターを確認したからだろう。

「サーベルを置いてください。丸腰になって逃げていただきましょう」

――かかった。

わたしは喜びそうになる気持ちを全力で隠した。ここで悟られたら終わりだ。これが唯一の勝機だ。
シメオン様のお顔を見上げる。サーベルに手を伸ばして、こちらへ渡してくれるようお願いした。

「マリエル……」

「大丈夫です。ね？」

シメオン様がこの状況を理解していないはずがない。それでもなおためらい――けれど、最後には力を抜いてわたしにサーベルを預けてきた。

ずっしりした重みが手の中へ入ってくる。わたしは抜き身のままのサーベルを両手で持って、そろそろとシメオン様から離れた。銀狐たちからも距離を取れる位置へ移動する。ますます強くなってきた雨が銀狐たちの視界を邪魔してくれるよう祈った。

銀狐が仲間に手を振って銃を下げさせた。自分に向けられた銃口がなくなり、シメオン様も動きだす。けして銀狐たちに背中を見せず、向かい合ったまま後ろ向きに歩いていく。

それを単なる警戒と受け取っていただろう銀狐たちは、シメオン様の動きに反応するのが一瞬遅れた。雨の中を銃声が突き抜ける。シメオン様の撃った弾《たま》は銀狐をわずかにはずし、後ろにいた兵士に命中した。

「——このっ！」

銀狐が銃を上げて反撃しようとする。けれどシメオン様の方が早い。二発目が銀狐の手から銃をはじき飛ばした。さらに三発目が響く。残る一人の兵士も悲鳴を上げて倒れた。

シメオン様がわたしへ向かって走る。わたしも必死に彼へ向かってサーベルをさし出した。受け取ると同時にシメオン様は拳銃をホルスターに戻す。もうこれ以上撃ち続ける弾がない。

「……っの、くそがぁっ！」

銀狐がシメオン様に襲いかかった。ナイフの一撃をサーベルで跳ね返し、シメオン様はわたしを下がらせる。わたしは急いでその場を離れた。わたしの役目はここまでだ、これ以上は足手まといにしかならない。

シメオン様が存分に戦えるように木の陰へ飛び込んで隠れた。一対一なら彼はけして負けない。銀狐よりシメオン様の方が絶対に強いから！

二人の足元で水飛沫《みずしぶき》が上がる。並外れた速さで急所を狙う銀狐と、たしかな伎倆《ぎりょう》で迎え撃つシメオン様。一瞬も止まらず戦う二人にわたしは息を呑《の》んで祈る。神様、どうかシメオン様にご加護を！

いくら銀狐が敏捷《びんしょう》でも戦いが長引けばシメオン様が有利になるはずだった。隙をついて攻撃するのが銀狐の戦い方だ。こうして正面から戦えばシメオン様の方が強い。だというのに、なぜかいつまでも決着がつかない。雨と離れた距離に邪魔をされてよく見えないけれど、わざとそうしているようには思えなかった。シメオン様はひどく苦しそうな気がする。なぜ？　眼鏡がなくても近接戦なら問題ないはず。障害物の多い山の中、刀身の長いサーベルはかえって不利なのだろうか。

「――クッ、ハハハアッ！」

急に銀狐が笑い声を上げた。狂気めいた笑いにぞっと震えが走る。なに？　なんなの？

「ずいぶんつらそうだなぁ？　右をどうした？　利き腕が使いづらそうじゃないか！」

え――

一瞬頭が白くなる。まさか、撃たれた傷が影響しているの？　やっぱりひどくて……。

「死ねぇっ!!」

二人の動きが速すぎてたしかめることもできない。襲いかかるナイフをかわしたシメオン様がふらついた。そこへさらに銀狐が迫る。シメオン様は体勢を立て直せなくて打ち返せず――と思った次の瞬間、ふらついたはずの足がしっかりと地を踏みしめた。

「がっ――」

強烈な蹴《け》りが銀狐を襲う。細い身体がたまらずに吹っ飛ばされて地面を転がった。

「この――なっ!?」

転がりながら勢いを殺して起き上がろうとした銀狐の身体が、急に視界から消えた。滑り落ちる音と悲鳴が聞こえた。

あの先も崖になっていて……と思ったら、そんなに深くはなかったらしい。まだ元気そうな怒りの咆哮《ほうこう》が茂みの下から聞こえてきた。

そちらにはもうかまわず、シメオン様はわたしへ向かって手を伸ばした。

「マリエル！」

わたしはあわててスカートをつかみ彼のもとへ走った。片手にサーベルを下げたまま、わたしを引っ張ってシメオン様は走りだした。

雨が降る山の中を必死に走る。もうどこへ向かっているのだとか、そんなこと気にしていられない。とにかく今は敵から離れることしか考えられなかった。

濡れた地面に滑って転ぶと、すぐさまシメオン様が引き起こしてくれた。でも彼の顔も苦しそうだ。息が荒い。右脇《みぎわき》をかばっている。腕の傷のせいではなかった。

「もう少し……頑張って」

それでも彼はわたしをはげまし、苦痛など漏らさない。わたしは泣きそうな気持ちをこらえ、全力で走った。息があがって苦しくても、何度も足が滑っても、気力を振り絞って走り続ける。今わたしにできるのはそれだけだった。

激しくなってきた雨と風がさらにわたしたちを責め苛《さいな》む。でも敵の追跡を防いでくれてもいるはずだ。追ってくる足音や声は聞こえず、わたしたちはただ前だけ見て進むことができた。

次第に二人とも足の動きは鈍くなり、歩くしかできなくなる。疲労だけでなく視界の悪さも追い討ちをかけていた。いよいよ日が暮れる。これ以上暗くなったらもう一歩も進めない。ただ歩くしかできないわたしと違い、シメオン様は常に周囲を見回していた。そんな彼がようやく避難できる場所を見つけたのは、空から最後の光が消える頃《ころ》だった。

「あそこに……」

小さな木造の建物があった。住宅ではないようで、伐採作業かなにかのための小屋だろうか。そういえばいつの間にか足元が歩きやすくなっていた。ほとんど平坦な地面が続き、周囲に生える木も少なくなっている。多分人里のすぐ近くまで来られたのだ。無我夢中で逃げながらも、方向は間違えていなかったらしい。

頑張ればもう山を抜けられるのかもしれない。こういう建物があるなら近くに道もあるはず――そう思っても、もはや足元もよく見えない状況だ。これ以上動くのは危険だった。それに、いいかげん限界だった。全身が悲鳴を上げている。目の前に雨宿りできる場所があって素通りすることなどできなかった。

わたしたちは小屋へ向かった。扉に鍵《かぎ》はかかっていなかった……という以前の状態だ。近くで見れば、もう長く使われていないとわかるボロ屋だった。窓にガラスも雨戸もなく、ただ四角い穴がぽかりと開いているだけだ。屋根も一部は壊れて盛大に雨漏りしている。扉はうっかり壊してしまいそうにグラグラだった。

まともな状況なら間違っても中へ入ろうとは思わないありさまだ。でも今のわたしたちには、こんなのでもありがたい天の救いだった。

入り口でスカートを絞ってできるだけ水気を落とす。腐った床板を踏み抜かないよう用心して入り、奥の隅っこに身を寄せれば、雨漏りや開きっぱなしの窓から入る風雨をどうにか避けられた。

わたしとシメオン様は崩れ落ちるようにその場に座り込んだ。

シメオン様はすでに隠す余裕もなく、苦しい呼吸をしながら右脇を押さえていた。肋骨《ろっこつ》をやられたのか。崖から落ちた時に折ってしまったのね。

「シメオン様……なにか、できることはありますか」

泣いてもなんの役にも立たない。彼の苦痛を少しでもやわらげる方法がないか、わたしは尋ねた。

「大丈夫ですよ……腕や脚と違って一、二本折れたくらいで動けなくなることはない」

ごまかせないと諦めて、シメオン様は素直に答える。

「でも応急処置をする必要があるでしょう？　肋骨を折ったらどうするのですか」

「……しっかり固定するしかありませんね。通常はさらしなどを巻いて締めるのですが」

さらし、とわたしは考えた。身体に巻いて締める布。かわりになるものは……。

ぐっしょり濡れて重たいスカートをつまみ上げる。布と言えばこれしかないだろう。上の生地は厚くて使いにくい。ペチコートなら……最近のドレスはあまりふくらみを持たせないからペチコートのかさも低いけれど、長さはあるから使えるわよね？

邪魔で動きにくいと恨むばかりだったスカートに、今だけ心から感謝した。

「シメオン様、サーベルを貸してください」

「なにをする気です」

「これを切ってさらしのかわりに使いましょう。要はやわらかくて長い布があればよいのですよね？」

スカートをめくってみせると、こんな時なのに彼は紳士的に目をそらした。

「よしなさい、そのような」

「慎みだの恥じらいだの言っている場合ではないでしょう」

わたしはスカートから手を放し、シメオン様の頬《ほお》を挟んで強引に振り向かせた。

「慎みと怪我の手当て、どちらが大事ですか」

「…………」

「ここでスカートをまくり上げても見ているのは旦那様だけです。わたしの脚も下着も旦那様しか見ません」

「当たり前です。見せてたまるものか」

小さく返された言葉に少し笑った。まだそれだけ元気があるなら大丈夫。

「前回は大勢に見られちゃいましたけどね。助けを呼びに行くために思いっきりスカートを引き裂いて、ドロワーズ丸出しで走りましたものね」

思い出すといたたまれない。あの時の方がよほど恥ずかしい格好だった。それをシルヴェストル公爵や、国王様にまで見られちゃったのよね……。

「……彼にも見せたのですか」

シメオン様はどこかずれた反応をする。

「彼って？」

「あなたが助けようとした男です」

「ラファール侯爵ですか。まあ目の前で切りましたから見ていたかもしれませんが、あの時の侯爵様にはどうでもよいことだったと思いますよ。死にかけている前で脚が見えようがどうしようが気にする余裕なんてなかったでしょう」

「…………」

そのまま死んでしまえばよかったのに、というつぶやきが聞こえたような気がするが、きっと聞き違いだろう。まさかシメオン様がそんなことを。空耳空耳。

「今ここにはシメオン様しかいらっしゃいません。それに切るのは下だけです。上のスカートは切らないのですから隠せます」

さあ！　とわたしはふたたびスカートをめくってシメオン様に迫った。もうほとんど真っ暗になりかけていて、手元も見づらい状況だ。ぐずぐずしていたらなんの作業もできなくなる。いつものシメオン様らしく迅速に動いてもらわねばならなかった。

「さあさあさあ、早くすぱっとやっちゃってくださいませ！」

「……わかりましたから、そのように迫らないでください。スカートをめくった女性に迫られるなど、喜ぶより情けなくなる……」

「なんのお話ですか！　そんな意味で迫っているのではありません！」

思わずスカートを押さえてしまった。時間がないのに二人で顔を熱くして、もうしばらく作業に取りかかれなかった。

13

どうにかこうにかシメオン様の手当てを終えて、ふたたびわたしたちはぐったりと壁にもたれていた。雨も風も収まる気配がない。また川が氾濫《はんらん》しなければいいけれど……この小屋も大丈夫でしょうね？　強く吹きつけるたびギシギシと揺れるのが怖かった。

月も星も隠れた雨の夜では、隣の人の顔もさだかではない。寄り添うぬくもりと互いの息づかいだけを感じて時をすごす。固定して少しは痛みがましになったのか、シメオン様の呼吸は落ち着いていた。でも眠っているようすはない。

わたしはポケットの中のものを引っ張り出した。袋の口を縛《しば》る紐《ひも》を手さぐりでほどく。リュタンからもらった氷砂糖は、まだ無事のようだった。濡《ぬ》れたせいで溶けていないかと心配したけれど、水を通さない袋らしい。手に伝わる感触は乾いていた。

「シメオン様、お口を開けてくださいな」

お顔にふれて唇をさがし、氷砂糖を一つ含ませる。抵抗せずに受け入れたシメオン様は、一拍置いて複雑な声を漏らした。

「……甘い」

「非常食です。疲れている時には効きますよ」

わたしも一つ口に放り込む。おなかを満たすようなものではないけれど、甘みが空腹感を少しばかり癒してくれた。

「これは……」

「お気に召さないかもしれませんが、今は誰《だれ》からもらったとか気にしている場合ではないでしょう」

シメオン様のことだから、あの時もらったものだと気づいていらっしゃるだろう。わたしはごまかさず正直に答えた。

「体力の維持を優先するべき……ですよね」

しばらく沈黙したあと、ため息まじりの答えが返る。

「……そうですね。つまらない意地を張っている場合ではない。ありがとう」

ゴリゴリと噛《か》み砕く音がする。ゆっくりあじわった方が効くと思うのにな。

「シメオン様、少し身体《からだ》を倒して休まれた方がよくありませんか。座っているより寝ている方が楽でしょう？」

「それではなにかあった時即座に対応できません。情けない話ですが、この状態で飛び起きることは難しい」

「こんなに暗くては追手も来ないでしょう」

「万一ということもあります。大丈夫、こうしているだけでも楽になりました。あなたこそ横になって休みなさい。私が気をつけていますから心配しなくてよい」

んもう。通じない話にわたしは焦《じ》れる。

「わたしはシメオン様に休んでいただきたいのです。大怪我《おおけが》をしているのに無理をなさらないでください」

本当は強引に引っ張って倒してやりたいけれど、そんな衝撃を与えるわけにはいかない。服をほんの少しだけ引っ張るのが関の山だ。

「無理をしているのはあなたでしょう。こんなに動き回って、まともな食事も取れず寝台で休むこともできず、濡れたまま寒さに震えて……あなたにはもう限界のはずです。まだ倒れていないのが驚きなくらいですよ」

「わたしは戦っていませんもの。ずっとシメオン様の後ろで守られていただけです。歩いている時だって手を引いてくださって、何度も転んでは起こされて……ずっと、ずっとお荷物になっていただけです」

言っているうちに涙がせり上がってきた。それをぐっと呑《の》み込んで引っ込める。泣いてはいけない。今泣いたらますますシメオン様に負担をかける。くやしさも、申し訳ない気持ちも、今は全部こらえないと。それをこぼして泣いたって甘えにしかならない。

いやになるほど足手まといなのだから、せめてそのくらいは頑張らないと。

暗くてよかった。情けない顔をシメオン様に見せなくて済む。わたしは泣きべそなんてかいていません。元気ですよ。

「……無理をしないでください」

一生懸命頑張っているのに、シメオン様はくり返す。今は甘やかさないでほしい。こんな状況で甘やかされてもよけいつらいのに。

「わたしは」

「あなたがそんなに無理をする必要はないのです。今の状況はすべて私の責任だ。あなたが負い目を感じる必要はない」

反論を封じてシメオン様は強く言う。わたしの強がりも、その理由も、とうに見抜かれていた。

「……それこそおかしいでしょう。どうしてシメオン様の責任になるんですか。わたしが……っ、わたしがあの時落ちさえしなければ、こんなことにはならなかったのに」

もうだめだ。我慢しようとこらえていたのに、涙があふれてしまう。泣きたくなんかない。こんな時に弱い自分をさらしてシメオン様を困らせたくない。大丈夫だって安心させたかったのに。

でも、止まらない。涙がどうしても止まらない。

「シメオン様は寸前で奇襲に気づいて、どうにか切り抜けたのに。殿下の作戦も上手《うま》くいっていたのに、わたしが落ちたからこんなことに」

泣きながら胸に押し込めていた言葉を吐き出す。シメオン様が怪我をしてしまったのも、今こんなに大変なのも、全部わたしのせいだ。わたしがよけいな事態を引き起こして迷惑をかけている。情けなくてくやしくてたまらない。一人で背負い込むはめになったシメオン様に、申し訳なくてたまらなかった。

「わたしのせいじゃないですか……いっそあの時、見捨ててくだされば」

言いかけた途中でシメオン様に引き寄せられた。そんな動きをすれば痛むだろうに、彼はわたしを強く抱きしめた。

「それ以上言うのは許しません。そんな言葉を聞かせないでください」

「だって」

「あなたはなにも悪くない。落ちたからあなたのせい？　そもそもそんな状況になったことがおかしいのでしょう。あなたはただの被害者ですよ。どうして被害者が自分のせいだと思い詰めなければならないのです。こんなにひどい目に遭っているのに、なぜあなたが原因だという話になるのです」

叱《しか》るように強く、泣いているように切なくシメオン様は言う。

「殿下の作戦にはあなたの身を守ることも含まれていた。私はその責をはたさねばならなかった。命令を受けた兵として、あなたの夫として、無事に守りきらねばならなかった。その役目をはたせなかったために、こんな事態になっているのでしょう！」

密着するほどそばにいてもシメオン様のお顔はよく見えない。真っ暗で今彼がどんな表情をしているのかわからない。ただただ、血をにじませるような声だった。

わたしが情けなく申し訳ない思いを抱えていたように、シメオン様もご自分を責めていたのね。わたしを抱きしめる腕が少し震えている。責任感の強いこの人が、今どれだけくやしい思いを噛みしめているのだろうか。シメオン様だってあの時できる最善を尽くしていた。だけどそんなふうに自己弁護する人ではない。

「愛する人も守りきれなかった私こそが役立たずだ……」

暗闇《くらやみ》をありがたく思っているのはシメオン様の方かもしれなかった。こんなにつらそうな声を聞くのははじめてだ。今のお顔は、きっとわたしには見せたくないものだろう。

「シメオン様」

「……あなたは本当になにも悪くない。落ちて痛かったでしょう。動き続けてつらかったでしょう。雨に濡れて寒いでしょう。襲われて怖かったでしょう。なのに文句も弱音もいっさい吐かず頑張ってくれている。それに対して私はどうなのですか。あなたを安心させることもできず気を遣わせてしまうありさまだ。私こそが――」

抱きしめる腕の中で身じろぎして、わたしはなんとか手を伸ばした。シメオン様のお顔をさぐり、口を押さえる。もう言わないで。あなたに悲しいことを言われたくない。

……ああ、そうね。わたしもいけなかった。さっきの言葉、きっとシメオン様を傷つけた。あんなことを言ってはいけなかった。

「ごめんなさい」

黙ったシメオン様にわたしはささやいた。

「見捨ててくださいなんて、ひどいことを言いました。ごめんなさい」

「…………」

「違います。わたしがシメオン様に望むのは、ただこうしてそばにいてくださることです。見捨ててほしくはありません。ずっと一緒にいたいです」

「……私もです」

　シメオン様のお顔が動き、みずからわたしの手に頬《ほお》ずりする。いとおしい大切な存在がわたしの手の中にある。大きな身体をわたしの中に包み込んで、守ってあげたい。いとしくて、いとしくて、たまらない。

「愛しています、わたしのあなた。一人で背負い込まないで。わたしもいじけるのをやめます。ごめんなさい。誰が悪いとか責任とか、そんな話ではありませんね。二人で頑張ればよいのです。ただそれだけでした」

「…………」

「お互い自分にできることをするっていう、基本に戻ればよいだけですよね。わたしに戦うことはできません。シメオン様はとてもお強い。だから敵が来たらお願いします」

「もちろんです」

「そのためにも今は休む時でしょう？　戦いの前に万全の態勢を整えるのは基本の心得では？」

　吐息が指にふれる。かすかな笑いの気配を感じた。

「そうですね、軍師殿」

「まあ、鬼畜腹黒参謀様からそのように呼んでいただけるとは光栄です」

「本気で言っていますよ。リュタンの言うことはくやしいが事実だ。あなたはとても賢いのにそれを無視して、ただ守るだけの存在として扱っていた……すみません」

　しょげた声に、やっぱり気にしていたかとわたしは闇《やみ》の中で苦笑した。最低最悪に仲が悪い二人なのに、その一方で妙にお互いを認め合ってもいる。腹を立てながらもリュタンの言葉をただの悪態と聞き流すことができないのね。

「素敵な旦那様に守っていただけるなら、女としては本望ですよ。シメオン様ほど頼りになる旦那様はいません。そこは胸を張っていただきたいところですわ」

大丈夫となぐさめるつもりで言ったら、なぜかよけいに複雑な声が返ってきた。

「……それだけでは、足りません」

大きな身体が甘えるようにすり寄ってくる。

「あなたの周りには魅力も実力もある男が集まってくる。彼らの中で私はどれほど目立てるのか、考えれば考えるほど自信がなくなっていく。こんな、頭の固い融通の利かない男で、小言ばかり口にして気詰まりで、しゃれた遊びの一つも知らず」

「え、あの、シメオン様?」

「運よく夫になれたからといって、安心してなどいられない。もっともっとあなたに愛されなければ……けれど私にできることといったら、ろくなものではなく」

やたらとこじらせた言葉に、それまでの真面目《まじめ》な気分が吹っ飛んだ。なにを言っているのこの人は。

「待ってくださいな。集まってくる男性といっても、リュタンしか心当たりがないのですが」

「あなたが自覚していないだけです。ラファール侯爵だってあなたに恋する一人だ」

「予想外なお名前が。侯爵様って……たしかに親しげなご挨拶《あいさつ》をいただきましたが、ほとんど初対面でしたし、二十歳近く年が離れていて、ただでさえ子供っぽいと言われるわたしをそんな対象に見られるとは」

「恋に理屈や条件など関係ない。あなたが教えてくれたのですよ」

「はあ……」

それは、まあ、そうなのだけど。

でもラファール侯爵がわたしをというのは、やはりどうにも信じがたい。単に命の恩人とありがたがられているだけではないの。それだって思い込みが大部分で。

「たとえ恋愛感情がなくとも、彼が魅力的であることは事実です。感受性の強いあなたには心惹《こころひ》かれる存在でしょう」

「も、萌《も》えと恋愛は別です。あといちばん萌えるのもシメオン様です」

「殿下も、ナイジェル卿も、シルヴェストル公爵や国王陛下だって、みんな個性豊かで魅力的だ」

「手当たり次第に数えないでください！　国王様まで挙げるとか……ましてシルヴェストル公爵は前世の天敵です。蛇とカエルなんです。あの方にだけは萌えられません！」

「グラシウス公とは名前で呼び合っていた」

「…………」

最後は露骨に拗《す》ねていた。わたしはため息をついた。

「あれはそんなものではありませんよ。王太子としての称号で呼ばれることが、グラシウス公にはつらかったのです。赤ちゃんの時に故郷を追われて、ご両親も亡くなって、ご自分の根源を示す記憶がいっさいないままお育ちになったでしょう。だから王太子と呼ばれることに複雑な思いがあって、向けられる期待や要求に嫌気がさしていらしたのです。無関係な外国人で一般人のわたしにまで『王太子』を突きつけられたくないという、ちょっとしたご不満ですよ」

「…………」

「公式の場でもないのだし、ささやかな息抜きになればと思ってご希望に従っただけです。あちらをお名前で呼んでわたしが気取っているわけにはいかないでしょう。なので名前で呼んでいただいただけです。他意はありません」

わたしはシメオン様の腕の中から抜け出して左側へ移動した。そっと腕を引いて身体を倒してくれるようお願いする。ためらいがちにシメオン様が横になる。伝わる感触だけを頼りに位置を合わせ、彼の頭を脚の上に下ろさせた。

遠慮して離れようとするのを押さえて止めさせる。どうにか膝枕《ひざまくら》の体勢になって、わたしはシメオン様の濡れた髪をなでた。

「素直なお気持ちを聞かせていただけるのはうれしいのですが、なぜシメオン様がそうもご自分を卑下なさるのかさっぱりわかりません。こんなに素敵な人なのに」

「そう思ってもらえるよう必死なだけです。あなたに失望されたら、私は立ち直れない……」

――んんっ……！

思わず変な声が出そうになり、なんとかこらえた。やだもう、なんなのこの人。可愛《かわい》すぎるんですけど！

真面目がすぎて必要以上に自分を追い込んでしまう。まったく、この人の長所は短所と背中合わせだ。もっと肩の力を抜いて気楽にいきましょうって言い続けているのに、どうしてもそれが難しいのね。

困った人。可愛い人。

「シメオン様のかっこいいところも、かっこ悪いところも、全部好きだと言っていますでしょう？　わたしがシメオン様に失望することがあるとしたら、急に女遊びに目覚めてあちこちに愛人をつくりだすとか、私利私欲で悪事に手を染めて周りの人を裏切るとか、そんな時ですよ」

「女遊びなどしません」

「ええ、しないというよりできない人ですよね。そんなことができるくらいなら、今こうして思い詰めてなどいませんものね」

「…………」

シメオン様は大真面目なのだからこちらもふざけてはいけないと思うのに、どうしても笑いがこみ上げる。わたしはくすくす笑いながらシメオン様をなで続けた。

「あべこべですよね。普通わたしの方が心配する立場ですのに。夫に飽きられてないがしろにされるとか、新しい恋人に妻の座を奪われるとか、物語だけでなく現実世界にもありふれた話ですよ。わたしみたいに美貌《びぼう》も取り柄もない女、さっさと捨てられてもおかしくありませんのに」

「馬鹿《ばか》なことを。あなたにはたくさん取り柄がありますよ。容姿などと上っ面のものではなく、内面の美しさや聡明さ、優しさに勇敢さ……いつも明るくて前向きで、周りの人間まで幸せな気持ちにしてくれる。これほど素晴らしい女性を他《ほか》に知らない。愛しこそすれ、飽きて捨てるなどありえない」

響くように返されて、わたしはくすぐったい気分にますます顔をゆるめた。んもう、惚《ほ》れた欲目全開なんだから。そんなの誰にも同意してもらえないわよ。でもいいの。誰に誉められるよりシメオン様の言葉がいちばんうれしい。

「そうやっていつも愛情を実感させてくださるから、心配せずにいられます。ありがとう。大好きですよ」

「…………」

こんなわたしを愛してくださる旦那様。その言葉を聞くたびに、優しいまなざしを向けられるたびに、わたしの胸からもいとしさがあふれて止まらない。それがわかっていらっしゃらないのかしら。どんなに萌える人が現れたって、それとこれとは別なのに。

「きっとこれも気にしていらっしゃるでしょうから言っておきますね。わたし、任務に関わる重要な情報を聞かせていただけないのは当然と承知しています。守秘義務は理解しているつもりですよ。ちょっぴり好奇心が抑えきれなくて聞き耳を立ててしまったりとかありますが、ばれて叱られてもそれはわたしが悪いのです。不満などありません」

「…………」

「以前もめた時だって、わたしは秘密そのものに抗議したつもりはありませんでした。納得できなかったのは、はじめから理解も求めようとしてくださらなかった態度の方です。言えなくてごめんね、理解してねという態度を見せてくださっていたら、別に怒ったりしませんでした」

婚約破棄なんて言葉まで出かけた騒動を思い出す。あの時にとことんぶつかり合って決着をつけたはずなのに、まだ足りていなかったのかしら。

「それも含めて話し合って、前払い込みで謝っていただいたでしょう。だから今後いっさい謝罪は求めませんとお約束しました。わたし、ちゃんと覚えていますよ。我慢しているのではなく、納得して受け入れているのです」

「……本当に？　不満を呑み込んでいるだけなのではありませんか」

「わたしそんなに我慢強くありません。少しくらいは呑み込めても、ずっとは無理です」

ご自分を責めるあまりに、シメオン様の中でわたしは不遇に耐えるけなげな妻にされてしまっているようだ。おかしいと気づかないものかしらね。今まで何度けんかをしたと思っているのやら。

「ねえシメオン様、結婚式のことを覚えていらっしゃいます？」

わたしはいとしい人をなで続ける。

「司祭様がお話を聞かせてくださったでしょう。これから夫婦となるわたしたちは、互いを尊敬し、互いを慈しみ、互いを助けなさいと。二人で支え合って暮らしていきなさいというお話だったでしょう」

「……ええ」

「わたしの前でいい格好しようと頑張る必要はありませんよ。時には手を抜かないと身がもちません。人はそんなにいつまでもずっと頑張り続けてはいられないのですから。頼りないかもしれませんが、わたしにもあなたを支えさせてくださいませ」

「…………」

「と言っても、きっとそのうちまた不安になってしまわれるのでしょうね。うちの旦那様はそういう性分だとわかりました。人間生まれ持った性分は簡単に変えられませんものね。ですから、また不安になった時は、思い詰める前に聞かせてくださいな。何度でも安心させてさしあげます。どんなにシメオン様がご自分を卑下なさっても、その都度否定してさしあげますわ。わたしの愛と萌えは不滅だと、骨の髄まで思い知らせてさしあげます」

シメオン様が頭を起こしてわたしの膝から離れた。引き止めようとしたら逆に腕を引かれて、わたしも横になるよううながされる。わたしたちはかびくさい床に並んで寝転がり、互いを抱きしめてぬくもりを分け合った。

「……雨の音、少し弱くなったかしら」

真っ暗でなにも見えなくても、こうしていると怖くない。シメオン様の鼓動と息づかいがすぐそばにある。これ以上に心強いものがあるだろうか。濡れたままで寒くても、追われる不安があっても、わたしは心から幸せだった。

「そうですね……朝にはやむでしょう」

ようやく落ち着いてきたのか、シメオン様の声が少し眠たげだ。わたしも眠い。緊張が解けると一気に疲労が押し寄せてきた。こうして横になっていると次第にまぶたが落ちてくる。

「もうほとんど山を抜けています。明るくなればすぐに人里へ出られますよ。あと少しの辛抱です」

「ええ、朝になったら出発しましょうね……殿下たちも心配していらっしゃるわ……」

「そうですね。早く合流して不手際をお詫《わ》びしなければ」

シメオン様らしい調子に戻ってきた。口元だけ笑いながらわたしは眠りに落ちかける。頬に、額に、そして唇に、優しい口づけが降り注いだ。

「おやすみ、マリエル……ありがとう。愛しています」

かすかなささやきがこぼされる。わたしも愛していますと答えたいのに、もう唇を動かすことすらできない。眠ってしまったと思って言ったでしょう。お返事はできなくてもちゃんと聞きましたからね。明日《あす》になっても忘れはしないわ。おはようと一緒に、かならず愛していると伝えるから。

決意が眠りに溶けていく。雨宿りの平穏を邪魔するものはなく、ただ夜が更けていく。わたしたちはしばしの安息に包まれて目覚めの時を待った。


それから、どのくらい眠り込んでいたのだろうか。

寒さに震えて目が覚めた。一瞬自分がどこにいるのか理解できなくて、なぜこんなに寒くて下が硬いのだろうと疑問を抱く。布団を求めてさまよわせた手が冷たくざらついた床をなでて、眠りに落ちる前のことを思い出させた。

あくびをして目を開ければ、うっすらと周囲が見えていた。雨の音はしない。風もおさまっていた。状況を理解してほっと喜びがこみ上げる。でも次の瞬間、そばにあったはずのぬくもりが消えていることに気がついた。

「シメオン様……？」

わたしは身を起こしてシメオン様の姿をさがした。視界がぼやけていて、ずっと眼鏡《めがね》をポケットに入れたままだったことを思い出す。取り出してたしかめれば、幸い寝ている間に押しつぶしてはいなかった。よかった、壊れかけでもあるとないとでは大違いだもの。顔にかけてもう一度周りを見回す。狭い小屋の中、どこにもシメオン様の姿は見当たらなかった。

外へ出たのだろうか。不安になってわたしは立ち上がった。もちろんシメオン様がわたしを置いていなくなるはずがないけれど、なにか不測の事態が起きてはいないかと心配になる。

ギシギシ悲鳴を上げる床を、できるだけそうっと歩いて出口へ向かった。扉が半開きになっていた。もともと壊れかけていた扉だ、何度も開け閉めしたら危ないと思って開けたままにしてあるのかもしれない。わたしは隙間《すきま》に身を滑り込ませて小屋の外へ出た。

世界は夜の衣を脱ぎつつあった。薄れた闇から周囲の木や茂みが姿を現している。水色と灰色の中間くらいの空に雲の影は少なく、晴れ渡っていることがわかった。離れた場所からは、山の端近くがほのかな金色に染まっているのが見られるだろう。じきに太陽が昇る。目を覚ました小鳥がおしゃべりをはじめていた。

シメオン様が空を見上げている。夜明けの森にたたずむ姿を、静かな感嘆とともに眺めた。ああ、この人は美しい。

近衛《このえ》のきらびやかな制服は見る影もなく汚れ、傷んでしまった。淡い光のような金髪も同じく。手ぐしで適当にかき上げただけで、泥が残り乱れている。端正な白皙《はくせき》はすり傷だらけだ。

それでも彼は美しかった。どんなにおそろしい敵が襲ってきてもけしてひるまず、屈辱を受けてもうなだれない。凛《りん》と咲く白百合《しらゆり》のように背を伸ばし、気品と威厳をたたえている。

誇り高く美しい、わたしの騎士。振り向くお顔にときめきがあふれ、わたしは腕を広げて声をかけた。

「愛しています！」

「え……」

――あ、おはようが抜けちゃったわ。

目を覚ましたら絶対にこれを言うのだと決めて、もちろん起きた直後から考えていたものだから、なによりも真っ先に飛び出してしまった。まあいいわ、ちょっと順番が変わっただけよ。

「おはようございます」

わたしがそばへ行くと、シメオン様は落ち着きなく視線をさまよわせた。

「あ、ええ、はい……ありがとう――いやその、おはよう」

手で口元を押さえて顔をそむけてしまう。見上げるわたしは口元がニヨニヨゆるむ。まだ暗いのが残念。お顔の色もしっかり見たかったな。

「おかげんはいかがですか？　動いていて大丈夫ですの」

昨日《きのう》ほど右脇《みぎわき》をかばってつらそうにはしていない。でも一晩寝ただけで骨折が治るわけもない。心配して尋ねると、シメオン様もいつものお顔に戻ってうなずいた。

「大丈夫、落ち着いていますよ。無理な動きをしなければ問題ない」

「シメオン語で『大丈夫、問題ない』は、一般言語に訳すと『痛いけどまだ我慢できる』ですね」

「そんなひねくれた特殊言語を使っていませんよ。本当に大丈夫ですから」

言い返してシメオン様はまた空を見上げた。

「晴れていると思うのですが、どうですか？」

「ええ、いいお天気です。昨日の風が雨雲を吹き飛ばしてくれましたね。お日様が昇ったら、待望の秋晴れになりますよ」

「そう、よかった」

シメオン様はわたしに目を戻して微笑《ほほえ》んだ。

「疲れているでしょうが、あと少し頑張ってくれますか」

「もちろんです。もう足元も見えますし、歩いているうちにどんどん明るくなっていくでしょう。ぐずぐずしていたら銀狐《ぎんぎつね》たちが追いかけてくるかもしれませんわ、急いで出発しましょう」

元気よく答えれば、シメオン様も力強くうなずいてくださった。

「……で、どちらへ向かいます？」

気合を入れたはものの、ここからどう進めばよいのかと考える。小屋があるのだから道もあったはずだけれど、長く人が通らなかったためか草に埋もれて見つけられなかった。シメオン様も空や周囲を見回した。

「そうですね、あのあたりから太陽が昇ってくるわけですから……」

街のある方向をつかもうと考えていらっしゃる。だいたいあっちかな、くらいはわたしにもわかるけれど、できれば最短距離を選びたいものだ。

その時、近くの藪《やぶ》が音を立てた。びくりとわたしは跳び上がる。瞬時にシメオン様がわたしを背後にかばい、サーベルに手をかけて身がまえた。

もう敵が来たのかとわたしたちは息を詰める。そこへひょいと姿を現したのは、人ではなく大きな獣だった。

「え、鹿《しか》？」

優雅に首《こうべ》をめぐらせて、大きな瞳《ひとみ》がわたしたちを見る。なんだコイツと言わんばかりの平然とした顔で、鹿は藪から出てきた。

すぐそばに人がいても警戒するようすもなく、わたしたちの目の前を悠々と横切っていく。そのあとに続いてまた一頭現れた。さらにもう一頭。続けて一頭。まだまだ一頭。

「って、何頭出てくるのよ」

先頭は山の奥へと向かってまた別の藪に飛び込んでいく。ヒョコヒョコあとを追いかける鹿の行列に、シメオン様も少し圧倒されていた。

「大所帯ですね」

「大胆というか無頓着《むとんちゃく》ですのね。人間が怖くないのかしら」

藪の中に消えていく白いお尻《しり》を、わたしは呆《あき》れて見送る。結局六頭も通りすぎていった。

「あんな集団で暮らしていますのね。家族かしら。それともご近所仲間？」

「雌《めす》と子供ばかりでしたから、血縁関係かな」

「言われてみれば角のある子はいませんでしたね。鹿家庭にはお父さんの居場所がないのかしら」

「そういう切なくなる表現はやめてください」

気を取り直してふたたびシメオン様は周囲を見回す。わたしも意識を戻そうとして、あっと声を上げた。

「なんですか」

「シメオン様！　さっきの子たち、向こうから来ましたよね!?」

わたしは鹿が出てきた藪を指さす。ええ、と困惑気味にシメオン様はうなずいた。

「でもって山へ入っていった。つまり、あの藪の先に人里があります！」

確信に満ちて宣言するわたしに、シメオン様は目をまたたいた。

「……なぜ？」

ふふんとわたしは胸を張る。

「レスピナス家で聞いたのです。鹿ってわたしたちにとっては可愛い動物ですが、こういう農業中心の土地に暮らす人々にとっては、畑を荒らす害獣なのです」

「はあ……」

「毎日作物を荒らされて困っているという話でした。その直後に鹿肉料理が出てきたものですから、なんとも複雑な気分になって。美味《おい》しかったです」

「……ただ駆除するだけでなく、食用にして命を無駄にしないというのはよい話ですが」

「ええ――言ってたら空腹を思い出しちゃったわ。シメオン様もどうぞ」

残りの氷砂糖を取り出して分ける。シメオン様はまたも急いで噛み砕いていた。

「――で、鹿が人里に現れるのは主に夕方と明け方だそうです。つまりさっきの子たちは、朝ごはんを食べてきたのです。あの向こうに畑があります！」

ビシリとふたたび指さしてわたしは高らかに言い放つ。しばし沈黙が落ちて、ぽつりとシメオン様がこぼした。

「……あの集団に荒らされたのでは、畑の主はたまったものではないでしょうね」

「ですねえ。鹿たちに悪意はないのでしょうけど」

シメオン様は鹿が出てきた藪に向かい、生い茂る草や灌木《かんぼく》をかき分けた。

「進めないことはないか……」

後ろから覗《のぞ》き込むわたしに、彼はちょっと振り返って笑う。

「獣が通る道ですからどうなっているかわかりませんが、あなたの読みが当たっていればこれが最短距離ですね」

「どうしましょう、別の道をさがします？」

「いや、オルタの守り神に賭《か》けましょう」

昨日と同じく、彼はわたしの手を取る。わたしも大きくうなずいた。わたしの言葉を信じてくださるのがうれしい。しっかりと手をつなぎ、わたしたちは藪に突入した。

顔を引っかき髪に絡む枝葉に苦戦しながら進む。鹿はよくこんな場所を平気で通れるものだ。少しでもわたしをかばおうと、シメオン様は先に立ってぐいぐい藪をかき分ける。きれいなお顔にさらに傷が増えてしまった。

できるだけシメオン様の負担を減らしたく、また急いで抜けられるよう、わたしも懸命に藪をかき分けた。スカートが引っかかって大変なので、わしわしと寄せて片腕に抱える。もう目も当てられない格好だ。シメオン様には絶対に振り向かないでとお願いした。いくら非常時でも最愛の人にこんな格好を見られたくない。恥じらいはちゃんと持ってるんですよ！

今度もドロワーズ丸出しで歩く。でも頑張ったおかげで思ったより早く藪を抜けられた。

「やった！」

わたしはスカートから手を放して歓声を上げた。目の前に開けた土地が広がっていた。畑が見える。道もある。その先には民家が姿を見せていた。

もうサン＝ラヴェルの郊外だ。見覚えのある景色にわたしははしゃいだ。

「あの道をまっすぐ行けばサン＝ラヴェルですよ！」

「ええ、よく頑張りましたね」

シメオン様も笑顔でわたしを抱き寄せ、くしゃくしゃになった頭をなでてくださった。

「どこかの家で水と食料を分けてもらいましょう。多分味方の救助隊も来てくれるはずです」

「はい！」

先のわからない山の中ではなく、道もある人里へ出られたことでうんと気持ちが軽くなった。あと一踏ん張りだ。わたしは残りの気力を振り絞って歩きだした。

藪や茂みのない整地された場所へ出れば、格段に歩きやすくなる。でもそれは、周囲に身を隠してくれるものがなにもなくなり、無防備な姿をさらすことでもあった。視界が明るいのは山を抜けたからだけではない。山の端がいよいよまぶしく輝いていた。朝日に照らされる道を、わたしたちは敵の姿がないか警戒しながら可能なかぎり急いだ。

早く、早くどこかの家へ。馬を借りることができれば街まですぐだ。あと少し逃げきれれば。

息を切らせながら懸命に足を動かしていると、道の先になにかが見えた。人影のように思える。目をすがめてみるが、遠すぎてまだはっきりたしかめられなかった。

「どうしました」

「道の先に、多分人がいると思うのです。うんと遠いのでよく見えませんが、多分あれは大勢の人ではないかと」

ずり落ちる眼鏡を手で支えてわたしは目をこらす。眼鏡をなくしたシメオン様には見えないだろう。

彼は難しい顔で足を止めた。

「……誰がいるのか、ですね」

「敵でしょうか」

「さて……」

後方を振り返り、左右を確認し、また前に向き直り彼は考える。そして近くにある物置小屋に目を留めた。

「いったんあそこに隠れてようすを見ましょう。街の方から来るということは味方かもしれません。それならばすぐに合流すればよい」

「はい」

敵であれば隠れたままやりすごす。そうするしかなかった。いくらシメオン様でも一人で集団を相手にできない。わたしたちは畑のそばに立つ農機具小屋へ向かった。

戸に鍵《かぎ》もかかっていなかったので、失礼して勝手に入らせていただく。窓が道の先に向いているのがありがたかった。そこからわたしたちは外を覗く。遠くの集団はこちらへ向かっているようだ。だんだん影が大きくなり、人だと認識できるようになってきた。どうやら馬に乗っているようだった。

「……白い服を着ているように見えますわ」

「他に特徴は」

「えっと……」

ああもう、もっと目がよければ。小さい頃《ころ》は眼鏡がなくても遠くまで見えたのにと歯噛みする。でもわたしの目が悪くても大丈夫だった。どんどんこちらへ近づいてくる。白い服を着た人たちと、暗い色の服を着た人たちだとわかった。多分後者はくすんだ緑だろう。そう、ラグランジュ近衛騎士団と陸軍の制服だ！

「味方です！」

わたしは窓から離れた。

「救助隊ですわ！　行きましょう！」

「待ちなさい、マリエル」

大急ぎで戸を開ける。うっかり通過されてしまったら大変だ。わたしは外へ飛び出した。シメオン様があとに続いて出てくる。わたしたちは道に戻った。

もう疑いようもなかった。制服の一団だとわかるほどに距離が近づいている。こちらへ向かい来る騎馬の集団にわたしは大きく手を振った。向こうも気づいたようだ。騒ぐ声がかすかに聞こえてくる。

わたしはうれしくなって駆けだした。

――その、直後。

一発の銃声が背後に響いた。

後ろからの襲撃。敵も現れたのか――と急いで振り向いたわたしの目に、うつぶせに倒れたシメオン様の姿が映った。一瞬理解が追いつかなかった。世界から音が消え、周りのなにも見えなくなる。たくさん汚れた白の制服に、新たににじみ出す赤い色だけが鮮烈に映った。

「……あ、ぃ、ぃやあああぁ!!」

わたしは絶叫してシメオン様に飛びついた。

「シメオン様!」

彼は動かない。わたしの呼びかけに反応しない。撃たれたのはどこ!? わたしは赤く染まった場所を押さえた。左の脇腹だ。どうなったの? 貫通した? それとも弾丸がまだ体内に?

「シメオン様、シメオン様! シ……」

わたしは一瞬呼吸を止める。そこへ近づいてくる足があった。

「山の中を獣のように逃げ回って、ご苦労様でした」

どこにひそんでいたのだろう。どこからつけられていたのだろう。銀狐が笑っている。この上なく愉快そうに笑っている。拳銃を手にして、ふたたびわたしの前に現れていた。

「ずっと仲よくくっついていらしたので困りましたよ。間違ってあなたを撃ってしまってはいけませんからね。残念ながらこの銃はそちらのものほど命中精度が高くないので。やっと離れてくださって助かりました」

震えるわたしに残酷な事実を突きつけ、銀狐は道の先へ目を向ける。敵が近づいているのにあわてるようすもない。仲間の兵士たちも彼の後ろから飛び出してきた。

「グラシウス公は取り逃がしてしまいましたが、あなたと――その拳銃もいただいておきましょうか。聖冠を手に入れ、最新の技術も土産《みやげ》に持って帰れるなら、そう悪い結果ではない」

「……っ」

わたしの周りで銃声が立て続けに響いた。こちらへ来ようとする近衛たちを牽制《けんせい》して銀狐の仲間が発砲している。向こうからも一、二発撃ち返してきたがすぐに止まった。理由は明らかだ。わたしたちを巻き込むことをおそれて撃てずにいる。

銀狐はわたしのすぐそばに立ち、シメオン様を見下ろした。

「脇腹ですか。やはり距離があると上手く当てられませんね」

銀狐は無造作に銃口をシメオン様に向ける。

「あなたを奪われた屈辱とすぐには死ねない傷に苦しんでもらいたいところですが、下手《へた》に生かしておくとまたなにをしてくれるかわかりませんからね。後顧の憂いは断っておきましょう」

わたしは腕を広げて銃口の前に出た。シメオン様を背中にかばい、銀狐を見上げる。

「い、言ったはずよ。彼を殺したらわたしも死ぬわ。聖冠の隠し場所は絶対に教えない！」

銀狐の顔に苛立《いらだ》ちと嘲笑《ちょうしょう》が浮かぶ。

「あなたを守りきれもしない男のために、そうまで必死になる価値がありますか？　そんな情けない男、もうどうでもよいでしょう」

空いている手でわたしの腕をつかむ。引き寄せようとする動きにつられて銃口がシメオン様からそれた。

その瞬間シメオン様が動いた。握り込んでいた石を銀狐に向かって投げつける。それは勢いよく目の近くに当たり、一瞬銀狐をふらつかせた。わたしの腕から手が離れる。

「――っ、のぉっ!!」

怒りの声とともに銀狐が銃口を向け直した。弾丸がシメオン様の髪を一筋散らす。痛みをねじ伏せて彼は跳ね起きる。サーベルの刀身がひらめいた。

銀狐の方も紙一重で攻撃をかわす。跳びずさる銀狐にシメオン様が猛追した。

「この……っ、しぶとい犬めがっ！」

「貴様になど負けるものか――守りきってみせる！」

怨嗟《えんさ》の声にシメオン様も吠《ほ》え返す。至近距離から放たれた弾丸に肩をかすめられながら、おかまいなしに一気に踏み込む。すくい上げられた刃が銀狐の腕を切り飛ばした。

「つがあああぁっ!!」

銃を持ったままの腕が地面に落ちる。獣のような絶叫を上げる銀狐に容赦のない追い討ちが襲いかかる。シメオン様の蹴《け》りを受けて細い身体は地面に叩《たた》きつけられた。

即座にシメオン様は身をひるがえし、わたしを抱えて飛ぶようにその場から退避した。

「撃て！」

涼やかによく通る声は、味方のもとにはっきり届いただろう。日々の訓練や任務で聞き慣れた号令に、たちまち彼らは反応する。反撃の音がいっせいに響いた。

巻き添えをくわないよう、わたしたちはさらに退避した。シメオン様の動きはたしかだった。肩と脇腹から血をにじませながらも、彼はしっかりと地を踏みしめ立っていた。

「シメオン様」

「大丈夫、今度もかすっただけです」

微笑みがわたしをなだめる。今頃になって麻痺《まひ》していた感覚が戻り涙がこみ上げる。しゃくり上げるわたしの目尻《めじり》に、彼は優しく口づけてくれた。

「――ちえ。あのまま伸びててくれればよかったのに」

緊張感のない声が上から降ってきた。驚いて見上げれば、さっきの小屋の屋根にリュタンが腰かけていた。わたしと目が合うと笑い、ひょいと身軽に飛び下りる。外套《がいとう》が翼のようにひるがえった。

「あそこで僕がかっこよく現れて助けたら、マリエルも一気に惚れてくれたのにさ。本当に、腹が立つほどしぶといよね」

いつもの飄々《ひょうひょう》とした態度でリュタンはこちらへ歩いてくる。ふん、とわたしの頭上で鼻が鳴らされた。

「ずうずうしい」

シメオン様はわたしの肩を抱いてリュタンを見返す。気にくわないというういつもの反応に、ちょっぴり自慢げな色もまじっていた。

「マリエルを守るのは私です。なにがあっても最後まで守りきる。あなたの出る幕はいっさいありませんよ」

「ふん、倒れたのは演技じゃなかったくせに」

言い返すリュタンの顔にもどこか楽しげな色が浮かんでいる。そのあとも延々続けられるしょうもない言い合いに、わたしは脱力しながら笑った。呼びかける声が聞こえた。

「副長ーっ」

アランさんがやってくる。その後ろからも仲間が駆けつける。もう銃声は聞こえない。オルタの工作部隊はほとんどが制圧され、残りは逃げ去っていた。

シメオン様がリュタンとの言い合いをやめて部下たちに応《こた》える。歩いていく彼の向こうに、昇ったばかりの朝日が重なった。

白くまぶしい冠が、金の髪を飾り燦然《さんぜん》と輝いていた。

14

二日がかりで逃げてきたグラシウス公が町にたどりついたのは、雨の降る夜だった。

長距離を歩いたことなどなかった王子様が、ほとんど飲まず食わずで二日もさまよって、すでに肉体も精神も限界だった。これ以上動けないと悟った彼の前に現れたのは、教会の裏手に広がる墓地だった。

行き倒れを覚悟したグラシウス公は、けれどロレンシオの聖冠だけは守らねばと考えていた。どこかに隠すしかないと考え、その目に飛び込んできたのが夜目にも白い花だった。

幼い子供が埋葬されたばかりとわかる、白い花に囲まれた墓碑だ。

あそこならばとグラシウス公は考えた。新しい墓の周辺ならば、まだ土がやわらかいはずだ。そこに埋めることを考え、そして教会の裏庭にある物置小屋にも気づいた。建物から漏れ出すわずかな明かりを頼りに、スコップを持ち出して一人土を掘る。降り続ける雨の音が彼の作業を隠してくれた。

眠りをさまたげたことを幼い魂に謝り、どうか聖冠を守ってほしいと祈る。オルタの民にとって王家の血筋よりも大切な宝だ。いずれふさわしい者の手に渡るよう、しばし預かっていてほしいと頼んだのだった。

掘り出されたケースを見下ろして、思い出したと彼は語ってくれた。

「そうだ……ここに埋めた。ここだった……」

彼はお墓の前に膝《ひざ》をつき、胸に手を当てて深く頭を垂れた。

「すまなかったな……ちゃんと守ってくれていたのだな。ありがとう……」

不慣れな人が埋めた土でも、大雨に流されることなく聖冠を隠し続けてくれていた。守り神の加護だったのか、幼い魂が彼の願いを引き受けてくれたのか。事情を話して許可をもらった亡き子の両親が、涙ぐんで眺めていた。

司祭様があらためて祈りを捧げ、わたしは白い花束を置く。穏やかな陽差《ひざ》しが周囲に降り注いでいた。

「ご迷惑をおかけしました」

グラシウス公は見守っていたセヴラン殿下のもとへ行き、頭を下げた。

「さんざんお騒がせして申し訳ありませんでした」

「御身を無事に保護し、聖冠も見つけられた。騒いだ甲斐《かい》があったな。どちらも守れてよかった。して、お心は定まったのかな？」

青い瞳《ひとみ》は下を向かなかった。まだ力は弱く、揺らぐこともある。けれどもう逃げることをせず、しっかりと殿下を見返した。

「今後のことは、まだよくわかりません。なので、まずはサン＝テールで腰を落ち着け、じっくりと考えたく思います」

たい」

「では、あらためてよろしく、ルシオ殿。おそらく長いつき合いになるだろう。仲よくしていただき

殿下は微笑《ほほえ》む。グラシウス公に向かって手をさし出された。

「そうか」

グラシウス公も微笑む。さし出された手をしっかりと握り返し、よろしくと答えた。

わたしの提案に従って、彼は殿下と話し合ったらしい。今の気持ちを隠さずすべてうちあけて、同じ王太子という立場にあり、年長である人の意見を求めたそうだ。それに殿下がどのように答えられたのか、詳しいところまでは聞いていない。でもお二人の間には儀礼だけでない、友情らしきものが生まれているように感じられた。

戦争が終わりオルタがある程度落ち着くまで、グラシウス公はヴァンヴェール宮殿の客人となる。また社交界も騒がしくなりそうだ。いろいろ噂《うわさ》されるのはおいやだろうけど、あれはあれで楽しみ方もある。また今度、教えてさしあげよう。

人生楽しんだ者勝ち。どんな状況も、受け取り方によって異なる見え方をする。

楽しむ余裕を持てるようになれば、彼はもっと強くなるだろう。よい王様になる気がする。

今は遠慮して下がっているわたしのもとへ、ダリオを連れたリュタンがやってきた。ダリオが両手に荷物を下げていることに、わたしは気づいた。

「ラビアへ帰るの？」

「ああ、もう出番はないからね。応援の護衛もわんさか駆けつけたし、聖冠も見つかった。あとはラ

グランジュの仕事だ。セヴラン王子におまかせするよ」

「そう」

この場にシメオン様はいない。銃による負傷に加え、肋骨《ろっこつ》も折っている。医師から安静を言い渡され、それでも起き出そうとした彼をセヴラン殿下が諫《いさ》めて、待機を命じてくださった。

こっそり抜け出してこないようノエル様が見張ってくださっている。お義母様《かあさま》とお義父様《とうさま》もいるし、さすがにシメオン様も観念して休むしかない。なのでわたしも安心して出てこられたのだった。

シメオン様の前であまりリュタンと仲よくするわけにはいかないので、この場にいないことをちょっと幸いに思ってしまった。心の中で旦那様《だんな》に謝り、わたしはリュタンに言った。

「お疲れ様。それとありがとう。分断されたあと、撃たれる危険を冒してグラシウス公はこっちだと姿を見せつけてくれたのですってね。一身に敵を引きつけたせいでとても危ない目に遭ったと聞いたわ。わたしたちが逃げきれたのはあなたのおかげね。心から感謝します。あとあの氷砂糖もとても役に立ったわ。本当にありがとう」

リュタンはひょいと眉《まゆ》を上げた。一瞬いつもの皮肉で流そうとしたようだけれど、思い直したのか開きかけた口を閉じる。珍しく照れたようすで頬《ほお》をかいた。

「それが僕の任務だったからね。別に君がお礼を言う必要はないよ」

「助けられたのは事実だもの。うれしく思ってお礼を言うのがおかしい？」

「……君がそんなに笑顔を向けてくれるのははじめてじゃないかな」

「そうだったかしら」

「ポートリエの時は僕じゃなくセドリックへの好意だったからね。正体を明かしてからは悪党とか泥棒とか呼んで、にらみつけてくるばかりだっただろう」

皮肉ではなく、リュタン自身もどう反応すればいいのか戸惑うようすだった。あんなにせっせと口説いてきたくせに、いざ好意を返されたら受け止め方がわからないなんて、おかしな人。

……これまで、そういう経験があまりなかったのだろうか。いつも笑顔でごまかして、皮肉ばかり言って本心を見せない。口説き文句もどこまで本気かわからないものばかり。わざとそうしているのかと思っていたけれど、もしかしてそんなつき合い方しかわからないのかも。素直な好意を向けられることがあまりなくて、だから受け止め方も、自分の気持ちの表し方もわからないのだろうか。

彼の主《あるじ》であるリベルト公子はどんなふうに接していらっしゃるのだろう。仕事だけの関係でしかないのかな……。

「いつもにらんではいないわよ。あなたがシメオン様をいじめたり、悪いことをするからでしょう。それ以外では普通にお話していたつもりよ。前回も笑ってお別れしたでしょう」

「笑ってもらえるのは別れる時だけか。切ないね」

「お別れがうれしくて笑うのではないわ、次を楽しみにしますという気持ちよ。みんなそうやって笑顔でお別れするの。また素敵な時間をご一緒しましょうねという約束よ」

青い瞳がまっすぐにわたしを見返す。少しだけ――ほんのちょっとだけ、胸が騒いだ。もちろんわたしの心はシメオン様にある。彼にうしろめたいことなんてしない。でも……ちょっとだけ、ごめんなさいと謝りたくなってしまった。

「楽しみにしてくれるんだ？」

「まだ本当の名前を聞いていないもの。約束したでしょう」

皮肉な表情に戻ってリュタンは肩をすくめた。

「約束した覚えはないなあ。君が勝手に言ってるだけだろう」

「教えてくれないの？」

「……今はね」

端正な顔が近づいてくる。少し身がまえるわたしにリュタンも一度動きを止め、向きを変えて頬に口づけた。

「そうしたら、君はずっと僕のことを考えていてくれるだろう？　気になって気になって、夜も眠れないほど僕のことばかり考えて、やがてそれが恋心だと気づく」

「なりません」

声を立てて笑いながらリュタンは身をひるがえす。振り向かないまま片手を上げて歩きだした。

「何度も言うけどラビアの男は情熱的なんだ。いくらふられても諦《あきら》めないよ。そのうちきっと、君にも僕の魅力がわかるから」

ダリオも会釈して彼のあとに続く。去っていく二人をわたしは苦笑して見送った。

魅力ならとうにたくさん知っているわよ。悪い男も女を惹《ひ》きつけるものなの。そのくせ愛情に不慣れなところをかいま見せたりするなんて、ますますたちが悪いったら。

でも、わたしはシメオン様のもの。彼以外は愛せない。何度口説かれても答えは変わらない。ごめんなさいね。

あの人が待つ屋敷へ向かい、わたしも歩きだす。秋の高い空に鳥が飛んでいた。


その後は問題が起きることもなく、全員揃《そろ》って無事サン＝テールへ帰り着いた。予定どおりグラシウス公は王宮に迎え入れられ、保護されることになった。まだ公表はされていないけれど、耳ざとい人たちが聞きつけて噂していているようだ。

戦争に関しては、もちろん詳しいことは教えてもらえない。新聞各紙はこちらの大勝利といった報道ばかりだ。本当はまだ終結したわけではなく、どうなっているのか気がかりなところだ。

帰宅してから数日後、わたしは王宮へお邪魔した。ひさしぶりにわが親友と会うためだった。

「崖《がけ》から落ちたり銃で撃たれたり、相変わらずとんでもないことばかりしているんだから。あなたもしかして呪《のろ》われているんじゃないの」

お茶会用の小さな一室で向かい合い、ジュリエンヌは呆《あき》れた顔を隠さずに言う。殿下と結婚するためシルヴェストル公爵の養女となり、お妃《きさき》教育を受けている成果か、ずいぶん雰囲気が変わった。きれいにお化粧し髪形やドレスが凝っているのはもとより、お茶をいただくしぐさも格段に優雅になっている。でも口を開けばこのとおり、辛辣《しんらつ》さは変わらない。遠慮のない言葉の中に心配を隠しているのも変わらない。

「失礼ね、わたしが事件を引き寄せているのではないわ。それに途中からは協力を要請されたのよ。

あと撃たれたのはシメオン様ですから」

「お怪我《けが》の具合は？」

「本人は大したことないと言い張ってるわ。本当はもう少し療養していただきたいのだけれど」

シメオン様がおとなしく寝ていたのは帰路につく前までだった。戻ってからは普段と変わりなくお仕事をされている。事後処理が忙しいと、今日《きょう》も朝から出勤していた。

「骨折は病気とは違うから、適切な処置をしたあとは無理のない範囲で日常生活を送っていいんだっておっしゃって。そうかもしれないけど、数日くらいは休まれてもいいと思わない？」

「シメオン様らしいわねー」

のんびりできる状況でないのはたしかなので、心配だけど見守るしかない。でももし具合が悪いのに無理をしているようなら強引に休ませてほしいと、アランさんにお願いしておいた。

今日ばかりはお妃教育から解放されて、羽を伸ばすジュリエンヌである。二人で近況を話し合って盛り上がっていると、セヴラン殿下がやってきた。

「ジュリエンヌ！　待たせてすまない！」

この時間のために全力でお仕事を片づけて、王子様は喜色満面で駆けつけてこられた。立ち上がっておじぎするジュリエンヌも急にはにかんで頬を染めていた。

「お仕事お疲れ様です……あの、この間はせっかくのお誘いをお断りして申し訳ありませんでした」

「いや、よいのだ。あなたも忙しくて疲れていただろうに、考えが足りなかった」

わたしの存在になど目もくれず、殿下は一直線にジュリエンヌのそばへ行って手を取られる。

「いえ、あの……ご、ごめんなさい。あの時ニキビができちゃってて……みっともない顔だったからお会いできなかったんです」

そしてジュリエンヌも乙女《おとめ》全開だ。忠告する必要なんてなかったわね。ちゃんと熱々じゃない。

「そうだったのか。それも疲労の影響だろうな。だがみっともなくはないと思うぞ。あなたならきっとニキビも可愛《かわい》いだろう」

「全然可愛くありません。不細工で、治すのに必死だったんですから」

「どの辺にできていたのだ？」

「聞かないでください。もうっ」

覗《のぞ》き込む殿下にますます頬を赤くしてジュリエンヌは怒ってみせる。そんな反応にも殿下はうれしそうだ。お幸せでけっこうだけど、そばで当てられるのはちょっと胸焼けよね。親友からも存在を忘れられたわたしは、しかたなくその場をそっと離れた。ジュリエンヌが登城したのは殿下と会うためで、そのついでにわたしとも会っていただけだからしかたないけれど、こちらだってひさしぶりなのだからもうちょっとおしゃべりしたかったな。ちえ。

むくれながら二人に背を向けたら、殿下のあとから入ってきた人と目が合った。

「まあ、ルシオ様」

「やあ」

大分元気になったようすのグラシウス公だった。わたしが気づくと笑顔で挨拶《あいさつ》してくださる。顔色だけでなく表情も明るくなっていた。

イサークさんと護衛の近衛騎士《このえ》たちも控えている。その中にシメオン様の姿もあった。彼はわたしに軽く目線でうなずき、黙って扉近くに立っていた。

「マリエルが来ていると聞いて一緒に連れてきていただいたんだ。君にはちゃんとお礼を言いたかったから。本当に世話になった、ありがとう」

はじめて会った時の態度が嘘《うそ》のように、グラシウス公は穏やかに微笑みかけてくださる。胸に手を当てて優雅に一礼する姿は、セヴラン殿下とはまた違った魅力の王子様ぶりだった。

「過分なお言葉です。たいしたことはしておりませんのに」

「しただろう。ずいぶん危険な目にも遭わせてしまった。君には感謝してもしきれない」

熱心にお礼を言われて少し照れてしまう。

「頑張ったのは兵士たちです。そのお気持ちは、どうぞ彼らに」

「ああ、もちろん。だが君にもお礼を言いたかった。君の言葉をずっと考えていたんだ。物心ついてこのかた、国王になりたいと思ったことなんてなかったけれど……俺《おれ》にできることとも思えず、せいぜい傀儡《かいらい》になるくらいだろうと思っていた」

セヴラン殿下がちらりとこちらを見る。このお話を続けさせていいのかと内心焦ったが、誰《だれ》も止めようとしないのでわたしは黙って聞き続けた。

「でも、だったら他《ほか》になにをしたいのかと考えても、なにもない。俺は本当に空っぽだった。自分の境遇に不満を持ちながら変える努力もしなくて……間違った行動だったけれど、逃げた時、はじめて自分の意志で動いたんだ」

「……はい」

少しばかり気まずげにイサークさんを振り返り、笑顔を返されてグラシウス公は言葉を続ける。

「俺の父は、あまりいい国王ではなかったらしい。それ以前の代からも、国民のことを考えない王ばかりだったようだ。だから国中から嫌われて、追い出された。そんな王家の血を引く俺が戻っても誰も喜ばないと思っていた。でも戻らざるをえないのなら、どうせなら、喜んでもらえる王になりたいな、と思って……」

照れくさそうに、グラシウス公は一生懸命言葉をつむぐ。

「そう簡単に受け入れてはもらえないとわかっている。はじめは石を投げられるくらい覚悟しないとな。でもいつか、セヴラン王子みたいに慕われる人間になれたら……そうなるために頑張るのが、君の言ったやりがいのある仕事なんじゃないかと思って」

明るくしっかりした表情になったのは、彼の中に道が見つかったからかもしれない。迷子のような途方に暮れた顔で、ただ苦しんでいただけの王子様はもういなかった。

「オルタは長い間国が乱れてみんな疲れている。苦しかったのは俺だけじゃない、みんな苦しんでいたんだ。ロレンシオ一世のように混乱を収めて安定した国にすれば、オルタに生まれてよかったと言ってもらえるようになるだろう。そんな未来を実現させるために、ここにいる間たくさん学ばせてもらおうと思う」

逃げ道ではなく、自分が納得できる道を見つけてグラシウス公は宣言する。わたしは大きく微笑んでうなずいた。きっと大丈夫。歩きだせば仲間もできて、助けも得られる。うずくまっていては見えない景色が目の前に広がってくる。

「とても素晴らしいお考えだと思います」

「言うほどたやすくはないだろうけどな」

照れ笑いするグラシウス公の手をわたしは取る。

「一生をかけた大事業。それこそ殿方のロマンでは？　たとえ思うように進めなかったとしても、努力はかならずなにかを残します。それが道になります。次の代へ、その先へ、ずっと道がつながっていけば、後ろには豊かな国土と人々の笑顔が広がるでしょう。ルシオ様の尊い一歩をわたしは全力で応援いたします」

ひざまずき、押しいただいた手に口づける。まだ聖冠を被《かぶ》っていなくても、ここにいる人はもう立派な王様だった。民のために尽くすことをやりがいと言える人だもの、いずれオルタの人々も認めてくれるだろう。

「ありがとう」

手を放して立ち上がったわたしにグラシウス公はうれしそうに言い、そしてちょっとお茶目な表情を見せた。

「でも、少し残念だな。君が既婚者でなければ一緒に頑張ってくれないかと頼めたのに」

「まあ」

冗談に笑いながら、わたしは壁際で眉間《みけん》にしわを刻むシメオン様を視線でたしなめる。このくらいで反応しないで。

「大変光栄なお言葉ですが、わたしはすでに人生をかけた仕事を見つけておりますので」

「伯爵夫人になるんだものな」

ええ、それと萌《も》えの追求と。

逆境を跳ね返す若妻の話もいいけれど、厳しい道を切り拓《ひら》く若き王の話も素敵よね。きっと運命の姫君との出会いが待っているわ……って、その二つを合体させればよくない？　政略結婚からの大恋愛。はじめは冷たい関係だったのが、政治的共闘から真の伴侶《はんりょ》になっていくの。そんな王様とお姫様の物語を書いてみたい。決めたわ、次はそれにしよう！

もちろん王様のモデルはグラシウス公。お相手はどんなお姫様がいいかしら。

その後退出したわたしは、官舎へ戻るシメオン様についでに送られながら廊下を歩いた。口数少なく歩く旦那様は間違いなく拗《す》ねている。わたしはちょっとため息をついた。

「あの程度の軽口、誰でも言うでしょう。社交辞令ですよ」

「そう思っているのはあなただけですよ」

こちらを見てもくれず、シメオン様はツンと言い返す。わたしからグラシウス公に口づけたのがお気に召さないようだ。普通に貴人に対する作法じゃないの。志を決められた王子様に敬意を捧げただけですよ。

「あなたはそうやって、次々男を落としていくのですから。たちの悪い人だ」

「悪女みたいにおっしゃらないでください！　この程度で恋愛は生まれません。目標を見つけられるきっかけを提供できたから、喜んでいただけただけでしょう」

「どうでしょうね」

んもーう、本当に嫉妬《しっと》深い旦那様なんだから。やっぱりあなた、可愛いわね？

「また愛していると言ってさしあげる必要が？」

「……そのようなことを要求しているのではありません」

「あら、わたしの愛はご不要ですか」

「そうは言っていません！」

すれ違った近衛騎士が、副長に敬礼しながら笑いを噛《か》み殺している。離れたところで女官たちも笑っていた。

シメオン様は咳払《せきばら》いして表情を戻した。おかしくて、彼に勢いよく抱きつきたい衝動がこみ上げる。でも怪我に障るから我慢して、一瞬だけ手を握った。ちょっと驚いたお顔がわたしを見下ろす。笑顔を向ければシメオン様はため息をつき、それからようやく笑ってくださった。

外へ出て、秋色に染まった庭を歩く。いいお天気だけど大分風が冷たくなった。じきに落ち葉が舞い散るようになるだろう。

「取り調べを、していらしたのですよね。そのう……その後、どのような？」

ずっと気になっていたことを、わたしは思いきって尋ねた。シメオン様に片腕を落とされた銀狐《ぎんぎつね》は、すぐに治療を受けたのでまだ生きている。牢《ろう》に入れられ厳重に監視されているのだから、もう復讐《ふくしゅう》なんて不可能だ……そう思うけれども、取り調べで顔を合わせることもあるのが心配だった。

シメオン様はあまりこの話を聞かせてくださらない。守秘義務というより、わたしに聞かせたくないと考えていらっしゃるようだ。今もなかなか答えてはくださらなかった。

「もう忘れなさい。彼があなたの前に姿を現すことは、二度とない。今度こそ、絶対に」

「わたしより、シメオン様をますます恨んでいるだろうと思って、それが怖いのです」

シメオン様は首を振り、わたしの頭に手を乗せた。

「あの男にはもうなにもできませんよ。どれほど恨もうと、もうなにもできない」

くり返して言い、それ以上は話してくださらない。わたしは言葉に隠されたものをぼんやりと察した。取り調べをしたところで、あの男が素直に応じるとは思えない。オルタとの取り引きに使うこともできないだろう。これまでにしてきたことや、シメオン様への恨みなど、中途半端な扱いをするには危険すぎる存在で。

……多分、そういうことなのだろう。わかっていた。どんな悪人でも命は軽く扱うべきでないけれど……彼には、そうするしかないだろう。

今すぐでなくても、遠くない先に。多分、戦争が終わる頃《ころ》には。

「……戦争は、どんな状況ですか」

「じきに終結します。冬まで続くことはありません」

問いを変えたわたしに、シメオン様はきっぱりとおっしゃった。

向かいから人が歩いてくる。見知った顔に会釈した。豊かなあご鬚《ひげ》の男性が会釈を返してくる。

「北のスラヴィアは動かない。オルタの軍事政権は完全に見放されました」

シメオン様の目もこちらへ近づいてくる人を見る。

「動いてほしくはありませんが、本当に？」

「グラシウス公を保護し、ロレンシオの聖冠も彼の手元にある。オルタに秩序を取り戻す大義名分をラググランジュは手に入れました。これに対立して軍事政権に肩入れしたところで正義は主張できませんからね」

足音が止まる。シメオン様も立ち止まり、深い色の瞳と向かい合った。

「建前だな。戦争に悪も正義もないだろう。しょせん暴力による利権の奪い合いだ」

ラファール侯爵が言う。少し皮肉げだが非難する口調ではなかった。シメオン様も普通に答える。

「だからこそ建前が必要なのでしょう。とりつくろう気もなくせば最悪の地獄を生むだけです。それは誰にとっても不幸でしかない」

「他国の王を自分たちの都合で据えるのもか」

「オルタを傀儡にするための計画ではありません。よき隣人に戻ってもらうためです。陛下は野心で命を下されたわけではありません」

「……そうだな」

案外すんなりとラファール侯爵はうなずいた。なんでもかんでも批判するとシメオン様は言っていらしたけれど、そういうわけでもないと思う。まっすぐな正義漢だもの、よいと思ったことは素直に認めてくれるはず。

どちらも次の言葉をさがして少し会話が途切れた時、建物の方からわたしを呼ぶ声がした。

「マリエルさーん！」

華やかな女性が飛び出してくる。豊かな黒髪をなびかせ、背後にあわてて追いかける侍女たちを引き連れて、少々はしたないほどにドレスの裾《すそ》を蹴立《けた》ててアンリエット王女様が駆けてきた。

「あ、ごきげん――――」

「聞いて聞いてーっ！」

「よおぉっ!?」

そばのシメオン様もラファール侯爵も無視して、アンリエット様はわたしに飛びついてきた。突進の勢いで首に抱きつかれひっくり返りそうになる。すかさずシメオン様が背中を支えてくださった。

「な、なんですか……」

「会えるの！」

子供のようにはしゃいで、アンリエット様は叫んだ。

「え……ええっ？」

頬を紅潮させて、きらきらした瞳で姫君はわたしを見る。

「リベルト様がいらっしゃるの！　お会いできるのよ！」

「公子様がいらっしゃるのですか？　ラグランジュ《こちら》へ？」

「そうなの！　お手紙に書かれていたわ、公式訪問の準備が整ったって。来月いらっしゃるの。ようやくお会いできるのよーっ」

今度はわたしの手を取ってアンリエット様はきゃあきゃあ騒ぐ。婚約が成立してから半年以上、ついに婚約者に会える時がきたと興奮しきりだった。これは当分落ち着かないわね。追いついた侍女たちも苦笑して見守っている。一気ににぎやかになった中、ラファール侯爵がそっと会釈して離れていった。わたしもアンリエット様に振り回されながら会釈する。最後に見せてくれた笑みは優しかった。

「どうしようどうしよう、ついに会っちゃうのよ！　ああん、うれしいけどどうしようーっ。こんな女でがっかりされないかしら。不安ーっ、でもうれしーっ」

リベルト公子のご訪問か……わたしはちらりとシメオン様を見る。同じことを考えたようで、彼は渋い顔をしていた。

はたして訪れるのは公子様だけなのかしら。思ったより早く再会することになるかもね。

今度こそ本当の名前を教えてもらえるかな。でもまたシメオン様とけんかになりそうだ。そうしてきっと、落ち込むのは旦那様の方。いじめられたらわたしがなぐさめてさしあげよう。大丈夫、誰よりいちばん愛していますから。

わたしと目が合い、シメオン様は肩をすくめる。興奮が収まらない王女様は彼にも体当たりしていき、びくともしないはずの身体《からだ》がふらついて苦しげな声を漏らしたものだから、驚いて今度は涙目になってしまった。あわててわたしはシメオン様に寄り添う。今のは痛かったわね、骨折したところを直撃だったものね。

軍人を一撃でやっつける女なんて公子様に嫌われると、王女様の心配はますますとんでもない方へ向かう。わたしの肩に頭を乗せて、シメオン様は疲れた息を吐いていた。

「まずこの落ち着きのなさをあらためるべきだと思いますが……」

「聞こえていらっしゃいませんわ」

やれやれとわたしたちは笑い合う。また騒動の予感がする。だから今は、平和で幸せな時間を楽しんでおきましょう。

色づきはじめた木々と、澄んだ青空。秋は穏やかに美しく世界を彩る。

あなたと出会ってまた一年、季節がめぐる。終わりのないダンスのように、日々はくり返される。

手を取り合い、けして離れずに。

いつまでも二人寄り添って、踊り続けていきましょう。

アラン・リスナールの雑感

アラン・リスナールが士官学校を卒業し近衛《このえ》騎士団に配属されたのは、二十一歳の時だった。首席卒業とまではいかずとも、上位成績者に名を連ねる程度には優秀であった。軍においては庶民階級出身であっても能力と実績次第で出世できるため、家族も当人も将来に大いに期待した。アランはその後も努力を重ね、二十五歳の時には新副団長となったシメオンの副官に任命された。

この上官、アランより二年ばかり先輩ではあるが同い年である。大貴族の若様ということであからさまに優遇され、アランがようやく中尉になる頃《ころ》すでに少佐であった。能力以外のところで差をつけられることには、アランとしても多少面白くない気分はある。しかし当人に対しては反感もなく、むしろ好意的につき合っていた。

なにせ誰《だれ》が見ても丸わかりな、「くそ」がつくほどの真面目《まじめ》人間なのだ。仕事や訓練に対していっさい手を抜かない。けたはずれな身体能力と戦闘力、さらに事務処理能力も見せつけられては、身分だけが取り柄の坊ちゃんと馬鹿《ばか》にすることはできなかった。真面目すぎて融通の利かないところはあるが、部下たちの面倒もよく見るいい上官だ。ねぎらいが必要な時には飲み代を提供してくれたりと、堅いばかりでもない。なんだかんだで皆彼のことを慕うようになっていった。新しい団長と副団長の下で改革は進められ、近衛騎士団はその名誉にふさわしい規律正しき組織へと立て直された。

厳しくはあるが尊敬できる上官のもとで、アランも職務と待遇に満足し誇りを持って働いていた。

そんな日々に予想外の変化が訪れたのは、昨年の秋頃からだった。

「冷えてしまわれたでしょう。早く暖かい部屋へ……」

雨に降られて飛び込んだ館で彼らを出迎えたのは、もはやすっかり顔なじみになった上官の奥方だった。まっすぐ夫のもとへ駆け寄り、その身を心配して世話を焼いている。独り身の騎士はうらやましさと妬《ねた》ましさに苛まれ、恋人や妻を置いてきた騎士も胸焼け気分をあじわった。彼女が夫に首ったけなのは見てのとおり、夫の方もまた輪をかけて妻を溺愛している。当人同士は幸せでけっこうだが、間近で見せつけられる方はうっとうしいばかりであった。

「私はそんなに弱くありませんよ」

妻をなだめる上官の声が、まったく別人のものに思える。誰だこれは。凛々《りり》しい号令や厳しい叱責《しっせき》、訓示を放つものと同じ口から出たとは思えない。思わず胸をかきむしりたくなるほど甘ったるくも優しい声音だ。じっさい耐えきれずに悶絶《もんぜつ》している騎士がいた。

ちらりと振り返れば、声だけでなく顔もとろけている。元が際立った美貌《びぼう》なのでおそろしいまでの色気がしたたっていた。ついでに髪や顎《あご》からも水滴がしたたっていた。これぞ水もしたたるなんとやら。

懸命に背伸びして、細く小さな手が濡れた髪や頬《ほお》を拭く。上官はくすぐったそうに目を細め、おそらく無意識にであろう、身をかがめて顔を寄せ、彼女の腰をやんわりと抱き寄せた。ここでさらに数名悶絶した。むず痒《がゆ》い。素面で見ていられない。

いったいあれは誰なのだ。鬼と呼ばれる堅物の上官があんな顔もできるなどと、昨年の夏までは知らなかった。運命の女性《ひと》との出会いがこうも男を変えるのか。あれを見て鬼畜腹黒とはしゃげる奥方の気持ちがわからない。敵や部下に対してはたしかに鬼だが、彼女にとっては飴か蜜だろうに。

「中尉……」

周りの騎士が、なんとかしてくれとまなざしで訴えてきた。「俺《おれ》に言うな」とアランは首を振った。あれをどうしろと。どうにもしようがない。見なかったことにして無視するしかない。

「くそう、俺も嫁がほしい……」

「あの副長がデレデレに……見たくなかった。副長にはいつまでも、孤高の騎士でいてほしかった」

「夢見るな。副長だって男だ、女の前ではデレるって。しかもあんな若い嫁さんもらったんだ、そりゃ可愛《かわい》くてしょうがないだろうさ」

「若いっていうか子供だよな。正直犯罪的な眺めだと思わないか？」

「シッ！　副長に聞かれたらしばかれるぞ。あれだよ、仲よし親子の微笑《ほほえ》ましい光景だと思うんだ」

「欺瞞《ぎまん》だ！」

「お前ら本気で殺されるって」

互いに夢中の新婚夫婦が気づかないのをいいことに、騎士たちがコソコソと顔を寄せ合ってぼやいている。この名状しがたいむず痒さうっとうしさを、なんとかやりすごそうと必死だった。

そこへ、

「いつまでいちゃついているか、そこの新婚夫婦！　見せつけるなうっとうしい！」

騎士たちにとって救いの声が響いた。同じ気分に辟易した王太子が、たまりかねて上官夫妻を叱責してくれたのだ。全員心の中で拍手した。

そこでようやく周りを思い出し少しだけ妻から身を離したシメオンだったが、一瞬むっとした顔になったのをアランは見逃さなかった。心酔する主君にすらあの態度。どこまで嫁にぞっこんなのか。

恋とはかくも人を変えるものなのか。敬愛する上官がこれほど耽溺している姿を見せられるのは、いささか複雑な気分だった。奥方のいないところでは以前と変わりない鬼なのに、ひとたび夫の顔になるともう見ていられない。目の毒気の毒大迷惑だ。

「でも、少し残念だな。君が既婚者でなければ一緒に頑張ってくれないかと頼めたのに」

今日も奥方と話す男を前に、眉間《みけん》にしわを寄せている。あれは恋情というほどのものではなく、淡い好意程度だろうに。口説くつもりもないただの軽口だ。そんなものにすら神経をとがらせ、妻に手出しされないかとピリピリしている。見たくなかった。彼のこんな姿は見たくなかった。だが面白い。

鬼と呼ばれた男が恋という、武力も智略も通用しないものに振り回されている姿は愉快でもあった。

あまりに優秀すぎるがゆえにどこか近寄りがたさがあり、親近感というものは抱かせなかった上官を、今では誰もが同じ一人の男として見ている。時に呆《あき》れ、笑い、腹を立て、以前よりずっと近い距離から彼を見る。ほとんどの者が気づかないまま、仲間としての絆を深めていた。

それを導いたのがあの奥方だ。一見毒にも薬にもならない凡庸な人物に見えて、とてつもない影響力を持っている。女とは、まったく災厄にして偉大なる存在だ。

仲よく歩いていく二人を見送りながら、次の休みには花でも買うかとアランは考えた。気になるあの娘《こ》に会いに行こう。今度こそ勇気を出して、誘ってみよう。

あとがき

マリエル・クララックも7巻目、ここまで続くと誰に予想できたでしょうか。こんにちは、桃春花です。

前回がのんびりゆるゆるな話だったため、反動で今回は事件モード全開です。好きなように書きすぎて、これは絶対大幅な修正指示が入るぞと思っていたら意外にもオーケーをいただきましたので、そのまま突っ走ってこういう話になりました。存分にヒーローを戦わせて満足です。

というわけで、表紙イラストもこれまでとはちょっと変えて、シメオンを手前にしていただきました。まろ先生が私のお願いを容れてとてもかっこよく描いてくださり……って、マリエルがめちゃくちゃ可愛いんですが！　センターを譲ってもさすがの主人公、本当にまろ先生には毎回感謝感激しかありません。

そしてリュタンが再登場です。同じ目的のために協力していてもスタンスは正反対な二人、恋敵という関係もあって仲よくはなれません。互いの力を認めながら、だからこそ気に食わない。馬鹿馬鹿しくも真剣にけんかする二人です。

じつはプロット段階ではまったく異なる展開で、マリエルが記憶を失う予定になっていました。事件の背景がややこしいため話にまとまりを欠いてしまうと判断し変更したのですが、結果全面シリアスに舵を切ったため、今度はおもいきりアホなコメディを書きたいという反動が来ています。戦争問題も今回で一段落しましたので、次がありましたらとことん明るい騒動をやりたいですね。しばらくご無沙汰なキャラクターたちも出してやりたいものです。

この巻の原稿を書いている現在、コミック版では二巻のストーリーが進行中です。まだマリエルとシメオンの間にズレがある頃で、なつかしく感じます。ちょこちょこ小説とは異なる内容になっていますので、知っている物語であり、知らない物語でもある。同じ場面でも思ってもみなかった表現がされていたり、面白いです。読者の皆様にも、小説とコミック、どちらも楽しんでいただけましたら幸いです。

世の中は歴史的な騒動の真っ最中で、なにかと大変なことばかりです。それでも本を出せるよう、出版社様をはじめ多くの方のご尽力をいただきまして、感謝の念に堪えません。そしてそんな中でもこの本をお手に取ってくださいました皆様に、心よりお礼を申し上げます。

ここまでおつき合いくださいまして、ありがとうございました。

マリエル・クララックの聖冠《せいかん》

2020年7月5日　初版発行

著者　桃 春花

イラスト　まろ

発行者　野内雅宏

発行所　株式会社一迅社
〒160-0022 東京都新宿区新宿3-1-13 京王新宿追分ビル5F
電話　03-5312-7432（編集）
電話　03-5312-6150（販売）
発売元：株式会社講談社（講談社・一迅社）

印刷所・製本　大日本印刷株式会社
ＤＴＰ　株式会社三協美術

装幀　AFTERGLOW

ISBN978-4-7580-9282-1
©桃春花／一迅社2020

Printed in JAPAN

おたよりの宛て先
〒160-0022 東京都新宿区新宿3-1-13 京王新宿追分ビル5F
株式会社一迅社　ノベル編集部
桃《もも》 春《はる》花《か》 先生・まろ 先生

●この作品はフィクションです。実際の人物・団体・事件などには関係ありません。

※落丁・乱丁本は株式会社一迅社販売部までお送りください。送料小社負担にてお取替えいたします。
※定価はカバーに表示してあります。
※本書のコピー、スキャン、デジタル化などの無断複製は、著作権法上の例外を除き禁じられています。
本書を代行業者などの第三者に依頼してスキャンやデジタル化をすることは、個人や家庭内の利用に限るものであっても著作権法上認められておりません。